김순애 장편소설

그사랑가슴에묻고

한누리
미디어

국립중앙도서관 출판시도서목록(CIP)

(김순애 장편소설) 그 사랑 가슴에 묻고 / 김순애 지음, --
서울 : 한누리미디어, 2003
    p. ;   cm

ISBN 89-7969-222-6 03810 : ₩10000

813.6-KDC4
895.735-DDC21   CIP2003000264

오래간만에 집으로 돌아오면서 종훈은 날아갈 듯이 가벼운 걸음으로 환한 미소를 띄고 시골길을 걷고 있었다.

이곳 성주는 종훈이 고등학교까지 자란 곳이다. 종훈의 부모 형제는 지금 미국으로 이민을 갔고 할머니와 막내 고모만이 살고 있는 집이다. 종훈은 병역문제 때문에 군복무를 끝내야 이민을 갈 수 있었기에 대학 일학년을 다니다 말고 군대 지원을 해서 오늘에야 제대를 하고 집으로 돌아오는 중이었다.

종훈은 입대하기 전 학생 때를 회상하면서 빨리 주희를 만나야겠다고 생각했다. 아버지 박 목사가 목회하던 그 교회에 주희를 비롯한 주희네 모든 식구들이 교인이었다. 그래서 같은 학생회 간부이면서 동갑내기인 종훈과 주희는 자연스럽게 친해질 수 있었고 서로 좋아하는 사이가 되어 버렸다.

교회에서 학생회가 끝나면 때때로 주희의 손을 잡고 뒷산으로 올라가서 밤이 늦도록 이야기를 주고 받다가 내려오곤 했었다.

고등학교를 졸업하면서 종훈은 대구에 있는 경북대학교 공과대학에 입학을 하였고, 주희는 대구에 있는 백화점 점원으로 취직을 했다. 그래서 주말이면 종훈은 일찍 퇴근하는 주희를 찾아가곤 했는데 주희는 그런 종훈을 무척이나 좋아했었다.

"할무이 저 왔습니데이, 훈이 왔습니데이."

천천히 방문이 열리면서 무뚝뚝하게 할머니가 맞이해 주었다.

"훈이 왔나, 애썼데이. 어디 보자꾸마."

할머니는 손자의 얼굴을 만져가면서 반가워했다.

"앉아 있거래이. 내가 얼른 상차려 올게."

할머니가 부엌으로 나가자 종훈은 방바닥에 벌렁 드러누웠다. 그리고는 눈을 감고 부모님이 계신 미국이란 나라를 상상하면서 자신도 빨리 미국 가는 수속을 해야겠다고 하는 생각에 벌써부터 마음이 들떠 있었다. 환상의 세계로 간다는 부푼 기대는 종훈의 가슴을 설레이게 하는데 충분했으며 같은 미국에서 주희와 사는 상상도 해 보았다.

조금 후에 방문이 열리면서 할머니께서 밥상을 가지고 들어오셨다.

"야 야, 밥 묵어라."

"예."

"며칠 전에 니 애비한테서 편지 왔는데 다 잘 있다 카더라. 그리고 니는 꼭 색시감을 정해 가지고 오라 카더라. 미국에는 색시감이 없다 카데이."

"그게 내 맘대로 됩니까, 어디."

"안 그라믄 니 장가 못 간다 카더라."

이 말은 종종 종훈이 군에 있을 때 어머니가 보낸 서신에서 하신 말씀이었다.

"훈이 왔나?"

밖에서 문이 열리면서 친구 영길이 들어오고 있었다.

"야, 임마 오래간만이데이."

"그래, 니 그동안 잘 있었나?"

영길은 종훈의 고등학교 친구로서 그가 졸업할 때 전교 일등으로 졸업했고 종훈이 이등으로 졸업했다. 외아들로서 홀어머니를 모시고 사는 영길은 종훈에게 항상 라이벌 의식을 가지고 있었고 종훈의 환경을 부러워했다. 그리고는 같은 대학에 영길은 국문과에 입학했고 종훈은 토목과에 입학했다.

"내가 저녁에 다시 올게. 나가서 술 한 잔 하자. 참, 내가 주희한테 연락했으니까 주희가 오늘 저녁 일곱시에 마을다방으로 올끼라."

영길은 환하게 웃으면서 문밖을 나서고 있었다. 종훈은 주희의 모습을 그려보면서, 자신이 군에 있을 때 보내 왔던 편지들을 꺼내 다시 읽어 보았다. 한 장도 버리지 않고 모아둔 편지는 2백통이 넘었다.

주희는 무척이나 내성적인 여자였고 자신의 감정을 표현하는 성격이 아니어서 종훈은 가끔씩 답답함을 느꼈지만 그러한 주희가 더욱 좋았을지도 모른다고 생각했다. 종훈이 처음 대학에 들어가서 계명대학교 여학생과 미팅을 했는데 이틀 후 토요일 그 여학생과 또 다른 친구들과 함께 딸기밭에 놀러간 적이 있었다.

그러한 사실들을 종훈은 아무런 생각 없이 주희에게 이야기를 했었다. 그 이야기를 들은 주희는 일주일을 직장에도 안 나가고 방에서 울었고 종훈은 손이 닳도록 빌었었다.

"니는 아무 뜻 없이 이야기했겠지만, 나한테는 얼마나 큰 상처인 줄 아나?"

"그래, 미안하데이."

"내가 이번만 용서한데이."

그렇게 해서 주희는 풀어졌고 종훈을 계속 만났었다.

저녁이 되어서야 마을다방 문을 열고 들어가는 순간 한쪽 구석에 자리잡고 있던 주희는 푸른 원피스를 입고 있었고, 종훈은 멀리서 손을 흔들면서 반가움의 미소를 보내고 있었다.

지난 번 면회 왔을 때보다 살이 더 빠져서인지 주희의 눈망울은 더욱 커져 있었다.

"니 어디 아팠나?"

"아니다."

"별일 없었나?"

"없었다."

"내가 왔는데도 니는 반갑지도 않나?"

"반가우면 어찌해야 되는 기가? 나, 그런 거 못하는 거 니 잘 알잖나."

주희는 입안에 바람을 넣어 두 볼을 불룩하게 만들었다. 그것은 주희가 자신이 쑥스러울 때 짓는 표정이었다.

옛날 성주에서 살 때 가끔씩 저녁이면 주희가 종훈의 집을 찾아가 종훈의 방 창문을 향해 몰래 돌을 던지곤 했는데 그럴 적마다 종훈이 나와서는 핀잔 비슷하게 말을 하곤 했다.

"와 왔노?"

"……."

"나를 보러 왔으면 보러 왔다 그래라."

"……."

주희는 아무 말 없이 그저 두 볼을 불룩하게 만들고는 서 있었다.

"그라믄 나 그냥 들어가 버릴란다."

주희는 뒤로 돌리는 종훈의 등을 사정 없이 손바닥으로 내리치곤 했었다. 종훈은 그런 주희를 손목을 잡아 뒷산으로 데리고 올라가곤 했었다. 주희는 그것이 좋았었고, 종훈의 손에 끌려 올라가는 것을 마냥 즐기면서 행복해 했었다.

다방을 나와 종훈은 주희를 데리고 영길을 만나러 술집으로 향했다.

영길은 이미 선희와 나와 있었고 술을 마시고 있었다.

"왔나? 앉거래이. 아주머이, 여기 잔 두 개만 더 갖다 주이소."

"주희 니 기분이 어떠노, 훈이가 올라와서 말이다."

선희는 주희와 친구였고 영길과 종훈 넷이서 같이 지내오는 친구다.

"훈아. 야 주희, 니 없는 동안 참 외로워 했데이."

"이 가시나 무슨 쓸 데 없는 말하노."

"사실 아이가?"

"훈아. 니 언제 미국 가노, 수속하는 데 몇 달 걸리나?"

"이제 수속해야제, 한 육개월 걸린다 카데이."

"그라믄 니 미국 가서 무얼 할끼고?"

"아직은 모른데이. 우선 공부해야제, 니는 졸업하면 무얼 할끼고?"

"야 임마, 이 시골에서 국문과 나와서 뭘 하겠노. 고향에서 교편이나 잡고 살아야제."

영길은 미국으로 가는 종훈을 은근히 부러워하고 있었다.

그 당시 미국으로 가는 사람은 성공한 사람이라고 일반적으로 인식이 되었던 때였으므로 영길은 종훈에게 경쟁에서 진 것만 같은 어떤 패배감과 질투심을 느끼고 있었다.

"선애야, 너의 삼촌이 밖에서 기다린다. 빨리 나가봐."

음대 학생들이 제자리를 찾아가느라 합창 연습실 안은 한창 여학생들의 재잘거리는 소리와 함께 북적대고 있었다.

이미 자신의 의자 번호를 찾아 앉아있는 선애 곁을 지나가던 같은 과 수정이 이야기해 주었다.

칠, 팔 교시에 있는 합창시간은 학교 수업의 마지막 시간으로서, 하루 중에서 가장 나른하고 지루한 시간이었다. 자리에서 일어나 선애는 멀리 창 밖을 내려다보면서 삼촌 진형에게 손을 흔들어 보였다. 진형은 선애보다 두 살 위였고 고려대학교에 재학 중이었다.

학교 수업이 끝나면 안암동에서 버스를 타고 신촌을 지나 자신이 살고 있는 화곡동에서 내려야만 했다. 그래서 가끔씩 진형은 신촌에서 내려 선애 집을 들르거나, 아니면 선애 학교로 놀러 오곤 했다.

진형의 고등학교 동창 친구들도 여러 명이 선애와 같은 대학에 다니고 있었으므로 선애는 그들과 같이 어울려 자연스럽게 볼링장에도 가고 동대문 야구장에도 가곤 했다.

그러는 가운데 선애는 진형의 친한 친구들을 모두 알게 되었고, 그들도 선애를 조카라고 생각하고 허물 없이 친근하게 대해 주었다.

여느 때와 마찬가지로 친구들과 같이 앉아 있는 것과는 달리 오늘 진형은 혼자 벤치에 앉아 있었다.

2백 미터 정도 떨어져 음악대학 건물과 마주보고 있는 벤치를 향해 선애는 걸어가면서 멀리서부터 이미 이야기를 하고 있었다.

"삼촌! 오늘은 웬일이야? 왜 혼자 앉아 있어?"

"선애, 너 새 옷 입었구나. 야!- 아주 예쁜데."

"어엉, 오늘 삼촌이 올 것만 같아서 입고 나왔어, 삼촌한테 보여주려고. 어때 예뻐?"

선애는 양팔을 벌리고 한 바퀴 돌아 보이면서 또 바쁘게 이야기했다.

"아, 그런데 나 지금 합창시간이야, 이 시간 빠지면 곤란해. 삼촌 여기서 혼자 기다릴 수 있어?"

"아이고, 그럼 기다려야지. 내 걱정 말고 여기서 기다릴 테니까 빨리 올라가 봐."

"삼촌, 그대신 내가 이거 줄게, 심심할 테니까."

선애는 가방에서 크래커를 건네주면서 웃고 있었다.

"야, 넌 아직도 어린애처럼 가방에 먹는 거나 가지고 다니냐? 이젠 숙녀가 되야지이."

"숙녀는 안 먹나 뭐, 이거 아주 맛있는 거야. 이거 알아?"

"미제 리츠 크래커네, 뭘."

"그래에! 그러니까 이게 어디서 났는지 아냐구우?"

"누가 줬는데?"

"이거 생각 안나? 큰 삼촌이 얼마 전에 미국 갔다 오면서 사 왔잖아."

"그게 아직도 있냐?"

진형의 큰 형은 해군사관학교를 졸업하고 얼마 전에 순양함을 타고 미국에 갔었는데 그때 많은 과자와 초콜릿을 사 가지고 선애 집에 왔었다.

"삼촌 혼자 좀 앉아 있어."

그러자 옆으로 나란히 2미터 정도 떨어진 벤치에 앉아 있던 어떤 남자가 선애에게 말을 건넸다.

"진형이 걱정 마세요. 제가 잘 보호하고 있겠습니다."

선애는 놀라서 눈을 크게 뜨고 낯선 남자를 쳐다보고 있었다.

"같이 온 친구야, 선애야. 같은 과 친구인데 마침 사는 동네도 비슷해, 그래서 같이 여기 들른 거야."

"아― 아, 그러세요? 그럼 왜 이렇게 떨어져서 앉아 계세요?"

"그건 선애 네가 놀랄까 봐 그랬지."

"어쨌든 다행이네요. 우리 삼촌 심심하지 않게 해주세요. 고맙습니다."

뒷걸음질치면서 고맙다는 인사를 하고 있었다.

그 순간 '아야!' 하면서 지나가던 남학생이 비명을 질렀고, 선애는 반사적으로 '어머나! 어떻게 해, 죄송합니다' 하면서 자신의 손으로 그 남학생의 구두 위를 쓸어 주었다.

뒷걸음질치다가 지나가던 남학생의 발을 밟고 말았다. 당황하고 놀란 선애는 미안해서 어찌할 바를 몰랐다.

"아프세요? 정말로 죄송합니다."

"아휴 아파, 내 발가락 치료해 주세요. 내 발 못 쓰게 되면 책임지세요. 얼굴 기억해 둘 거예요."

그 남학생은 짓궂게 웃으면서 절룩거리는 시늉을 하며 걸어갔다.

"……네?"

진형을 바라보니까 그는 끽끽거리면서 웃고 있었고, 친구도 웃고 있었다. 처음 본 진형의 친구 앞에서 저지른 실수였으므로 선애는 부끄러웠고 겸연쩍게 웃는 듯이 서 있었다. 그 순간 여학생들이 음대 건물 안에서 우르르 나오고 있었다.

"야! 신난다. 오늘 합창 휴강이다."

"선애야. 오늘 합창 휴강야. 너 지금부터 뭐 할 거니?"

선애 친구 혜자가 와서 신난다는 듯이 이야기했다.

"그래? 잘 됐네. 우리 삼촌 와 있어, 너 같이 안 갈래? 우리 삼촌 친구도 와 있거든……."

"어디이?"

선애는 혜자를 데리고 삼촌에게로 갔다.

"어머, 진형 씨 안녕하세요?"

"아이구, 안녕하십니까?"

"친구 분이세요?"

"네, 같은 과 친구입니다."

"안녕하세요, 저는 윤대진이라고 합니다."

"저는 김혜자예요."

서로 인사를 주고 받은 그들은 복지다방으로 들어가 커피 한 잔씩 주문하고는 혜자의 수다를 시작으로 놀고 있었다.

다방 안은 귀가 터질 듯이 시끄러운 음악과 함께 항상 만원을 이루는 학생들로 붐비고 있었기 때문에 누구나가 대화를 하려면 귀 옆에 대고 소리를 질러대야 겨우 알아들을 수 있었다.

학생들은 그러한 분위기가 좋아서인지, 아니면 남들이 가니까 나도 간다는 심리에서인지, 어쨌든 그 복지다방은 항상 앉을 자리가 없이 만원이었다.

혜자는 아주 밝고 활달한 성격이어서 누구를 만나도 잘 어울렸고 자신 있게 자기 자신을 소개하는, 유달리 사교성이 풍부한 여자인데 비해 선애는 그리 말도 많지 않았고, 소극적인 성격이어서 혜자와는 반대의 성격이었다.

　그래서인지 그들은 서로가 위해 주었고 서로의 문제를 해결해 주는 친한 친구로서 항상 같이 다니곤 했다.

　"대진 씨라고 하셨죠?"

　"아, 저 말입니까? 예."

　"팝송 많이 아세요?"

　"뭐요?"

　"팝송이요."

　"잘 안 들리는데, 가까이 좀 오세요."

　"아휴, 지겨워. 팝송이요 팝송!"

　"아- 아, 팝송이요. 저는 잘 모르는데요."

　"체, 괜히 에너지 소비하면서 소리만 질렀잖아."

　"하하하……. 나 그 대신 시조는 읊을 줄 알아요."

　"시조요?"

　"한 번 해 볼까요? 태산………이…………높………다………하되………."

　"호호호……. 그 시조 다 읊을려면 해가 다 떨어질 때까지 기다려야겠네요."

　"하………늘……."

　"아휴, 그만 하세요. 알았어요."

　"아………래………뫼………."

　"그만 하시라니깐요."

　혜자는 테이블 위에 있었던 빈 커피 잔으로 대진의 입을 막으려 하고 있었다.

　"하하하……. 왜 이러십니까, 진정하시지요."

"한 번만 더 부르면 알아서 하세요. 정말 입을 막아 버릴 테니까요."

그들은 이런 저런 구지레한 농담으로 웃었고, 이야기는 주로 대진과 혜자가 서로 받아가면서 주도해 나갔다.

"진형 씨 지난번에 볼링장 한 번 같이 가자고 하셨죠?"

"대진 씨 볼링 잘 하세요?"

"그게 뭔데요?"

"아이 참, 자꾸 이렇게 나올래요?"

"내가 왜요?"

"우리 볼링장 가요. 볼링 쳐서 지는 사람이 밥값내기 해요."

"집에 가서 밥 먹기 싫을 거 아니예요."

"야, 어떻게 아셨지요? 정말 존경합니다. 야, 진형아. 오늘 이게 웬 떡이냐?"

"얘, 선애야. 너는 나만 믿어. 너, 내 실력 알지?"

그들은 신촌 네거리에 있는 볼링장으로 들어갔고, 두 게임을 했지만 혜자와 선애는 완패했다.

"야! 진형아. 우리 소원 풀이 한 번 하자. 우리가 어떻게 맥주를 마셔 보나. 이 두 분 아가씨들께서 책임진다니까 마실 수 있지 말이야."

"그래, 오늘은 막걸리가 아니고 맥주라 이거지?"

"자, 건배합시다."

대진과 진형은 맥주에 원이라도 풀 듯이 마셔대었고 잡다한 농담을 주고 받으면서 끊임 없이 킥킥대고 웃었다.

"혜자 씨, 어서 마셔요. 선애 씨는 왜 별로 안 드시네요. 사랑하는 삼촌이 옆에 있으니까 마음놓고 드세요."

"얘, 선애야. 우리 빨리 마시고 도망가자, 돈도 없는데. 호호호……."

"어허, 어엿한 숙녀님들께서 무슨 그런 실례의 말씀을. 선애

씨, 자, 마셔요. 선애 씨가 안 마시면 우리도 안 마실래요. 그렇지
요, 혜자 씨?"

그 날 저녁 선애는 대진이 따라주는 맥주에 취해 있었고, 진형
은 그러한 선애가 걱정이 되어 밖에 나가서 약을 사왔다.

선애를 데리고 선애 집으로 들어간 진형은 선애 어머니로부터
꾸중까지 들었다.

다음날 다시 선애를 보러 학교로 찾아온 대진과 진형은 음악대
학 안으로 들어와 두리번거리고 있었다.

"어머, 진형 씨. 여기 웬일이세요?"

"선애는 어디 있나요?"

"날 만나러 왔는 줄 알았는데, 선애 만나러 온 거군요."

"아이, 왜 이러십니까? 혜자 씨. 우리 사이, 오해 없기로 합시
다."

"호호호……. 우리 사이라니요? 우리가 어떤 사이인데요?"

"선애 씨, 어디 있나요?"

"대진 씨는 큰일났어요. 어제 선애 술을 그렇게 주더니, 오늘 선
애 학교 못 왔어요. 아침에 우리 집에 전화했어요. 일어나지도 못
하는가 봐요."

"병 문안 가야 되겠네요. 야 진형아, 당장 가자. 혜자 씨도 안
갈래요?"

"아니, 대진 씨. 선애 집에 들어갈 자신 있어요? 그 앞에 가서
또 못 들어 가겠다구 그러는 거 아니예요?"

"그러니까 다 같이 가서 선애 씨 방에는 진형이 대표로 들어가
는 거예요."

"호호호……. 대진 씨답네요."

"안 그러면 다 같이 가죠, 뭐."

백양로를 나와서 진형은 선애에게 전화를 걸었고 선애의 목소
리는 그리 나쁘지 않았다. 저녁에 이화여대 앞 다방으로 나온 선

애가 말했다.

"나 맥주 그렇게 마셔 보기는 처음이었는걸. 오늘 아침에는 정말 못 일어나겠더라."

"선애 씨, 앞으로 자주 마시면 괜찮아져요. 앞으로 제가 계속 사 드릴게요. 히히히……."

"이 짜식. 너, 내 조카 술 한 번만 더 먹여 봐."

"얘, 선애야. 그래서 지금은 괜찮니? 하여간 너는 사람 놀라게 만드는 데는 선수야."

"선애 씨. 술을 마시고 난 다음날은 보통 해장국을 먹어요. 가요, 우리. 내가 해장국 사 드릴게요."

"나 지금 별로 생각이 없는데요."

"얘, 그렇게 순진하게 대답하는 게 아니고 그냥 따라가는 거야. 대진 씨가 널 보려고 학교까지 찾아 왔잖니."

"무슨 소리야, 우리 삼촌이 온 건데."

"맞아요, 선애 씨 보려고 갔었어요."

선애는 진형을 쳐다보고, 혜자를 쳐다보고, 대진을 쳐다보고 있었다.

종훈이 제대한 지도 벌써 일주일을 넘기고 있었고, 오늘은 마침 토요일이라서 종훈은 주희를 보기 위하여 주희가 일하고 있는 대구의 백화점으로 가려고 집을 나서고 있었다.

집 대문 앞에 심어놓은 찔레꽃이 향기를 뿜어내면서 종훈을 배웅해 주고 있었다. 푸른 하늘과 조용한 시골의 정취가 종훈을 압도하고 있었고 토요일 오후를 설레게 했다.

백화점 앞에 다다랐을 때 종훈은 주희에게 전화를 걸어 건너편에 있는 은지다방에서 기다리겠노라고 했고 다방에 앉아서 두 시간을 보낸 후에 주희가 나타났다.

"니 여태까지 여기서 기다렸나?"

"응."

"지루하지 않았나?"

"할 수 없제, 그럼 우짜노?"

"나가자, 우리 그럼."

만나도 항상 말이 없는 주희였지만 오늘은 다방에 들어오면서부터 말을 걸어 왔다. 종훈은 그것이 신기해서 주희를 한참 쳐다보았다. 언제 만나도 주희가 먼저 말을 걸어오는 법은 없었기에, 종훈에게는 그것이 습관이 되어 버렸다.

"우리 영화 보러 갈까?"

"……그래."

종훈은 자신의 손으로 주희의 목을 감싸쥐고 시장통을 지나서 극장으로 향했다. 극장 안에서 영화를 보는 동안에도 종훈이 주희의 손을 놓지 않았고, 주희 역시 그런 종훈이 좋아서 종훈에게로 더욱 가까이 기대앉았다. 극장 밖으로 나와서도 종훈은 주희의 손을 여전히 잡고 이야기했다.

"어때, 잘 봤나?"

"응, 잘 봤다. 그런데 글씨가 너무 빨리 빨리 지나가니까 다 읽지도 못했다."

"글씨야 대강 읽으면 되지, 뭐."

그들은 목적 없이 걷기 시작했다.

"주희 너, 나 군에 있는 동안 데이트 많이 했나?"

"무슨 말이고……?"

종훈의 갑작스런 질문에 주희는 잘못을 저지르다 들킨 어린 아이처럼 당황하면서 화를 냈다.

"하하하……. 와 그리 화를 내노. 그냥 물어본 긴데."

"니, 내가 면회 자주 안 갔다 카나?"

"아니다."

"아버지 때문에 면회 자주 갈 수가 없었다."

"내 안다."

"사실은 어무이, 아버지가 하도 선을 보라 카길래 마음은 없지만 두 번 봤다. 그런데 다 싫다 했다. 참말로 싫었데이, 어무이 때문에 할 수 없이 봤제."

종훈은 주희의 부모님들이 얼마나 완강하고 고지식한 사람들인가를 너무나도 잘 알고 있었다. 성주에서 아버지가 목회할 때도 주희의 부모님들 때문에 애를 먹기도 했었다.

"훈아, 내가 니를 얼마나 기다렸는 줄 아나?"

"그랬나?"

"니, 내 그런 마음 몰라주면 죄받는다아."

어느덧 그들은 달성공원 앞까지 왔고, 공원 앞에서 사진을 찍는 사진사들의 성화에 나란히 향나무 뒤에 서서 서로를 바라보면서 사진 한 장을 찍었다. 학생 때부터 그들은 사진을 같이 찍을 수 있는 기회가 많았던 탓으로, 그들이 사진을 같이 찍는다는 것은 새로운 일이 아니었다.

"우리 공원에 들어갔다가 갈까?"

"응."

종훈은 아직까지 주희의 손을 잡고 있었다.

스피커를 통해서 YBS의 방송이 흘러 나오는 백양로를 따라 선애와 혜자는 이야기를 주고 받으면서 걸어나오고 있었다.

백양로 양쪽에 펼쳐져 있는 잔디밭에는 군데군데 남녀 학생들이 나무 밑에 모여 앉아 두런두런 이야기하면서 오후의 한때를 장식하고 있었다.

"선애 씨!"

저쪽 나무 그늘 밑에서 부르는 소리에 선애와 혜자는 반사적으로 그쪽을 바라보았다.

"어머머······. 광일이다, 선애야."

"어디 가요? 여기 잠깐 앉았다 가요. 할 이야기가 있어요."

"선애야, 너 어떻게 할래, 앉았다 갈래?"

"혜자야. 나 먼저 다방에 가 있을 테니까 네가 좀 이야기하다가 와. 광일이가 뭐라 그러나 듣고 와서 이야기해 줘."

"그래 알았어."

말이 떨어지기도 전에 선애는 벌써 등을 돌려 교문 밖으로 향했다. 약속시간보다도 십오분이나 일찍 나왔는데도 진형과 대진은 이미 와서 선애를 기다리고 있었다.

청송대 다방은 항상 만원을 이루고 있었으며 다방 안은 담배 연기로 자욱해서 기침을 하면서 들어왔다.

"삼촌 벌써 왔어?"

"응, 오늘 우리 오전 수업밖에 없었어."

"선애 씨, 나는 안 보여요? 내 인사도 못 들었어요?"

"죄송합니다. 그게 아니라······."

"아니, 됐어요. 그냥 해본 소리예요, 앉으세요, 어서. 그런데 왜 오늘은 혼자 나왔어요?"

"네에, 혜자도 곧 올 거예요. 왜요, 혜자 없으면 안 돼요?"

"아이구, 나야 선애 씨 볼려구 나왔지요."

"사실 혜자가 있어야 재미 있잖아요. 제 친구 혜자 참 재미있지요?"

"어, 저기 혜자 씨 들어오네요. 어서 오세요, 혜자 씨."

"진형 씨, 대진 씨 안녕하세요?"

"높으신 분 오셨는데, 자 여기 담배 있습니다."

"어머나, 나는 지금 막 바깥에서 한 대 피우고 들어오는 길인데 어쨌거나 고마워요. 담배까지 주시고 호호호······."

혜자의 여유 있고 재치 있는 농담을 선애는 좋아했고 그러한 것들을 배우려고 했다.

"혜자야, 광일이가 무슨 말을 했니?"

"어어, 이번 토요일에 자기네 클럽에서 쌍쌍파티 하는데 너하고 같이 가고 싶다고 전해 달라고 하더라. 한 번 같이 가줘라, 애. 지난 번 축제 때 니가 그 사람 파트너 안 해 줘서 얼마나 그 사람이 상처를 받았니? 안 됐더라 애."

"그럼 어떡하니, 나는 가고 싶지 않은데……."

"그냥 한 번 갔다 와."

"그럼 혜자야, 네가 좀 가줄래?"

"애 좀 봐, 기가 막혀서. 광일이가 같이 가고 싶어하는 사람은 너야 너! 내가 중간에서 힘들어 죽겠다, 죽겠어!"

"혜자야, 네가 좀 어떻게 해봐."

"진형 씨, 내가 애 선애 때문에 얼마나 힘든지 아세요? 남자들이 따라다니는 것까지 내가 다 해결해 주잖아요. 글쎄, 나만 학교에서 욕먹고 인심 잃어요."

"혜자야, 정말인 줄 알겠다."

"어머, 그럼 정말 아니니? 너 요전에 기계과의 봉현이도 내가 해결해 주었잖아. 그리고 또 의대 재석이도 내가 해결했구."

"재석이가요? 그놈은 우리 고등학교 동창인데, 키가 꺽달하게 큰 놈이지요?"

"네 맞아요. 대진 씨 친구예요?"

"친하지는 않았지만 친구나 다름 없죠."

"선애 애, 지난 토요일에는 재석이하고 극장도 갔다 왔어요. 그 영화 스카라무쉬였지 선애야. 재석이가 선애 참 좋아하는 거 같아요."

"그래요? 그놈은 내가 만나서 유도로 한 번 넘겨 버려야겠네요."

"호호호……. 대진 씨가 어떻게 그 큰 남자를 넘겨요?"

"내 실력을 아직 모르시는군. 나 우리 학교 유도부에 있는 거 알아요? 선애 씨, 귀찮게 하는 놈 있으면 말해요, 내가 해결할 테니까요. 드디어 유도 배운 거 써 먹을 시간이 왔네요."

"호호호……. 아니 그런데 왜 대진 씨가 그래요? 선애 애인이라도 되나요?"

"애인 앞으로 하면 되지요, 뭐."

"네에?"

선애는 놀래서 대진을 쳐다보았다.

"놀래지 말아요 선애 씨. 큰 눈이 더 커지니까 무서워요."

"야, 대진아. 오늘은 우리 이 아가씨들 데리고 안암골로 가자."

"아하, 그거 좋은 생각이다."

선애와 혜자는 진형과 대진을 따라 고대 앞으로 갔다. 화려한 신촌골에 비해 그곳은 무척 조용하고 초라한 거리였다. 신촌골의 밤거리는 한 마디로 모든 것이 살아 움직이는 거리라면, 안암골의 밤거리는 죽은 거리였다.

그들은 학교 앞의 아주 비좁은 식당으로 들어가 음식과 막걸리를 주문했다.

"선애 씨, 이거 막걸리인데 한 번 마셔 보세요. 이거 아주 좋은 거예요."

"별로 마시고 싶은 생각이 없는데요."

"오늘은 내가 많이 안 드려요, 걱정 말아요. 지난 번에는 정말 미안했어요. 사실 많이 드리지는 않았는데 선애 씨한테는 많았나봐요. 자, 밥을 우선 충분히 드시고 마셔야 돼요. 어때요, 생선찌개 맛있어요?"

"어머 대진 씨. 사람 앞에 놓고 차별대우 하실래요?"

"무슨 천만에 말씀을 하시나요. 혜자 씨야 원래 잘 먹고 잘 마시는 사람이니까, 내가 특별히 걱정 안 해도 되잖아요."

"호호호……. 정말 대진 씨 웃기네요."

"그리고 내일 모레 말입니다. 내일 모레 내가 특별히 저녁 사겠습니다. 두 분 꼭 나오세요."

"내일 모레요? 그날이 무슨 날이라도 돼요?"

"되지요, 하여간 나오세요."

이틀 후에 진형과 대진은 신촌으로 나왔고 대진은 무척 밝은 표정이었다.

"대진 씨, 도대체 무슨 날이에요? 오늘이."

혜자는 대진을 보자마자 다그치고 있었다.

"아이구, 점잖은 아가씨께서 왜 이렇게 급하신가."

"혜자 씨, 오늘 사실은 이 친구, 대진이 생일이에요."

"어머나, 그래요? 그럼 대진 씨 집으로 저희들을 초대하시는 건가요?"

"무슨 말씀이십니까? 저는 불쌍한 고아라구요, 아시겠습니까 혜자 씨? 고아 아닌 고아라구요. 이 외로운 고아를 박대하면 안 됩니다. 이 얼마나 불쌍한 인생입니까? 나 홀로 외로이……."

"나 홀로 외로이? 계속하세요, 들어줄 테니까. 호호호……."

"그러니까, 오늘은 내 생일이니까 내가 오늘 두 분 아가씨들을 아주 멋있는 데로 모시겠습니다."

"그럼 한 번 모셔 보세요."

만나면 농담으로 시작해서 농담으로 끝나는 대진과 혜자 앞에서 선애와 진형은 웃어주는 관객이었다.

대진은 그들을 명동으로 안내했고 뒷골목의 조용한 카페로 들어갔다. 그날따라 그 시간에는 양희은 씨가 통기타를 들고 나와서 노래를 하고 있었다.

대진은 꽤 많은 맥주를 마시고 있었다. 선애는 그 때 대진의 얼굴에서 처음으로 외로움을 발견할 수 있었다.

"야, 대진아. 천천히 마셔라, 취할라."

"얌마, 술은 취하려고 마시는 거다. 선애 씨, 안 그래요?"

그 날 저녁 진형은 대진을 먼저 보내고 선애집으로 들어왔다.

"선애야. 너 대진이 어떻게 생각하니?"

"뭐가?"

"대진이가 너를 무척 좋아하더라."

"삼촌, 나아 그 남자 싫어."

"왜?"

"삼촌이나 나하고는 어딘가 틀린 사람같아. 나하고는 안 어울리는 사람같아. 솔직히 삼촌이 있으니까 그냥 만나는 거지 뭐. 나 혼자라면 안 만나."

"사실, 나는 처음에 너를 소개해 주려고 대진이를 너의 학교에 데리고 간 것은 아니었어. 집에 가다가 버스 안에서 대진이한테 내 조카가 연세대학교에 있다 그러니까, 그러면 내려서 만나고 가자고 그러길래 그냥 아무 뜻 없이 너한테 간 거였어, 그런데 그놈이 너를 본 이후로는 신촌에만 오면 버스에서 내리자고 매일 그랬어. 하하하……."

"하여간 삼촌. 내가 좋아하는 성격은 아닌 것 같아."

"아니야, 그놈 괜찮아. 넌 아직 그놈을 몰라."

종훈은 오늘 주희를 만나서 정식으로 청혼하겠다고 다짐하면서 집을 나왔다. 종훈의 부모님도 주희를 잘 알고 있기 때문에 주희에 대해서 말할 필요는 없었다. 단지 고지식한 주희의 부모님이 종훈을 어떻게 생각하고 있는지가 문제였다.

그러나 마음 한 구석에는 미국 가는 특권을 가지고 있었기 때문에 자신감도 가지고 있었다. 남들이 가지 못하는 '미국'이란 나라에 간다는 것은 마치 한양으로 벼슬하러 가는 것만큼 대단한 것이었고, 그런 남자에게로 시집가는 여자 또한 부러울 것이 없는 여자라고 생각하는 사회였기 때문이었다.

그러한 환상의 나라, 모자라는 것이 없이 풍요로운 나라, 행복만이 기다리는 나라로 딸을 데려간다면 어느 부모도 마다하지 않을 것이라는 생각에 잠기자 종훈은 발걸음이 가벼워졌다.

　주희의 퇴근시간에 맞추어 나갔던 탓에 그리 오래 기다리지 않고 주희를 만났다.

　"훈이니, 오늘 무슨 기분 좋은 일이라도 있나?"

　"와? 기분 좋아 보이나?"

　"응."

　"나를 만나서 그렇겠지!"

　주희는 눈을 흘기면서 종훈의 손잔등을 꼬집었다.

　"훈아, 니 요즘 용돈 없어서 힘들제? 이거 얼마 안 되지만 써라."

　"하하하……. 내가 아무리 돈이 없어도 어떻게 여자한테 돈을 받아 쓰겠노."

　"니는 돈을 안 벌고, 내는 돈을 벌고 있으니까 그렇제. 이 다음에 갚으면 될 게 아이가?"

　"괜찮다."

　"훈아! 우리, 니는 내 말 듣고, 내는 니 말 듣고 하자. 자, 내 말 들어라."

　주희는 종훈의 주머니에 억지로 봉투를 넣어 주었다.

　월급이라야 초라했지만 그동안 주희는 꽤 많은 돈을 모았다.

　"그럼 주희야! 내가 이 다음에 너 원하는 거 다 해 줄게."

　"와! 기분 좋구마."

　"잠깐만 기다려 주희야."

　종훈은 길 건너편에서 솜사탕 두 개를 사가지고 다시 뛰어 건너왔다.

　"밥 묵어야지, 이거 먹으면 입맛 없어진대이."

　"밥은 나중에 먹으면 되지, 이거 보래이 주희야."

종훈은 두 뭉치 솜사탕을 작게 사탕알 만한 크기로 만들었다.
그리고 한 알은 주희에게 주면서 말했다.

"이거는 약이다 약, 내가 빚은 약이라구."

"무슨 약?"

"사랑의 약."

"와 먹노?"

"이 약을 먹으면 니는 내를 영원히 사랑하고, 나는 너를 영원히 사랑한다 아이가."

"호호호…. 세상에 참말로 그런 약이 있으면 얼마나 좋을까?"

그들은 목적 없이 거리를 누비면서 행복해 했다.

"훈아. 나 이젠 배고프다."

"그래 그럼 밥 묵으러 가제이."

그들은 지나가다가 분식집으로 들어가 앉았다.

"니 아직도 파를 그렇게 다 골라내나?"

"파는 먹기 싫다."

"그 버릇은 니 고쳐야 한다. 파가 있어야 맛이 나지."

볶음밥을 주문한 주희는 옛날과 마찬가지로 변함 없이 파는 그림자조차 보이지 않게 골라내었다.

"니 그럼 시집가서도 그랄래?"

"싫은 걸 우짜노?"

"그럼 내 쫓아 버릴끼라."

"우-메, 누가 니한테 시집간다 캤나?"

"니 그럼 나한테 시집 안 올래?"

"안 간다."

"알았다. 그럼, 내가 예쁜 색시 데리고 미국 갈란다."

순간 주희는 발 끝으로 종훈의 정강이를 걷어찼다.

"아! 아이구 아파라."

"니 내 앞에서 그런 말 한 번만 더 해봐라."

"그래 안 할게, 때리지는 마라."

"호호호…. "

"하하하…. "

둘이는 시간 가는 줄 모르고 웃고 또 웃고 있었다.

"주희야!"

"응? "

"이제부터 내가 하는 말 잘 들어라."

"뭔데? "

"우리 어머니, 아버지가 미국에 오기 전에 색시감을 정하고 오란다 카신다."

"그란데? "

"그란데 나는 아는 여자가 니밖에 없다."

"……. "

"내가 정식으로 청혼하는데, 니 내한테 시집올래?"

"……. "

"내가 너희 부모님께 가서 말씀 드려야 하지 않나?"

"아, 아니다. 훈아. 우리 부모님께는 아직 오지 마라. 우선, 내가 먼저 말씀 드려 볼게."

사실 주희는 그것을 기다려 왔고 또 바랬던 것이다.

왠지 가슴 속에 이미 자리잡고 있는 종훈을 몰아낼 수가 없어서 종훈이 군에 가 있는 동안에도 기다려 왔었다.

"오늘 집에 가서 훈이 네 이야기를 아버지께 말씀 드릴게."

"그래. 그럼. 주희야, 미국에 가면 말이다. 우리도 자가용 타고 잘 살 수 있다 카더라. 거기 캘리포니아는 겨울이 없다 카더라. 그리구우, 우리 어무이가 그라는데 미국은 여자들이 살기에는 최고라 카시더라. 집집마다 더운 물이 다 나오고 설거지도 기계가 다 해 주고 빨래도 빨래기계가 다 해준단다. 좋제?"

"그런 기계도 다 있나?"

"나중에 주희 너의 부모님도 미국으로 모셔오면 안 좋나."

주희는 종훈의 말에 가슴이 부풀어 뛰기 시작했다.

며칠 전부터 감기에 걸려서 무척 고생을 한 선애는 오늘도 학교에서 일찍 집으로 돌아왔다.

지독하게 머리가 아파서 눈알까지 튀어 나올 것만 같았고, 화장실에 가서는 정신을 잃고 말았었지만 일주일이 지난 지금에야 정상적으로 생활할 수가 있었다.

방에 누워서 쉬고 있을 때, 대청마루에서 전화벨 소리가 울렸다. 그리고는 이내 아버지의 음성이 들려왔다.

"여보세요……. 어어 진형이냐? 별 일 없지?…… 선애? 그래 잠깐 기다려라. 바꿔 줄게. ……야, 진형아, 선애가 감기 걸려서 많이 아팠다…… 지금은 좀 괜찮아졌어. 그러니까 일찍 들여보내라아."

아버지는 수화기를 선애에게 넘겨주고는 슬그머니 밖으로 나가셨다.

"삼촌! 나 선애야. ……. 응, 지금은 괜찮아 나갈 수 있어. …… 응 기다려 지금 나갈게."

전화받고 오분만에 이화여대 앞의 맥심다방으로 나왔으나 진형은 없었고 대진만이 한쪽 구석에 앉아 있었다.

"삼촌은 어디 갔어요? 여기서 기다린다고 했는데……."

"많이 아팠어요? 이젠 좀 괜찮아요?"

"네, 오늘은 좀 살 것 같애요. 그런데 삼촌은……?"

"삼촌이 꼭 옆에 있어야 하나요?"

"…….."

"진형이가 그러는데, 제가 싫다면서요?"

"…… ."

"선애 씨! 내가 꼭 마음에 들게 만들겠어요."

"? …? …?"

"하하하……. 놀래지 말아요. 나가요, 우리."

"어디요?"

"따라오세요, 나 나쁜 사람 아니예요."

"어디로 가요?"

대진은 더 이상 대답하지 않고 선애의 팔목을 잡고 나갔다.

대진이 데리고 간 곳은 명동성당이었다.

군데 군데 사람들의 기도하는 모습이 눈에 띄었고, 연인들이 앉아서 무엇인가를 속삭이면서 서로 손을 맞잡고 있는 모습들이 보였다.

"나는 여기 가끔씩 오곤 합니다."

"천주교인이세요?"

"아니요."

"그럼요?"

"기도하러요, 그냥 여기 이렇게 앉아 있으면 내 복잡한 머리가 정리돼요. 그러다 보면 인간을 지배하는 신에게 기도하고 싶은 생각도 들어요."

"그럼 하나님을 믿으시는군요."

"하나님은 믿지요. 그런데 교회는 안 다녀요."

"왜요?"

"교회가서 사람들이 기도하는 소리를 들어 보면 하나같이 다 잘 살게 해달라고 기도해요. 어떤 인간의 영혼을 위해서 기도하는 게 아니라 무조건 이 땅에서 축복받고 잘 살게 해달라고 그래요. 선애 씨도 그래요?"

"아니요, 저는 아직까지 그런 기도해 본 적 없어요. 저는 지금까지 부모님이 기독교인이니까 어려서부터 습관적으로 다녔고 어떤 간곡한 기도를 아직 한 번도 안 했어요. 기도라는 것이 복 내려주고, 잘 살게 해달라는 것이라면 저는 기도가 필요 없어요. 저는 제 생활에 만족하고, 모자라고 아쉬운 것이 아무것도 없어요. 바라는 것도 없어요. 단지 그것들에 감사해서 감사기도는 드려요."

"감사기도라……."

"실제로 학교 공부하면서 교회 행사의 모든 일에 참여하다 보면 힘들기도 하고 바쁘고 지칠 때도 있어요. 그렇지만 그것까지도 나는 감사드려요."

"아아, 그래요? 선애 씨 마음씨가 착하니까 그러한 신앙을 가진 거예요."

"아니 아니, 그렇게 말씀하시지 말아요. 어떤 때는 하나님 원망도 하는 걸요."

"그것은 인간이라면 누구나 다 해요."

"원망하지 않고 살아야지요."

"선애 씨, 나는요, 여기 선애 씨하고 같이 오고 싶었어요. 남들처럼 둘이 앉아서 두 손 모으고 기도하고 싶었어요."

"호호호……. 그건 연인들이나 하는 거지요."

"웃지 말아요, 그러니까 나도 선애 씨하고 연인이 되고 싶어서지요."

"에이!"

"우리 나가요, 다른 데 또 갈 데가 있어요."

또 다시 선애의 팔목을 잡고 끌고 가다시피 한 곳은 다방이었는데 그곳은 클래식 음악 감상실이나 다를 바가 없었다. 이층에 있는 이 다방은 명동에서 하나밖에 없는 유일한 클래식 음악다방이었다.

문을 여는 순간 시벨리우스의 '핀란디아'가 다방 안을 뒤흔들고 있었고 대진은 앉기도 전에 신청곡을 청하고 돌아왔다.

그리고 핀란디아에 대해서 선애에게 설명했다.

"아니, 누가 음대생이야 지금? 왜 번데기 앞에서 주름잡으려고 해요?"

"아, 그랬던가요? 죄송합니다, 번데기님."

"뭐요?"

"하하……. 지금 번데기라고 했잖아요."

"네, 번데기예요."

"아, 이거 내가 신청한 곡이에요."

대진이 신청한 곡은 스페인의 작곡가 로드리고의 '아란훼이즈' 협주곡이었다. 특별히 그는 2악장을 무척 좋아했는데 선애에게 눈을 감게 하고 무엇이 보이는가를 말해 보라고 했다.

"선애 씨가 좋아하는 음악은 뭐예요?"

"저는요, 백 번 천 번 들어도 항상 나를 감동시키고 내 심장을 뒤흔들어 놓는 곡이 있어요."

"뭔데요?"

"베토벤 피아노 협주곡 5번이에요. 저도 2악장이 나올 때는 나를 억제하지 못하고 울어 버릴 때가 많아요."

"잠깐 기다려요, 신청하고 올 테니까."

대진은 얼른 일어나 앞으로 걸어나갔다.

"여기 어때요?"

"너무 좋네요, 나는 이런 데가 있는 줄도 몰랐어요."

"우리 다음에 또 올까요?"

"…….."

"왜요, 싫어요?"

"삼촌하고 같이 와요."

"아이구, 그런 말씀 마세요. 진형이는 음악에 음자도 몰라요. 그놈은 이런 데 오면 코골고 자는 놈이에요. 내가 망신 당해요. 그거 몰랐어요?"

"알아요, 우리 삼촌 그런 거 몰라요."

"선애 씨도 싫으면 그만둬요. 할 수 없지요 뭐. 나 혼자 오면 되니까."

선애는 아랫입술을 깨물고 아무 말이 없었다.

선애의 신청곡이 끝나고 누가 신청했는지 차이코프스키 교향곡 5번이 버나드 하이팅크의 지휘로 흘러 나오고 있었다.

"선애 씨, 우리 나갈까요?"

"아니, 이 곡까지만 듣고 나가요."

"하하하……. 여기 앉아 음악을 듣노라면 나갈 수가 없게 돼요. 냉정하게 일어나기 전에는 못 나가요. 내 경험인 걸요. 배 안 고파요?"

"아뇨."

시간은 벌써 저녁 여덟시가 넘어 가고 있었고 대진은 하는 수 없이 또 선애의 팔을 잡고 데리고 나올 수밖에 없었다.

명동 깊숙이 중앙에 자리잡은 고급 이태리 음식점으로 들어간 대진은 선애가 아직도 감기로 힘들어 하는 것을 알 수가 있었다.

"빨리 먹고 집에 바래다 줄게요. 미안해요, 내가 아픈 선애 씨를 여기저기 끌고 다녀서."

"너무 좋았는 걸요."

그리 밝지 않은 음식점 안은 테이블마다 하얀 테이블보를 깔았고, 그 위에 붉은 호롱불이 놓여 있었고, 유럽풍의 실내장식이 운치가 있었다.

지나친 웨이터의 서비스가 선애의 마음을 불편하게 했지만, 선애는 자연스럽게 대진과 웃어가면서 대화를 나누고 있었다.

"어휴, 벌써 열시가 넘었네요. 일어나요, 늦게 들어가면 부모님께 혼난다면서요."

"누가 그래요?"

"진형이가 그랬어요."

대진이 택시를 잡아 타고 선애 집 앞까지 오는 데는 십분 남짓

걸렸다.

"잘 자요, 아프면 안 돼요."

"저기요오, 오늘 참 고마웠어요."

"뭐가요?"

"오늘 좋은 거 많이 보여 주셨잖아요."

"선애 씨, 그렇게 나를 어렵게 대하지 말아요. 나는 선애 씨가 어떤 여자라는 거 잘 알아요. 앞으로는 내가 선애 씨 보호하고 다닐래요. 선애 씨는 보호자가 필요해요. 선애 씨가 싫어도 할 수 없어요."

"잘 자요."

방안에 들어온 선애는 책상에 앉아, 대진이 했던 말들을 떠올리면서 오랜 시간 동안 생각에 잠겨 있었다.

대진의 큰 형은 일찍 미국으로 유학 가서 의학박사 학위를 받고 현재는 의과대학 교수로 재직중인데 그 형으로 인해서 대진의 형들이 다 미국으로 건너갔고, 며칠 전에는 부모님마저 미국으로 떠났다.

막내인 대진만이 이곳에서 학교를 다니고 있었다.

며칠 전 대진의 생일때, 자신은 고아 아닌 고아라고 말했던 대진을 이제야 이해할 수 있었고, 다음 주에는 학교 근처에 있는 하숙집으로 이사한다고 대진은 말했다.

"이 가시나가 정신이 나갔구마 그래. 이 문두이 가시나야, 니 지난 번 선본 남자 싫다 칸 게 훈이 때문이제? 이 썩어 빠질 가시나 봤나, 아이고 마…. 훈이가 뭐 볼꺼 있노 잉? 그래… 갸가 돈이 있나, 직장이 있나 어이? 어디서 지 동갑짜리 사내놈 하나 알아가지고는 속을 썩일라카노 이 가시나야, 여자는 그

자 고마 돈 잘 벌고 나이 많은 남자한테 시집가서 사랑받고 사는 게 최고인기라. 훈이는 절대로 안 된데이, 그리고 갸는 미국이란 데 간다 카며? 미국이 어데 붙어 있는 나라고? 니 그렇게 멀리 떨 어져서 어찌 살라 카노. 정신 차리거래이."

집안은 한 바탕 소동이 났고, 주희 어머니나 주희 언니는 숨을 죽이고 묵묵히 지켜볼 수밖에 없었다.

주희는 두 번 다시 이야기를 꺼내지 못했고, 직장에는 휴가를 받아 며칠째 방에만 파묻혀 있었다. 그 사이 주희의 얼굴은 무척 수척해졌고, 주희 어머니는 그런 주희가 애처로웠다.

"주희야! 아버지가 안 된다 카믄 안 되는 기라. 잊어뿌러라."

"어무이, 어무이가 한 번 이야기해 주이소."

"니, 아버지 성격 모르나? 그리고, 내도 훈이 갸 별로 맘에 안 든단 말이다."

주희는 종훈을 만나기 위하여 일주일 만에 외출하면서 만나서 무슨 이야기부터 할까에 대하여 고민하고 있었다.

자신이 일하고 있는 백화점 건너편의 은지다방 한 구석에 자리 잡고 앉은 주희는 자신도 모르게 눈물이 흘러내렸다.

"주희, 니 와 우나?"

"어, 왔나?"

"무슨 일 있나? 니 지금 아파 보이네."

"아니다, 괜찮데이."

"주희야! 니, 나 때문에 그렇제?"

"……."

"그랬구나."

종훈은 담배를 꺼내 입에 물고 불을 붙였다.

"훈아, 나는 말이다아……."

"됐다, 그만 해라."

"화났나?"

"…… ."

주희는 또 다시 눈물을 떨어뜨렸다.

"주희야! 내가 어떻게 해야 좋겠나?"

"훈아! 조금만 더 기다려줘, 내가 다시 한 번 아버지한테 이야기할 거구마."

"아니다, 일어나거라, 내랑 지금 같이 가자."

"어디?"

"따라와 그냥."

종훈은 주희집으로 향하고 있었다.

종훈은 주희와 같이 주희의 부모님 앞에 무릎을 꿇고 앉았다.

"아버님, 저는 중학교 때부터 주희를 알았습니다. 그리고 지금까지 서로가 좋아합니다. 지금은 아버님께서 저를 좋게 보시지 않습니다만 저를 받아 주신다면 주희 책임지고 사랑하면서 살겠습니다. 아버님! 저를 받아 주십시오."

주희 아버지는 옆으로 고개를 돌리고 눈을 감고 있었다.

"주희는 안 된다 카이, 쟈는 다른 데 시집보낼 끼니까 니 빨리 미국 가거래이."

"아버님, 저는 주희와 헤어질 수 없습니다."

"뭐야? 못 헤어지면 우짤끼고."

"주희 데리고 가겠습니다."

"뭐, 뭐라고? 이놈아가 점점 더하네. 나가, 썩 나가!"

집안은 다시 소란스러워지기 시작하면서 주희 아버지의 고함소리에 옆집에서도 듣고는 그러한 광경을 들여다 보고 갔다.

아직도 선애가 자신을 만나기를 꺼려 한다는 것을 알고 있

김순애 장편소설 / 그 사랑 가슴에 묻고

는 대진은 진형을 시켜서 선애를 불러내었다.

"우리 삼촌은요? 어디 갔어요? 왜 없어요?"

"선애야!"

부드럽게 선애를, 선애 이름을, 선애야라고 '야'자를 넣어서 부르는 대진에 선애는 당황했고 자신의 얼굴이 달아 오르기 시작했다. 분명 그것은 서로가 친해졌다는 것이었는데 선애는 그것에 대해 대진에게 물었다.

"왜…, 왜 내 이름을 그렇게 부르세요?"

"후후후…. 그게 그렇게 심각한 문제예요?"

선애는 아랫입술을 깨물고 아무 대답 없이 앉아 있었다.

"나가요."

"어디요?"

"따라와요."

"어디요?"

"지난 번에 그랬잖아요. 또 가자구."

"…… 아하!"

을지로 쪽에서 명동 입구로 들어가는 길목에 있는 훈목다방의 계단을 선애는 참 좋아했다. 그 이유는 건물이 오래 되었는지 계단이 나무로 되어 있었는데 계단을 한 발 한 발 오를 때마다 삐거덕거리는 나무계단의 소리가 다른 데서는 찾아 볼 수 없는, 어떤 화려함과 부를 자랑하지 않는 순수한 멋이라고 생각했기 때문이었다.

"저기 있잖아요."

"뭐가 있어요? 어디요?"

"……"

"하하하…. 내 이름은 대진이야, 말해 봐 뭐야?"

"이 계단 소리 너무 좋아요."

"하하하… 별게 다 좋네."

"다른 데서는 못 들어보는 소리예요. 다시 한 번 내려갔다 올라 올게요."

선애는 일부러 소리를 크게 만들면서 다시 올라왔다.

"이 소리 언제까지나 듣고 싶은데, 언젠가는 이 소리도 없어지겠지요?"

"우리 다시 내려갔다 올까? 이번에는 나하고 같이."

선애는 진심으로 그 소리를 즐겼다. 올라오면서 대진은 선애의 어깨에 자신의 팔로 감싸고는 계단의 한가운데 선애를 세웠다.

"선애야! 내가 싫어?"

"……."

"넌 나를 싫어하는 게 아니야, 내가 알아. 단지 나를 가까이하지 않으려고 그러는 거지."

"……."

"선애야! 나는 네가 만날수록 좋아지는데 어떻게 하니?"

"……."

"들어가자, 빨리."

대진은 자리를 잡아 선애에게 앉으라고 권했고 오렌지 쥬스를 시켜 주었다. 이내 선애가 좋아하는 음악과 대진이 좋아하는 음악을 신청했다.

베토벤의 피아노 협주곡 5번이 나오면서 자신도 모르게 선애는 감탄사를 터뜨리면서 눈물 방울을 떨어뜨렸다.

"육체의 피곤함이 다 녹아져 버리면서 내 영혼이 하늘에서 떠다니고 있는 것 같아요."

"어 그래? 나도 지금 너와 똑같은 생각을 했는데."

2악장이 흘러 나오면서 선애는 그 아름다운 선율 속으로 자신을 집어 넣었고, 티끌 하나 없는 은쟁반 위에서 춤을 추고 있었다.

몰입해 있는 선애에게 대진은 조용히 쪽지에다 글을 써서 선애 앞에 놓았다.

'너의 모습이 정말로 아름답구나. 그 모습이 그리워서 나는 너를 데리고 내일 또 오련다.'

다시 로드리고의 아란훼이즈 협주곡이 연주되면서 대진은 자신의 손가락으로 기타를 쳤고, 지휘를 했고, 노래를 불렀다.

어느새 선애도 그 곡에 매료되었고, 그 곡 역시 들을수록 맛이 있었고 멋이 있었다.

훈목다방을 나오면서 선애는 대진에게 물었다.

"오늘은 성당에 안 가요?"

"가고 싶어?"

선애는 고개를 끄떡이면서 좋아했다.

성당 안의 분위기는 개신교회의 분위기와는 상대가 안 될 정도로 엄숙하고 인간의 마음을 정화시켜 줌으로써 겸손함과 온유함을 가질 수 있게 하는 것을 느꼈기에 선애는 성당을 좋아했다. 그리고 그 안에서 신의 신비로움도 맛볼 수가 있었다.

선애는 무릎 꿇고 두 손 모아 기도드렸다.

"선애 기도하니?"

"네."

"크게 해봐, 나도 좀 듣게."

"선애를 사랑하시는 내 목자 여호와 하나님, 날마다 나를 새롭게 하시고 빛을 향하여 인도하심을 감사드립니다."

모으고 있는 선애의 두 손 사이로 대진은 마리아상의 묵주를 끼워 주었다.

"이게 뭐예요?"

"묵주야. 내가 중학교 때부터 가지고 있는 거야. 마리아께서 선애를 항상 지켜줄 거야."

저녁을 먹고 집에 오는 길에 레코드점에 들러 로드리고와 슈베르트의 '겨울나그네' 레코드를 선애에게 사 주었다.

"너 내일 나 좀 도와줄 수 있어?"

"뭘요?"

"나 내일 하숙집으로 이사하는데."

"아아, 참 그랬지요? 내일 그럼 내가 어디로 가면 돼요?"

"내일은 토요일이니까 천천히 오면 돼. 아니 내가 너의 집으로 올게."

"이사하는 사람이 무슨 시간이 있다고 우리 집으로 와요?"

"짐도 없는데 뭐, 천천히 하지. 너는 짐 정리만 해주면 돼."

"알았어요."

"나 갈게. 잘 자!"

선애 집 대문 앞에 선 대진은 아쉬운 작별을 했다.

돌아서 걸어가고 있는 대진을 보고 선애도 답례를 했다.

"오빠! 오늘 고마웠어요."

대진은 돌아서 다시 선애 앞에 섰다.

"고마웠다는 소리 하지 마, 내가 도리어 고마웠는 걸."

"잘 자!"

대진은 돌아서서 걸어가다 또 다시 돌아섰다.

"선애야! 난 지금 하늘로 올라갈 것 같은 기분이다."

"왜요?"

"너 지금 나한테 오빠라고 불렀잖아. 잘 자!"

이튿날 정오에 대진을 만나 그의 하숙집으로 따라왔다.

대진의 방은 깨끗하게 정리되어 있었고 그의 책상 위에는 장미꽃 한 다발이 꽃병에 꽂혀 있었다.

"아니, 벌써 집 정리 다 했네요?"

"그럼 내가 정말로 선애한테 와서 일해 달라 그럴 줄 알았어?"

"언제 이렇게 다 했어요?"

"그동안 조금씩 짐을 갖다 놓았구, 어젯밤 늦게까지 정리했어.

그리고 꽃은 아침에 나가서 사가지고 들어온 거야, 선애 줄려구."

"나를요? 내가 왜 이유 없이 꽃을 받아요?"

"이유가 있지."

"무슨 이유요?"

"내가 처음 안 여자니까."

"……."

대진의 방은 대진의 성격을 그대로 보여주듯 깔끔하고 안락하게 꾸며져 있었고 엄청난 레코드판을 가지고 있었다.

"선애야! 이리와 앉아봐, 내가 좋은 음악 들려 줄게."

대진은 선애가 불편하지 않게 방석을 깔아 주었고, 또 다른 방석으로는 선애의 등과 벽 사이에 끼워 주었다.

"편하니?"

선애는 고개를 끄떡였다.

대진은 피아노 협주곡 오번을 틀어 주었다. 그리고 또 아란훼이즈 협주곡을 틀었다. 항상 그랬듯이 2악장이 나올 때는 눈을 감고 감상했다.

"오빠는 음악 공부했더라면 좋았을 텐데……."

"아니야, 그건 그렇지 않아. 음악 공부하는 사람들은 나만큼 음악을 듣고 즐기지 못해. 음악 공부하는 사람들은 피나는 노력을 통하여 인간의 영혼이 무엇을 요구하는지를 음악으로 표현해야 하고 만들어야 하는데 그 과정은 괴로움과 외로움으로 인하여 좌절하기도 하고 절망하기도 하지. 그렇지만 나는 그냥 음악을 듣고 즐기는 사람이니까 그냥 행복할 뿐이야."

해가 떨어지기 조금 전부터 밖에서는 툭툭 소리내면서 비가 오기 시작했다.

"비가 오기 시작하니까 이번에는 쇼팽의 빗방울 전주곡 듣자."

블라디미르 호르비츠의 피아노 연주는 특별한 기교로 연주하고 있었다.

"선애야! 이 피아노 소리, 빗소리, 분위기가 괜찮은데. 여기다가 커피 한 잔을 곁들여야 하는데, 미안하다."

"오빠! 모든 것이 다 완벽하면 안 돼. 뭔가 항상 하나는 아쉬워야 되는 거야."

"어어? 선애 너 멋있는 말한다. 우리 이따가 멋있는 데 가서 커피 마시자."

하숙집 아주머니가 차려주는 저녁을 먹고 그들은 북악산 꼭대기 카페로 들어갔다.

"오빠! 오늘 비 오니까 참 좋다 그지? 오빠는 비 오는 거 좋아해?"

"나느은 선애 좋아해."

"나느은 비 참 좋아해."

"나느은 선애 참 좋아해."

"오빠- 아."

"정말이야 선애야. 나, 너 참 좋아해. 마음이 착해서 좋고, 네가 가지고 있는 생각, 너의 모습, 너의 밝은 웃음, 다 좋아해. 그리고 너의 청순한 눈빛이 나를 잡고 있어. 진형이 그 자식, 왜 나한테 이제서야 너를 보게 했는지 모르겠어."

"오빠! 나 너무 힘들게 하지 말아 줘요. 내가 어떻게 처신을 해야 할지 나도 모르겠어요. 나는 그냥 오빠가 우리 삼촌의 친한 친구이고, 또 오빠가 나쁜 사람 아니구 하니까 만나는 거야."

"알아, 알구 있어."

집에 돌아오는 길에 선애는 비가 좋아 비를 맞기를 원했으나 대진은 감기라도 걸리면 큰일이라고 하면서 굳이 택시를 잡아타고 선애 집 앞까지 왔다. 선애의 집은 막다른 골목의 제일 끝집이었는데 오가는 사람이 없어 항상 조용했다.

대진은 선애의 머리카락을 매만지면서 속삭였다.

"선애야! 너는 내가 가꾸어 주고픈 식물이야. 정성스레 물도 주고, 떡잎도 잘라주고, 뜨거울 때 햇볕도 가려주고 해서 건강하고 싱싱하게 만들어 놓고픈 식물이야."

대진의 눈빛은 어둠 속에서 빛나고 있었으며, 그의 목소리는 부드럽게 떨고 있었다.

"선애야! 잘 자!"

서울 누나 집에 온 지가 벌써 일주일이 넘어가고 있던 종훈은 누나 희경에게 주희와 있었던 일들을 이야기해 주었다.

"누나, 나 주희한테 청혼했는데 거절당했데이."

"그랬나? 와 거절당했노? 체, 저들은 뭐 잘 났다고. 겨우 고등학교 나와서 백화점 점원으로 일하면서 뭐 내놓을 게 있다고 니를 싫다 카나, 내가 안다. 아마도 주희 아버지가 펄펄 뛰었을 끼라. 주희 아버지가 어디 보통 사람이냐? 그 고지식한 사람이 말이다. 훈아, 걱정 마래이. 니 아직 스물 세살 아이가."

"응, 괜찮아. 미국 가서 공부해야지."

며칠 후 어린 조카들을 데리고 놀고 있던 종훈에게 매형이 들어왔다.

"훈아, 너 선 한 번 안 볼래? 신학교에 다니고 있는 아주 참한 여잔데, 어때."

"글쎄요."

"내가 시간과 장소를 정해서 알려줄게, 모레쯤 준비하고 있거래이."

별로 가고 싶은 생각이 없었지만 매형의 권유로 종훈은 약속 시간보다 십분 일찍 종로에 있는 한일관으로 나갔다.

곧 이어서 그 여자는 그녀의 언니와 같이 나왔는데, 언니는 저녁을 먹고는 먼저 집으로 가고 둘이 앉았다.

별로 할 말이 없었던 그들은 다방에서 차 한 잔 마시고 이내 헤어졌다.

"그래 어떻드노?"

종훈은 그냥 씩 웃어 버리고는 입을 다물었다.

"야야! 말해 보래이. 맘에 안 들었구나, 말 좀 해 보래이."

"매형, 무슨 처녀가 그리 뚱뚱합니까?"

"호호호…. 니 아직 주희 생각하나? 주희 고것이 야무지게는 생겼지. 참, 주희한테서 편지 왔데이."

희경은 종훈에게 편지를 건네주면서 힐끔 쳐다보면서 웃었다.

'훈아!

요즈음 매일 시름시름 내리는 비가 꼭 내 마음 같구나.

나는 직장에 갔다 와서는 방에만 틀어박혀 있다.

어제는 선희가 우리 집에 놀러왔었다.

너와 있었던 일들을 이야기했더니, 너나 나나 용기가 필요하다고 하더라.

훈아!

보고 싶은데 내가 한 번 서울로 올라갈게.

꼭 할 이야기도 있다.

나 이대로 너와 헤어질 수 없어.'

종훈은 편지를 주머니 속에 꾸겨 넣었다.

주희가 보고 싶어져서 견딜 수가 없어 종훈은 벌떡 일어나 대구행 고속버스를 탔다. 아무 생각도 없이, 계획도 없이 종훈은 대구로 내려갔고 주희를 만났다.

"우짠 일이고?"

"보고 싶어서 왔다."

"내 편지 받았나?"

"응, 받았다!"

"훈아! 우리 성주 갈까?"

잠시 멈췄던 비가 다시 내리기 시작하면서 성주로 들어가는 버스 안은 텅 비어 있었다. 종훈은 항상 그랬듯이 주희의 손을 꼭 잡고 있었고, 손바닥에서는 땀이 나와서 그들의 손은 후끈 달아 있었다.

버스에서 내려 교회 뒤의 야산으로 올라가는 데는 십분 정도 걸렸는데 올라오는 동안에도 그들은 말 한 마디 없었다.

"우산 쓰거라, 주희야."

"아니, 나 안 쓸란다."

"니 안 쓰면 나도 안 쓸란다."

그들은 비를 맞고 산에 올라왔고 어느새 옷은 다 젖어 있었다.

교회당 밑의 집들은 예나 지금이나 변함 없이 동네를 지키고 있었고 오늘은 뿌옇게 안개가 덮여서 더욱더 조용하고 평화로운 시골의 정취를 자아냈다.

"훈이 니 아직도 옛날에 그 하모니카 가지고 있나?"

"응, 가지고 있지."

"니 참 하모니카 잘 불었데이."

주희는 학생 시절때 종훈과 이곳을 올라오곤 했는데 그 때마다 종훈은 주머니에서 하모니카를 꺼내서 불곤 했었다.

그리고 주희는 그 하모니카에 맞추어 노래를 불렀었다.

주희는 지난 날들을 새롭게 떠올리면서 이제는 더 이상 이 야산에 오지 못하리라는 생각에 자신도 모르게 감정이 복받쳐 올라왔다.

눈물이 얼굴을 타고 내려가고 있는 주희를 보면서 종훈은 조용히 주희를 안았다.

내려다 보이는 교회와 마을을 어느샌가 어둠이 삼켜 버리고, 드문드문 불빛이 조용한 마을을 지키고 있을 때까지 그들은 아무말도 하지 않고 그렇게 주희를 안고 서 있었다.

야산을 내려 오면서 주희가 조심스럽게 이야기했다.

"훈아! 나 오늘 집에 안 들어갈란다."

"아니야. 들어가야지 어디서 잘래?"

"나 너하고 오늘 밤 같이 있을란다."

"주희야! 그러지 마."

"훈아! 우리는 열세살 때부터 같이 놀고 같이 웃었다. 니는 항상 나를 보고 웃어 주었고, 나는 그러한 니가 좋아서 항상 곁에 있고 싶어 했는 거 모르나? 이제 생각하니 그것이 우리들의 행복이었고, 우리들의 사랑이었다. 그렇게 생각 안 하나? 니가 군에 가 있는 동안에도 나는 니만 생각했다. 그렇게 쌓아온 우리들의 사랑이 나는 쉽게 무너지지 않는다고 생각한다."

집에 들어가지 않겠다고 떼를 쓰는 주희를 종훈은 그녀의 집 앞까지 데리고 왔다.

"들어가 주희야!"

"……."

"나 이젠 여기 안 올 거야, 그냥 서울 누나 집에 있다가 미국으로 갈 거야."

"훈아! 나는 니를 기다릴 거다."

"잘 있어, 주희야."

선애가 다니고 있는 교회는 예배시간에 음악의 비중을 아주 크게 두고 있었고 특히 오르간 음악을 중요시하는 교회였다. 선애는 그것이 마음에 들어 그 교회를 택했고, 자신의 개인 연습도 주로 교회에서 하곤 했다.

오늘 예배시간 전주곡은 바하의 '코랄'이었는데, 참으로 엄숙한 분위기를 만들어 가고 있었다.

지난 주부터 선애의 전주곡을 듣기 위하여 대진이 와서 예배에 참석하고 있었다. 멀리 오르간 앞에 앉아서 치고 있는 선애의 모습을 바라보면서 대진은 왠지 가슴이 벅차 오르는 것을 느꼈다.

선애의 손가락을 통해서 많은 사람들의 영혼에 안식과 평안을 주어 그들로 하여금 기쁨과 하늘 나라의 소망을 바라볼 수 있게 만들어 준다는 것은 참으로 큰 일이고 좋은 일이라고 생각했기 때문이었다.

예배가 끝나고 대진은 선애와 인천 송도로 갔다.

"선애야! 너 오늘 전주곡 아주 좋았어."

"으응, 나도 그 곡 좋아해."

"너어, 음악 악보 필요한 거 있으면 적어줘. 내가 형한테 부탁해서 보내달라고 할 테니까."

"그래도 돼?"

"그러엄, 안 될 게 뭐가 있어."

"와! 기분 좋다.

"앞으로 너의 악보는 내가 구입해 줄게. 그 대신 그 곡들은 다 네가 쳐야 돼, 알았지? 열심히 해야 돼, 응?"

"응, 약속해. 아니 약속하나마나 이건 내 일이니까 약속이 필요 없는 거라구우."

"그리구우, 연습하는 데 힘든 일 있으면 이야기해. 내 무엇이든지 다 도와줄게."

"고마워요. 선애 지금 막 하늘로 올라가는 거 같아, 너무 기분 좋아서."

동인천 터미널에서 내린 대진은 택시를 타고 다시 송도로 향했다. 물이 빠져 나간 갯벌 위에는 조개껍데기가 널려 있었고, 대진과 선애는 신발을 벗고 바다를 향해 걸어나갔다.

오래간만에 보는 바다는 그들의 마음을 신선하게 만들었고, 끝없는 대화를 만들어 내고 있었다.

"선애 넌 바닷가에 자주 오니?"

"아니, 자주 오지는 못하지만 가끔씩은 왔어."

"그럼 와서 뭐해?"

"나는 항상 조개껍데기 줏어갔어."

"그리고 또?"

"그리고 또 멀리 수평선 보면서 복잡해졌던 마음을 정리하구."

"나는 초등학교 다닐 때 바닷가에 놀러 갔다가 한 번 죽을 뻔한 일이 있었어. 그 후로 나는 바닷가를 안 갔어. 옛날 일이 자꾸 생각나서."

"그럼 그 후로 오늘이 처음이야?"

"아니, 처음은 아니지만 바다는 잘 안 가. 그런데 앞으로는 자주 올 거야."

"왜애?"

"니가 있으니까, 너하고 같이 오면 옛날에 그 죽을 뻔했던 기억은 없어질 것 같애."

"나는 여기 지난 겨울 대학 시험 치르고 합격통지서 받고 난 다음에 왔었어."

"누구하구? "

"동창애들하구, 사진 실컷 찍어 왔었어. 바다는 항상 봐도 좋더라, 나는."

"그럼 너 수영 잘 해?"

"아니, 난 물에도 못 들어가."

"후후후…. 그럼 바닷가 뭐하러 와?"

"웃긴 왜 웃어? 바다 구경하러 오는 거지 뭐."

"그럼 오빠는 수영 잘해?"

"너 하나 정도는 업고 할 수 있어."

"그럼 왜 물에 빠졌었어?"

"어어, 그건 내가 그 사건 이후로 우리 어머님이 나에게 수영을 가르쳐 주셨어. 그래서 난 동네 수영장에서는 잘해. 그런데 모르겠어. 지금 바다에서 수영을 할 수 있을지 없을지."

"나는 물 속에는 발도 못 들여봐. 그러면서도 바다는 정말 좋아해."

"선애야, 우리 지금 어디 있는 줄 알아?"

"어디이?"

"물이 들어오면 여기는 지금 바다 한가운데야 무섭지 않아?"

"아니, 무섭긴……?"

"하늘을 한 번 봐, 왜 하나님이 인간에게 이런 자연을 주셨는지 알아?"

"왜에?"

"이 대자연 속에서 신의 오묘함을 깨닫고, 자연에 순종하면서 살아가라고 주신 거야. 그러니까 신, 즉 자연을 역행하면 인간의 편에 있지 않고, 자연에 순행하면 그 자연은 인간의 편에 있어."

"나도 그렇게 생각해."

"우리 이제 돌아 나가자. 물이 들어오는 시간이니까, 우리도 자연에 순행해야지. 호호호……."

다시 서울행 고속버스를 타고 돌아오는 길에 대진은 버스 안에서 선애 손에다 조용히 조개껍데기 하나를 쥐어주었다.

선애는 놀라서 얼른 펴 보고는 대진을 보고 웃었다.

"이거 참, 이상하게 생겼네."

"그래서 내가 줏은 거야."

"이걸 언제 줏었어? 나는 줏는 거 못 봤는데……."

"너를 위해서 하나 줏고 싶었어."

서울로 올라온 종훈은 당장 내일부터 영어 회화학원이나 다니다가 미국에 가겠다고 다짐했다.

주희가 마음에 걸려 전화를 하고 싶은 마음이 간절했으나 왠지

내키지가 않아 그만두었다. 울려 오는 때마침 전화벨 소리에 주희이기를 바라면서 얼른 누나가 받기 전에 먼저 받았다.

"여보세요."

"……."

"네, 어어, 외삼촌 웬일이십니까?……. 네, 네. 알겠심더."

수화기를 놓은 종훈은 외삼촌의 부탁에 약간 짜증이 났지만 다른 한 편으로 외삼촌이 가엾고 불쌍했다.

그 내용은, 어떤 남자의 이름과 주소를 종훈에게 주면서 어떤 사람인가를 알아보라는 것이었다. 그것은 외삼촌이 미국 이민을 가기 전 서울에서 어떤 은행의 꽤 높은 직위에서 일을 할 당시 고등학교 3학년이었던 종훈이 여름방학 동안 서울 외삼촌 집에 머물면서 대학입시 준비학원에 다닌 적이 있었다.

그때 외숙모는 외모가 빼어난 미인이었는데 그녀는 외삼촌이 출근한 다음 매일 치장을 하고 춤을 추러 나갔다. 그것을 알게 된 외삼촌은 외숙모를 방에 가두고 사정 없이 때렸다. 그러나 외숙모는 며칠 후부터 또 다시 나가게 되었고 하는 수 없이 외삼촌은 외숙모의 머리를 빡빡 밀어 버렸다.

다시 외숙모는 모자를 눌러쓰고 춤을 추러 다녔고 급기야는 외박까지 하게 되었다. 어렸을 적 한 동네에서 살면서 사랑하게 된 외삼촌은 순정을 바쳐 끔찍이 외숙모를 사랑했고 외숙모만이 이 세상의 여자로 생각했다. 그러나 외삼촌이 군에 있는 동안에 그녀는 다른 남자와 연애를 했고 몇 달동안 동거도 했었다.

외삼촌이 제대하고 결혼 이야기가 나오자 온 집안의 식구들은 반대하면서 상놈의 집안 딸이라며 외삼촌을 말렸으나 외삼촌은 그것은 과거였다면서 그녀를 용서하고 결혼을 했다. 그것은 외삼촌의 일방적인 사랑이었고 헌신적인 사랑이었다.

그러한 외숙모의 끼를 막을 길 없어 결국은 자신의 명예와 직장을 버리고 그녀를 데리고 미국 이민길에 올랐다. 미국에서 외삼촌은 페인트 칠을 하고 일당으로 살아갔지만 그것이 그에게는 무한한 행복이었다.

외숙모하고 같이 살아가기만 한다면 더 바랄 것이 없는 그였다.

그러나 자리가 잡혀가자 다시 한국에 있는 그 남자와 편지 왕래를 하고 있었고 외삼촌은 사랑하는 부인을 그 남자에게로 보내기로 마음먹었다. 그래서 서울에 있는 종훈에게 전화를 걸어 그 남자를 조사해 볼 것을 부탁한 것이었다.

사랑하는 여자 때문에 스스로 자신의 인생을 포기하면서 살아가는 외삼촌이 불쌍하기도 하고 바보 같기도 하지만 어렴풋이 남녀의 사랑을 종훈은 이해할 수가 있었다.

"누나, 나도 주희 데리고 미국으로 도망가서 살까?"

"니 그거 참말이가?"

"응."

"훈아! 결혼이라 카는 게 억지로 되는 게 아니고, 또 억지부려서 해야 결국은 좋은 결과를 못 갖는 기다. 니 지금은 힘들겠지만 조금만 참아라. 미국 가면 또 다른 세상이 니에게 닥쳐 온다."

기말시험을 앞두고 선애는 정신을 차릴 수 없이 바빴다.

학과 공부와 실기 공부를 같이 해야 했기 때문에 선애는 새벽 네시면 일어나 준비하고 다섯시가 되면 학교 연습실로 들어가면 세 시간은 연습할 수가 있었다.

그러한 가운데서도 대진은 빠짐 없이 매일 선애를 찾아왔다.

"어휴, 우리 아가씨 바쁘네요. 공부하랴, 연애하랴, 하하하…."

"정말 힘들어, 요새는 잠을 다섯 시간씩 밖에 못 잔다구. 이젠 오빠 오지 마. 시험 끝날 때까지."

"안 돼, 그건 안 되구우. 그냥 와서 네 얼굴만 잠깐 보구 갈게.

아니, 밥 먹는 시간에 와서 밥만 먹구 가는 거야. 그러면 되지?"

"난 지금 밥먹을 시간도 없어."

"왜에? "

"실기 시험 때문에……. 실기가 제일 큰 걱정이라구."

"이 아가씨야, 실기 공부하려면 힘이 있어야 하지."

"아이 큰일났다."

"어쨌든 나는 너를 하루도 안 보면 안 돼."

"……?……."

"이게 내가 말이야. 선애야, 너를 무척 사랑하는가 보다."

"오빠! 그런 소리하지 마, 나 무서워."

"뭐가 무서워?"

"난 아직 사랑이란 거 몰라. 그러니까 무섭지. 내가 보기엔 오빠나 나나 아직 사랑한다는 말은 이른 것 같애. 나는 말이야아, 그냥 오빠가 좋은 사람이고 편한 사람이라는 것만 알아. 오빠를 만나면 참 편해, 그 뿐이야. 난 오빠 사랑 안 해, 사랑이 뭔지도 모르고."

"선애야! 나를 사랑하란 소리가 아니야. 너에 대한 나의 감정을 말했을 뿐이야, 너 아직 어린애야. 내가 그것도 알지. 너는 아직 누가 만지면 부스러질 것 같은, 그래서 보호받아야 하는 그런 어린 애라구."

"오빠가 이렇게 심각하게 나오면 난 오빠가 무서워져."

"넌 참 무서운 게 왜 그렇게 많냐?"

어느새 그들은 선애 집 대문 앞에 서 있었다.

"오빠, 내일부터는 오지 마아."

"내일, 내가 저녁 일곱시에 청송대 다방에서 기다릴게 저녁만 같이 먹는 거야, 알았지?"

대진은 두 손으로 선애의 머리카락을 쓸어내리고 있었는데 선애는 그의 손길에서 진실과 사랑을 담은 전율을 느꼈다.

그것은 선애에게는 큰 충격적인 일이었다.

"너를 위해서, 항상 너의 뒤에서 서 있을게. 잘 자! 잘 자, 선애야!"

종훈이 종로에 있는 영어학원을 나가는 지도 벌써 일주일이 넘어가고 있었다.

오늘은 학원 강의가 끝나고 재식을 만나기로 약속했다.

재식은 군대에서 사귄 친구로서 성격이 지나치게 곧고 정직해서 종훈은 그런 재식을 좋아했다.

군에 있을 때 삼선개헌 찬반투표를 했는데 재식 혼자 반대표를 찍어서 죽어라 매를 맞고 감옥에까지 갔다 온 일이 있었다. 그러한 처지의 재식을 종훈은 정성으로 보살펴 주었었다. 그렇게 그들은 변함 없이 서로를 위해 주면서 군생활을 마쳤는데, 제대하고 난 다음에도 그들은 누구보다 친한 친구가 되었다. 그런 재식이 오늘은 여자 하나를 소개해 준다기에 마음 한 구석에 막연한 기대감을 갖고 먼저 나와서 기다리고 있는 것이다.

종로의 한복판에 있는 이 장안다방은 항상 많은 사람으로 붐비고 있었고 약간 노년층들이 오는 곳이라 그리 시끄럽지는 않았다.

출입문에서부터 멀리 앉아 있던 종훈은 재식이 들어오는 것을 보자 얼른 손을 번쩍 들었다.

언제 보나 재식의 표정은 아무것도 없는 무표정 그 자체였다.

"오래 기다렸나?"

"아니다, 조금 전에 왔다."

"야 임마! 니 잘 되믄 내한테 한 턱 내야 된데이."

"하하하……. 어떤 여잔데 니 그리 큰 소리 치노."

"어떤 여자긴, 보면 알 텐데 뭐. 여자는 내가 보증한데이."

"그래? 니가 보증하면 보나 마나지 뭐. 그라믄 내가 두 턱내야지. 한 턱만 내면 되겠냐? 하하하….”

기분 좋게 웃고 있는 종훈의 앞에 어느새인가 재식의 여동생 재은이 서 있었다.

“안녕하십니까? 뭐가 그리 재미있습니까?”

“아, 니 재은이 아이가? 여긴 웬일이가?”

“훈이 오빠 오래 간만이네 예.”

“그래, 이게 얼마만이가?”

“오빠는 제대하고 얼굴이 더 작아진 것 같네 예.”

“야야, 그때는 군대 밥을 먹을 때 아이가?”

재은은 재식이 감옥에 있을 때, 면회를 가게 되었는데 그곳에서 종훈과 첫 대면을 한 적이 있었다.

“그런데 여기는 어쩐 일이가?”

“와 임마, 우리 재은이는 여자 아니가?”

“뭐, 뭐라고?”

“야 임마, 너 우리 재은이 데리고 가면 네 복이다. 마음씨 착하지, 얼굴 예쁘지, 살림 잘 하지. 그 이상 뭐가 더 필요하노.”

“오빠야! 나 부끄럽다 고마. 나 그냥 나가 버릴란다.”

“아이다, 재은아. 이놈 말이 다 맞지이.”

“우짤래, 나는 아직 회사일이 다 안 끝나서 다시 회사로 들어가야 된데이. 훈아! 너 오늘 우리 재은이 잘 모셔라 알았제?”

“이 자식이, 큰 소리 치네.”

“그럼 임마, 니는 내 매제 될 거 아이가.”

말이 끝나기도 전에 재식은 벌써 일어나 나가고 있었다.

다방을 나온 종훈과 재은은 구질스레 내리고 있는 빗속을 우산을 받쳐 들고 인사동 쪽으로 걸어갔다.

종훈은 재은의 옷이 젖지 않도록 재은 앞으로 우산을 받쳐 들고 어쩌면 재은의 키가 자신보다 더 클지 모른다고 생각했다.

주희는 키가 작았고 마른 데 비해 재은은 그 반대였다.

처음으로 종훈과 한 우산을 쓰고 걷고 있는 재은은 여자처럼 곱상하게 생긴, 얼굴도 여자처럼 흰 살결을 가진 종훈이 싫지 않았다.

처음으로 대학에서 맞이하는 여름방학을 선애는 오로지 실기 연습에만 몰두하며 보내고 있었다. 친구들은 거의가 클럽활동을 통하여 하계봉사, 아니면 여행을 떠났고 혜자도 클럽에서 여행을 떠나고 없었다. 그 틈을 타서 선애는 마음껏 연습실을 차지하고 연습할 수가 있었기에 아예 학교에서 살다시피 하고 있었다.

날씨가 무척 더워서 오전인데도 연습실 안은 찜통이 되어가고 있었다. 더위를 피해서 아침 일곱시에 들어가면 네, 다섯 시간은 금방 지나가곤 했다. 정오가 되면 대진이 찾아오곤 했는데 오늘은 어쩐 일인지 두 시간이나 미리 와 있었다.

"어머나, 왜, 아니 왜 이렇게 일찍 왔어?"

"선애 너, 네 큰 눈이 더 커지니까 정말 왕사탕 만하다."

"그럼 내 눈을 왕사탕 만하게 만들어 놓지 말아야지이."

"하하하…. 괜찮아 왕사탕 만해도."

"말해 봐, 왜 일찍 왔어?"

"그냐앙, 너 연습하는 거 보려구. 사실은 몰래 들어오려구 했는데 너에게 들켜 버렸어."

선애는 손가락으로 한 쪽 구석에 있는 의자를 가리켰다.

"그러엄, 오빠 저기 저 의자에 앉아 있어. 나 신경쓰게 만들지 말고, 알았어?"

"네, 알겠습니다."

선애는 연습 시간만큼은 자기 자신을 철저하게 다스렸다. 무슨 일이 있어도 그 시간을 소홀히 하지 않고 연습에 임했고, 또 그 공부하는 것에 대해 큰 꿈과 기대를 가지고 있었기 때문이었다.

오후 한 시가 되어서야 선애의 연습은 끝이 났고 점심을 먹기 위하여 대진과 함께 뜨거운 햇볕을 받으면서 백양로를 걸어나갔다.

점심을 먹고 더위를 피해 대진은 선애를 데리고 당구장으로 들어갔다. 당구장은 남학생들만 들어갔으므로 처음에 선애는 무척 부끄러워 했으나 이제는 대진하고라면 거리낌 없이 따라 들어갈 수가 있었다.

당구장 안은 에어콘을 틀어서 아주 시원했기에 우선 앉아서 쉴 수가 있었다.

"선애야, 오늘은 짝이 없으니까 니가 쳐야 되겠다."

"나 칠 줄 모르잖아."

"이거 잡아, 내가 가르쳐 줄게."

처음으로 선애는 당구대를 잡고 대진이 가르쳐 주는 대로 치고 있는 동안 재미를 붙여가고 있었다.

"선애야! 오늘 저녁에 우리 덕수궁에 가자."

"거긴 왜 갑자기?"

"거기서 오늘 야외음악회 한다더라."

"응, 가자 그럼."

해가 떨어진 초저녁 여름의 고궁 안은 푸르름과 위풍이 사람들의 마음을 사로잡았고 평화로운 정취가 사람들을 멈추게 했다.

시원하게 불어오는 바람을 선애는 가슴 깊숙이 받아 먹으면서 그곳에서의 낭만을 만끽할 수 있었다.

대단한 음악회는 아니었지만 관중은 거의가 젊은 연인들이어서 음악회를 위해서 왔다기보다는 시원한 여름밤의 고궁에서 데이트를 즐기기 위해 온 사람들이었다.

음악회가 끝나고 각각 흩어진 연인들은 궁 안의 앉을 만한 곳은 이미 다 차지했으므로 대진과 선애는 정원 중간에 있는 돌계단에 앉아야만 했다.

"오빠! 여기는 같은 서울 하늘 아래인데 왜 이 궁 안의 하늘은 별이 더 많은 것 같아?"

"왜 그런지 알아? 그건 지금 네 마음이 열려 있다는 증거야. 하늘의 별은 마음으로 봐야 많이 볼 수 있어. 네 마음이 닫혀 있으면 결코 많은 별을 볼 수가 없어."

"그럼 오빠는 항상 마음문을 열어놓고 많은 별을 보고 산다 이 거지이?"

"그럼."

"체, 그렇게 말하면 나는 아예 내 가슴 속을 꽉 채워 가지고 다니지, 호호호……."

"그래에, 바로 그거야. 그렇다면 네가 이 세상에서 제일 행복한 사람인 거야."

"응 맞아. 난 행복해. 이 세상이 다 내 것인 걸. 이 세상의 모든 아름다운 것들은 다 내 거야."

"야! 선애야, 그런데 너 무슨 샴푸 쓰니? 네 머리에서 오이 냄새가 난다."

"호호호… 그거언, 내가 무슨 샴푸를 써서가 아니라 오빠 마음을 열면 오이향 냄새를 맡을 수가 있어. 오빠 마음이 닫혀 있으면 결코 나에게서 오이향 냄새를 맡지 못해."

"하하하… 아쭈!"

"호호호…. 해해해…."

그들은 끝 없는 하늘과 공간을 향해 맘껏 소리내어 웃고 있었다. 그리고 대진은 선애의 머리를 자신의 가슴으로 잡아 당겼다.

선애의 오이 냄새를 한껏 마셔 버린 대진의 심장은 용솟음치면서 선애의 귀에 전해지고 있었다.

"오빠, 이젠 우리 집에 가자."

"선애야. "

다시 대진은 선애를 자신의 가슴에 묻었고 어느덧 그의 입술이 선애의 머리와 얼굴을 애무하기 시작했다.

"오빠, 이러지 마. 우리 집에 가자."

"선애야!"

대진은 사랑의 환각제를 선애에게 전해 주고 있었다.

어젯밤에 주희에게서 전화를 받은 종훈은 학원강의가 끝나기도 전에 서울역으로 향했다. 기차는 이미 도착되었고 주희가 기다리고 있었다.

"기차가 제 시간보다 빨리 도착했나?"

"봐라, 지금이 몇시인데."

"어어, 내가 늦은 거네."

"니 와 내가 편지했는데도 아무런 답장이 없나?"

"답장하면 뭘 하노."

"훈아, 니 와그러노."

"그런데 니 얼굴이 와 그렇게 상했나? 건강해야지. 그래야 니 시집가서 잘 살 거 아이가."

"훈아, 니, 나 비웃는 기가?"

"사실이잖나. "

"잘 있거라, 나 갈게, 그럼."

"주희야. 그래, 미안하데이. 너를 이젠 잊으려고 노력하고 있는데……. 나도 힘들다."

"훈아. 너를 거절한 것은 내 부모지, 내가 아니야. 니, 나를 그렇게 쉽게 포기할 수 있나? 나는 못해, 난 못한다."

서울역에서 만난 그들은 어느새 명동성당 앞까지 걸어왔다. 성당으로 들어간 주희는 애원하면서 기도했다.

"하나님 아버지시여, 우리들의 마음을 받아 주시옵소서. 우리, 한평생 같이 살기를 원합니다. 우리, 한평생 사랑하기를 원합니다."

종훈은 주희의 흐르는 눈물을 닦아 주었다.

옛날 성주에서 살 때 학생회에서 여름수양회를 간 적이 있었다.

산에다 텐트 두 개를 치고 잠을 잤는데, 밤에 소변보러 간 주희가 가다가 돌에 걸려 넘어져서 무릎과 얼굴에 상처를 입어 피를 흘렸다. 주희가 아파서 고통스럽게 울었을 때 종훈은 주희의 눈물을 닦아 주면서 이야기했다.

―조심해서 잘 살피고 가야지.

―누가 일부러 넘어졌나?

―주희야, 니 눈물은 이제부터 내가 닦아 줄게.

―뭐라고?

―니 눈물은 이제부터 내가 닦아 준다구.

종훈은 그때를 회상하면서 지금 주희의 눈물을 닦아 주었다.

'하나님 아버지, 내 사랑하는 여자, 그 여자의 눈물을 언제까지나 닦아 줄 수 있게 하여 주옵소서.'

주희는 계속 소리 없이 눈물을 흘리고 있었다.

"주희야! 그만 울어라. 우리 나가자, 내가 맛있는 거 살게. 여기까지 왔으니까."

종훈은 주희를 데리고 명동에서 유명하다는 칼국수집으로 들어갔다.

"많이 먹어라, 주희야."

"아니다, 별로 생각이 없다."

주희는 절반의 양밖에는 먹지 못하고 먹는 것조차도 힘들어 했다.

"주희, 너 자꾸 이러면 나도 힘들고, 미국 가는 것도 자신이 없어져."

"미안하데이. "

"사실 생각해 보면 나도 미국 가서 어떻게 될지 모른데이."

"……. "

"우리 집으로 가자. 우리 집에서 자고 내일 대구로 내려가거래이."

종훈은 주희를 데리고 누나 집으로 들어왔다.

"안녕하셨습니까? "

"어야, 어서 들어오너라."

"희경 언니. 그간 별 일 없었지 예?"

"응, 그래."

"누나, 주희, 여기서 자구 내일 내려가기로 했으니까 애들 방에서 재워요. 나는 마루에서 잘 테니까."

"응, 그래 알았다."

"언니! ……. "

"훈이한테 다 들었다, 우짜겠노. 부모님이 그리 반대하신다니 말이다."

"언니! "

"주희야 울지 말고 생각을 잘 해 보거래이."

주희는 밤이 새도록 울었고 다음날 아침 메모 한 장만 남기고 일찍 몰래 희경의 집을 나왔다.

'훈이야.

이젠 너를 힘들게 하지 않을게.

미국 잘 가.

내가 꼭 기다리고 있을게.

내 눈물 네가 닦아줘.'

2학기가 시작되면서 사학년 졸업반 학생들은 졸업연주

준비 때문에 연습실은 항상 그들의 차지가 되었다. 생각 끝에 선애는 선배들이 연습을 끝내고 간 저녁시간 이후로 연습을 하리라고 마음 먹었기에 그 시간까지는 편하게 대진과 같이 있을 수가 있었다.

저녁을 먹고 그들이 간 다방은 '마음과 마음'이라는 다방이었는데 이곳은 아주 조용하고 깨끗해서 특히 선애가 좋아했다.

다시 학교로 들어온 그들은, 선애는 연습실로, 대진은 도서관으로 향했고, 그것이 어느덧 그들의 일과가 되어 버렸다.

밤 늦게 대진은 도서관에서 나오고, 선애는 연습실에서 나와 대진은 항상 선애 집 문 앞까지 바래다 주었다.

"오빠! 여기서 제기동까지 가려면 한 시간이나 걸리는데 이젠 나 이렇게 바래다 주지 말고 곧장 집으로 가."

"한 시간 아니라 열 시간이 걸려도 나는 너를 혼자 못 보내. 앞으로 그런 소리 하지 마, 알았어?"

"그러다가 만약에 통행금지에 걸리면 어떻게 해."

"그럼 지서에 가서 몇 시간만 있다가 나오면 되지 뭐."

"오빠! 난 그렇게 되는 거 싫어. 정말 싫다구우."

"선애야! 나는 너를 위해서 살고 있어. 하루 하루를 너를 위해서 산다는 것이 나에게는 얼마나 큰 행복인지 너는 몰라. 나는 너를 통해서 산다는 것이 무엇인지를 알았어."

"고마워. 나는 오빠가 이러는 거 처음에는 얼마나 부담스러웠는지 몰라. 그런데 오빠의 진심을 알고부터는 그냥 고마울 뿐이야."

"고마워 할 것도 없어. 결국 나를 위해서 하는 일이니까 말이야. 선애야. 이젠 들어가. 잘 자!"

"아 참, 오빠! 이번 토요일 연고전 때 우리 어떻게 할까? 나아, 저녁에 장충체육관에서 농구 경기 전에 우리 여학생들이 한복 입고 강강수월래 한다."

"어어, 그래?"

"그러엄 야구경기 끝나자마자 장충체육관 분수대 앞에서 만나, 서둘러야 돼, 늦으면 못 들어가니까 알았어?"

"응, 알았어."

"잘 자!"

열두시부터 시작되는 야구경기를 시작으로 이틀 동안 다섯 종목의 시합을 갖는 이 연고전은 양학교의 학생들은 물론이고, 동문까지도 흥분의 도가니로 몰아넣는 최대의 잔치였다.

동대문구장의 입장 완료는 열시였으나 두 시간이나 먼저 도착한 혜자와 선애도 이미 늦어서 들어갈 수가 없었다.

아직도 구장 밖에는 수많은 무리들이 들어가지 못하고 있는 가운데 출입문 바로 앞에서는 어떤 상황이 벌어졌는지 모르지만 떼로 들어가게 되었다. 그 무리들 틈바구니에서 이미 그들은 구장 안으로 걸어 들어가는 것이 아니라 군중들에 밀려 들어가는 가운데 같이 갔던 혜자와 선애는 벌써 서로가 어디 있는지조차 떨어져 선애는 혜자를 모르지만 찾는 것은 포기해야만 했다.

연대 응원석의 가운데는 여학생 자리였기에 사람들 사이사이로 비집고 찾아 들어간 선애는 앉을 자리가 없어 애를 먹다가 겨우 자리를 만들어 앉았다.

양학교의 응원 역시 시합이었으며, 양교의 함성소리, 노래소리, 박수소리는 역동하는 젊음이 만들어내는 또 하나의 힘이었고 예술이었다.

한창 응원에 몰두하고 있던 가운데 어느 한쪽에 여학생들의 비명소리가 들렸고 마이크를 잡고 있는 응원단장의 목소리가 들렸다.

"수술을 버리세요! 수술을 버리세요!"

그것이 무슨 소리였는지 선애는 몰랐지만 갑자기 응원은 엉망이 되어 갔고 여학생들의 비명소리와 함께, 오갈 데 없는 데서 아우성치면서 여학생들이 바닥에 깔려 계속 넘어지고 있었고 연기가 나고 있었다.

불은 여학생들 옷으로 옮겨 갔고 선애가 앉아 있는 자리까지 번지고 있었다.

비명을 지르면서 한 발자국도 움직일 수 없는 상황에서 선애를 본 기수는 선애를 들어서 야구 경기장 필드로 내쳤다.

계속 그 기수는 여학생들을 그렇게 구출하고 있었다.

선애는 그러나 필드로 떨어지면서 심하게 다리를 다쳤고 이내 세브란스 응급실로 옮겨졌다. 그리고는 다시 입원실로 옮겨졌는데 수많은 여학생들이 불에 데어 신음하면서 통증을 호소하고 있었고 차츰 그들의 가족과 연고자가 들어오면서부터는 울음바다가되었다. 시간이 흐를수록 화상자들의 모습은 실로 처참한 모습이었고 지울 수 없는 악몽이었다.

선애는 화상을 입지는 않았지만 다리에 심한 통증을 느꼈고 무섭게 부어 오르고 있었다. 저녁이 되자 박대선 총장이 환자들 하나 하나를 찾아 다니면서 침통한 얼굴로 위로를 해 주었다.

남학생의 담뱃불 하나로 인하여 수 많은 여학생이 입은 상처의 결과는 말로 표현할 수 없는 억울함이었다.

부상자의 명단에 선애가 들어 있다는 것을 알고 대진과 진형은 저녁에 있는 농구경기를 뒤로 하고 세브란스로 달려왔다.

"선애야!"

문을 열고 들어오면서부터 대진은 급하게 선애를 불렀다.

"쉿! 조용히 해 오빠."

"너 어디 다친 거야?"

"삼촌, 조용히 하고 이 병실을 둘러봐."

그들은 곧 조용해졌고, 얼굴 전체를 붕대로 감고 있는 여학생 둘을 보고 난 다음에는 그냥 고개를 떨어뜨리고 선애를 쳐다보고 있었다.

한 방에 네 명이 입원해 있는 이곳에 두 명의 여학생이 그렇게 누워서 신음하고 있었다.

"어떻게 나 여기 있는 거 알았어?"

"내가 여기 응급실에다 혹시나 해서 전화했더니 네 이름이 있다고 하더라. 정말 놀랬어, 오는 동안에도 정신을 차릴 수가 없었어."

"벌써 TV뉴스에 부상자 명단이 다 나왔어. 네 이름도 나왔다고 하더라."

"부상자가 몇 명이래, 삼촌?"

"야, 니가 알아서 뭐해, 누워 있는 사람이."

"오빠! 나는 집으로 갈 거야, 도저히 미안해서 여기 못 누워 있겠어."

"왜에? 미안하긴 뭐가 미안해?"

"보라구, 다들 저렇게 얼굴들을 데어서 비참하게 누워 있는데 나 혼자 이까짓 다리 하나 다쳤다고 누워 있으니 안 미안하겠어? 편하지가 않다구, 더 불편해. 누웠어도 집에 가서 누울래."

그러한 고집으로 선애는 다음날 퇴원을 했고 3주동안 목발을 짚고 다녀야만 했다.

"혜자야, 너 그날 강강수월래 잘 했니?"

"그러엄, 얼마나 좋았는데, 안 됐다 너는 못해서."

선애는 그것에 대한 아쉬움 때문에 혜자가 안 됐다고 말하는 순간 눈물이 앞을 가로막았다.

크리스마스를 앞두고 주희는 종훈에게 선물할 하얀 스웨터를 짜 가지고 서울로 올라오는 길이었다. 종훈은 하얀 색을 무척 좋아했고 하얀 색의 옷을 많이 입었었다.

이번 크리스마스는 기약 없이 떠나갈 종훈에게 있어, 또한 기약 없이 기다려야 할 주희에게 있어 마지막이었으므로 또 다시 저려 오는 가슴을 안고 종훈을 만나야 했다.

"잘 있었나 주희야! 춥지?"

종훈은 두 손으로 주희의 볼을 감싸고 반갑게 맞이해 주었다.

신세계 백화점으로 주희를 데리고 들어간 종훈은 떠나면서 기념이 될 만한 좋은 선물을 하고 싶었다.

"주희야. 내 손 잘 잡아야 된데이, 이 많은 사람들 봤지?"

크리스마스 시즌을 맞아 백화점 안은 발 디딜 데가 없이 붐비고 있었고 다들 기쁨과 흥분에 들떠 있었다.

"이거 어때?"

"우와, 예쁘네에. 훈아, 이렇게 비싼 거 사면 우짜노."

"그런 말은 하지 마라, 내가 해주고 싶은 게 겨우 이거겠냐?"

종훈은 가운데 수정이 박힌 브로치를 그 자리에서 주희의 옷에 달아 주었다. 그리고 행복의 미소를 서로에게 보냈다.

백화점을 나오면서 거리에서 군고구마 한 봉지를 사서 먹으면서 명동성당까지 걸어왔다.

성당 안의 크리스마스는 속세가 맞이하는 크리스마스가 아니었고 인류에게 사랑과 희망을 주는 크리스마스였다.

"우리들의 바램이 무엇인지 알고 계시는 하나님 아버지! 주희와 나, 지금 주님 앞에서 간절히 기도하오니 서로를 바라보면서 살아갈 수 있게 도와 주시옵소서."

종훈의 기도에 주희는 숨을 멈추고 들었고 감격의 눈물을 흘렸다.

"훈아! 이거 말이야아, 니 스웨터야, 내가 짰다."

"우와, 잘 짰네. 색깔도 내 맘에 꼭 드는구만."

"니, 원래 하얀 색 안 좋아하나."

"고맙데이 주희야!

"고맙긴 뭐가."

"주희야! 우리 오래간만에 술 한 잔 하제이."

"야가 무슨 말하노? 내가 언제 술을 그리 마셨다고."

"니는 조금만 마셔라, 내가 다 마실게 하하하……."

그들은 성당 건너편의 좁은 길로 들어가 막걸리 집을 찾아 들어갔다.

"훈아, 천천히 마셔라."

"내 걱정하지 마라, 오늘은 술이 잘 들어 가네."

주희는 낮에 종훈이 사준 브로치를 들여다보면서 꽤나 좋아하고 있었다.

"주희야, 내가 미국 가면 말이다아…, 주희야."

"뭔데?"

"아주머니, 여기 술 좀 더 주시소."

종훈은 취기가 오르면서 조용해지고 있었다.

"무슨 말을 할라 카노, 답답하다."

"내가 미국 가면, 내가 미국 가면 말이다, 니 시집가거라."

"뭐라고?"

"시집가라고."

"……진심이가?"

"진심이다, 나 자신없다. 내 앞날에 대해서, 너에게 나는 어떤 약속도 할 수 없다."

"니, 그럼 아까 성당에서 한 기도는 뭐였나?"

"그건 그냥 내 바램이었다. 그냥 나의 바램 말이야."

"……."

"그러니까 꼭 너에게 나를 기다려 달란 말은 안 해."

"……."

"훈아! 나 약속 안 해도 괜찮아. 너의 청혼을 거절한 우리가 더 미안하지, 내가 어떻게 너에게 약속해 달라는 말을 하겠노. 나는 니한테 아무 할 말이 없데이. 그렇지만 훈아! 나, 니를 기다리고 있을게. 아무 때나 니가 오고 싶을 때 와. 나 니를 기다리면서 살게."

대진은 지난 번 형에게 선애 주려고 부탁한 악보들을, 이번에는 레코드판을 보내줄 것을 부탁했는데 오늘에서야 그것이 도착되어서 선애에게 주기 위해서 가벼운 기분으로 나가고 있었다.

미리 나와 앉아 있던 선애는 다방문을 열고 싱글벙글 하면서 들어오는 대진을 보자 웃음이 나왔다.

"오빠, 뭐가 그렇게 기분 좋은 일이 있어?"

"선애야, 이게 뭔지 알아?"

"뭐야 그게."

"레코드판이야."

"무슨 레코드판인데?"

"너 지난 번에 부탁해서 보내온 악보들 말이야, 이번에는 이 판이라구."

"뭐야? 오빠 왜 이래 정말, 미안하지도 않아 오빠 형한테?"

"선애야! 너 공부하려면 똑바로 제대로 해. 네가 연주하려면 그 곡에 대해서 먼저 공부하고, 분석하고, 이해하고, 알아야 연주를 하지. 그렇게 하려면 또 들어봐야 되잖아. 그냥 선생님한테 레슨이나 받고 얄팍하게 연주할래? 그게 연주야?"

"오빠 말 함부로 할래?"

"선애야! 나는 말이야, 그냥 악보나 옆에 끼고 음대생이라는 티나 내면서 학교나 왔다 갔다 하는 여자애들 보면 불쌍하고 구역질 나. 아까운 등록금내면서 다니는 속 없는 애들이 많다구. 물론 선애 너는 아니야, 그러니까 너를 좋아하고 너의 내면세계를 좋아하는 거야. 선애야! 예술을 공부한다는 거, 아니 예술가가 된다는 것이 얼마나 외로운 길이고 열정과 고뇌를 안고 걸어야 하는 삶인지를 너도 잘 알지. 그게 음악가가 되는 길이야."

"오빠! 그렇게 부정적으로 바라보지는 마. 음대 다닌다고 다 음악가, 예술가, 연주가가 되는 것은 아니니까. 오빠 눈에는 그런 여학생이 많이 보이는지 모르지만 그렇지도 않다는 것을 분명히 말하고 싶어. 음악에 대한 사랑과 열정으로 열심히 공부하는 학생도 얼마나 많은지 알아? 그런 애들 보면 난 부끄러워질 때가 많다구. 그리고 나도 더욱 노력하려고 애쓰고 있다구."

"그러니까 내가 너 공부하는 데 조금이라도 도움이 되고 싶은 거야 알았어?"

"알았어, 고마워."

"그건 그렇고, 너희 학교 연주 내일 저녁이지?"

"응."

"내일 연주 끝나고 내가 강당 앞에 있는 왼쪽 첫 번째 벤치에서 기다리고 있을게."

크리스마스와 연말을 앞두고 학교에서는 음대생 전체의 베토벤의 심포니 9번인 합창교향곡을 연주했다.

그것은 음대생 개개인에게 폭넓은 공부가 되었다.

해가 바뀌고 봄이 오려고 꽃샘추위가 시샘하듯 매서운 바람이 불던 날 종훈은 미국행 비행기에 올랐다.

막연한 미국이라는 나라를 상상해 보면서, 남들이 가고 싶어 하는 나라, 남들이 꿈꾸는 나라를 막상 가고 있노라니 종훈은 두려운 마음이 앞섰다.

미 공군과 결혼해서 온 이모로 인해서 종훈의 가족은 물론이고 이모들과 외삼촌들까지도 다 미국으로 건너갔다.

샌프란시스코 공항에서 내려 부모님들을 따라 들어간 곳은 버클리시의 흑인 동네에 위치한 아파트였다. 거대한 공항과 거대한 고속도로에 기가 질려 들어온 종훈은 모든 친척들의 환영으로 긴장감을 풀 수 있었다.

"아이고 야, 훈이 왔나? 어서 오거래이. 애썼다, 오느라고."

"그간 안녕하셨습니까?"

수십 명의 친척들로부터 환영인사를 받은 종훈은 자신도 놀래고 있었다. 외가쪽의 친척들이 그렇게 많았는 줄은 자신도 느끼지 못한 일이었다.

"형부나 언니는 이제 훈이가 왔으니 한시름 놓겠네 예."

"그렇제, 이제 나랑 같이 뺑끼칠하러 다녀야제."

"아이고 마, 매형이요 그 얘기는 천천히 하이소. 이제 막 들어온 아들한테 무슨 소링교."

"하하하…. 그래라 고마."

"매형이요. 훈이는 이 집에 장남입니데이."

"훈아! 니 책임이 크데이. 동생들도 니가 잘 보살펴야 하고, 집안도 이끌어 나가야 한데이."

종훈의 밑으로는 남자만 셋이 있었는데 큰 동생 종준은 미군에 입대해서 군인이었고, 둘째 동생 종혁과 셋째 동생 종경은 각각 고등학교와 중학교에 다니고 있었다.

아버지 박 목사는 한국에선 목사였지만 이곳 미국으로 와서는 페인트칠하는 사업을 하면서 열심히 돈을 벌고 있었다.

"훈아, 여기 미국은 말이다. 일을 해야 산데이. 일을 안 하믄 절대로 살 수가 없는 나라데이. 일만 하믄 얼마든지 돈을 벌 수가 있는 기라. 그라고, 내 계획은 교회를 하나 세울 작정이다. 우리 친척들만 모여도 꽤 많은 사람이니까 얼마든지 교회를 운영할 수가 있지. 앞으로 너의 누나 식구들이 올 낀데, 너의 자형은 신학교를 졸업했으니까 내가 교회를 하나 만들어놔야 너의 자형이 목회를 할 수가 있제."

"아버지, 지는 우선 학교 다니고 싶습니데이."

"학교는 무슨 학교, 미국에서는 공부 그리 안 해도 된데이. 일열심히 해서 돈 잘 벌믄 되는 기라."

"훈아! 니 색시감 좀 보고 왔나?"

어머니의 궁금증은 그것이었다.

"어무이, 지 아직 결혼하기에는 이르지 않습니까? 천천히 생각하지 예."

"야야, 여기는 색시감이 없단 말이다."

"없으면 할 수 없지 예. 어무이, 생각해 보이소. 누가 자리도 못잡고 직업도 없는 나에게 시집을 온답니까?"

"미국 따라오겠다는 처녀가 없었단 말이가?"

한국에서부터 종훈의 아버지는 종훈이 대학간다는 것에 대해서도 반가워하지 않았다. 돈 많이 들어가고 힘든 공부는 할 필요가 없다고 항상 주장했다. 종훈은 지금 다시 그 문제로 아버지와 맞서야 한다는 사실 앞에 미국에 온 첫날부터 실망하지 않을 수 없었다.

캠퍼스 안에 푸르름이 찾아오면서 행해지는 또 다른 잔치는 대학의 축제였다. 모든 학생들은 그 축제를 최대한으로 만끽하고 즐기기 위하여 각자의 스케줄을 만들어 놓았다.

일주일간의 축제 기간 동안에는 갖가지 강연회와 토론회, 연극, 음악회, 시화전이 있었고 마지막 날인 토요일에는 축제의 꽃이 피워졌다.

그 토요일을 위한 전야제로서 금요일 밤의 가면 무도회는 젊음의 한마당이었다. 밤 열시가 넘어서야 무도회는 막이 내렸고, 선애와 대진은 땀을 식히기 위하여 그 노천극장의 계단에 앉아서 내일에 있을 축제에 대하여 이야기하고 있었다.

"피곤하지 않아 선애야?"

"아니 괜찮아. 피곤하다기보다 바빠, 하루가 한 서른 시간은 되었으면 좋겠어."

"오늘은 좀 일찍 들어가라. 그래야 내일 예쁘게 입고 올 선애를 볼 수 있지."

"일찍? 호호호……. 벌써 열한시가 되어오는데 일찍 집에 가라고?"

"후후후… 그랬냐? 그놈에 통행금지가 원망스럽다. 이 지구상에 대한민국이란 나라만이 통행금지가 있으니 말이야. 제기랄, 가자 선애야."

대진은 심통을 부리면서 일어나서는 바지를 툭툭 털고 선애의 어깨에 손을 얹고 나왔다.

다음날 선애는 하늘색 원피스를 입고 나왔다.

"야! 선애 너, 이젠 숙녀가 됐네?"

"남들이 듣겠다, 내가 그럼 어린 아이였단 말이야?"

"그럼, 애였지이. 아직도 애라구 너는, 그래서 넌 보호자가 없으면 안 돼."

"오빠 정말 까불래?"

"아이구, 숙녀님께서 이렇게 예쁘게 차려 입고 왜 이러십니까?"

"히히하…. 오빠 머리가 꼭 초등학생 같애. 알기나 알아? 호호호….'

"야, 놀리지 마. 오래간만에 선애한테 멋있게 보이려고 이발했는데 왜 그러냐?"

"거울 보여줄까? 해해해……."

"우리 어디부터 갈까?"

"청송대에서 시화전이 있는데 우리 거기 먼저 가보자, 오빠."

"숙녀님 뒤를 따르겠습니다."

캠퍼스 안을 여기 저기 누비면서 갖가지 행사에 참여했고 둘이는 꽤나 시시덕거렸고 킥킥거리면서 때로는 주위 사람들을 의식해 입을 막고 웃음을 참느라 진을 빼기도 했다.

하루 종일 쉬지 않고 이곳 저곳을 누비고 다녔던 터라 선애는 다리가 아팠고 학생회관 앞의 잔디밭에 자리를 잡아 앉았다.

"아이구 다리야, 내 다리 고생하네, 오늘."

"아이구, 우리 숙녀님, 얼마나 피곤하시겠습니까?"

"정말 피곤하네. 오빠, 오늘 우리가 했던 거 중에 뭐가 제일 재미 있었어?"

"화살 던지는 게 재미 있었는데, 너는 뭐가 좋았어?"

"나는, 오빠가 나 업고 뛸 때가 제일 좋았지 뭐."

"야! 나 너 무거워서 혼났다. 무슨 여자가 그렇게 무겁냐? 무쇠 덩어리 같아."

"흥, 오빠. 아직 더 커야 되겠네에. 다른 남자들은 내가 너무 가볍다는데 왜 오빠만 무겁다 그래? 앞으로 밥 많이 먹어야겠다아."

"뭐라고? 나 말고 누가 널 업었어?"

"체, 아직 그것도 모르면서 뭘."

멀리서 선애와 대진을 발견한 혜자가 손을 흔들면서 달려왔다.

"선애, 너 여기 있었구나. 내가 하루 종일 널 얼마나 찾았는지 알아?"

"왜 찾았어? 경태 씨하고 같이 있으면서. 그런데 왜 경태 씨는 안 보여?"

"으응, 저녁 먹고 헤어졌어. 바깥에서 먹고 경태 씨는 가고 나는 다시 너 찾으러 들어왔단 말이야."

"왜?"

"니가 잘 있나 궁금해서."

"너 또 성질부렸구나."

"얘-는, 내가 왜 성질을 부리냐? 그냥 보기가 싫어졌어."

경태는 행정학과에 다니는 같은 학년의 남학생이었는데 혜자를 좋아했다. 그래서 가끔씩 만나지만, 만날 때마다 혜자의 성질로 인해 다투기도 했다.

"대진 씨, 오늘 재미 있게 보내셨어요?"

"네, 아주 재미있었습니다. 그런데 어쩌지요?"

"뭐가요?"

"오늘 비로소 내가 선애를 업었었는데 아주 무거워서 혼이 났어요. 그런데 혜자 씨를 업어 봤어야 되는데 그걸 못 했으니 말이에요."

"호호호……. 아니 대진 씨가 왜 나를 업어요? 선애나 업었으면 됐지."

"아니지요. 혜자 씨는 선애 친구니까요."

"호호호……. 정말 못 말리네요. 그럼 지금이라도 좀 업어 줄래요?"

"어머나! 니네들 여기 있었구나. 애, 선애야, 이 샴페인 좀 팔아줘, 우리 클럽에서 자금 마련 때문에 파는 거야."

성악과에 다니는 미숙이 샴페인을 들고 와서 팔아 달라는 요청에 대진은 세 잔을 샀다.

"자, 건배합시다. 혜자 씨의 행복과 건강과 안녕을 위하여!"

"호호호… 너무 거창하게 나오시면 내가 당황하잖아요."

"무슨 말씀이십니까, 높으신 분인데."

"고맙네요, 자 그럼 이 높으신 분, 마시겠습니다."

"자, 높으신 분 이 담배 한 대도…."

"무슨 담배씩이나, 사양할래요 호호호…."

"그나저나 대진 씨 이발하니까 꼭 개구쟁이 아이들 같네요. 히히히… 선애야, 안 그러니?"

"오늘 내가 거금을 들인 머리예요, 그러지 마세요. 그럼 이 담배 혜자 씨 입에다 물려줄래요?"

"어머머머…. 선애야 나 갈게."

혜자는 대진이 피우던 담배를 혜자 입에 가져다 대려고 하자 놀래서 도망가고 있었다.

어느덧 시간이 흘러 마지막 불꽃놀이가 시작되었다.

불꽃이 튈 때마다 함성소리와 감탄소리가 멈추지 않았다.

하늘에서 튀는 불꽃은 마치 대진과 선애의 영혼의 불꽃 같았다.

"선애야! 잘 봐, 네 영혼과 내 영혼이 저렇게 튀고 있는 거야."

종훈이 미국에 온 지 어느새 석달이 넘어가고 있었다.

미국에 온 다음날부터 지금까지 종훈은 아버지를 따라 페인트 칠만을 해왔다. 일을 하고 집에 들어오면 힘들어서 쓰러져 잤고, 다음날 아침 또 다시 일어나 일을 가야 했기에 종훈은 다른 것을 생각할 여유가 없었다. 박 목사 또한 아들 종훈에게 조금의 여유도 주지 않고 밀어붙이고 있었다.

그런 생활 속에서 종훈은 미국이란 나라에 회의를 느꼈고 시간이 흐를수록 자신이 하고 있는 일에 대해 서글픔만 쌓여갔다.

박 목사는 종훈이 오자 더욱 신이 나서 열심히 일했고, 그 결과 종훈이 일한 지 석달만에 버클리시의 흑인 동네에 방이 다섯 개나 되는 집을 구입할 수가 있었다.

특히 박 목사가 집을 구입하는 문제를 서두른 이유는 머지 않아 다섯이나 되는 희경의 식구들이 오기 때문이었다.

교회를 세워서 운영해 나가는 지도 벌써 한 달이 되어가고 있었으므로 박 목사로서는 이제 어느 정도 자리가 잡혀가고 있는 셈이었다.

"형부! 집이 아주 좋네 예, 방도 많고 뒤뜰도 넓고 예."

"교회도 잘 되어가고 있지 않습니까? 아주버님요."

"하하하… 그렇지."

"형부, 이게 다 훈이가 온 덕이 아닙니까? 훈이가 없었으면 아직 집도 못 샀을 낍니다."

"아주버님, 그건 맞습니다. 교회일도 얼마나 도와줍니까?"

실제로 종훈은 주일날 아침이면 교인들을 위해서 준비하는 점심도 어머니와 같이 해야 했고, 또 차가 없어 교회에 올 수 없는 사람들을 위해서 종훈이 가서 그들을 차에 태워 교회로 와야만 했는데 그 시간이 두 시간이나 걸렸다.

그러니까 일요일마저도 종훈은 새벽에 일어나야 했고, 남보다 두 시간 먼저 나가야 예배에 참석할 수가 있었다.

종훈은 그렇게 바쁜 생활 가운데서 자신이 어떻게 살아 나가는 지조차 생각할 틈이 없었다.

그러던 어느 날 동생 종혁의 학교로부터 종혁이 며칠째 학교에 나오지 않는다는 전화를 받았다. 알아 보니 종혁은 아침에 학교로 가지 않고 동네 불량배들과 어울려 다닌다는 것이었다.

그 사실을 알고 난 종훈은 종혁을 방에 가두어 놓고 자신의 힘이 빠질 때까지 구타를 했다. 그것은 종혁이 미워서라기보다는 아버지에 대한 원망과 분노였다.

종훈은 어렸을 때부터 자라 오면서 초등학교 6년, 중·고등학교 6년을 다녔지만 아버지나 어머니가 학교에 선생님을 만나러 간 적은 단 한 번도 없었다. 한국에서 초등학교 시절에 아버지는 교회 목사였는데 목회하는 일 때문에 교회를 자주 옮겨 다녔다.

그럴 적마다 종훈도 학교를 옮겨 다녀야만 했는데 항상 종훈이 스스로 전학통지서를 선생님께 갖다 드리곤 했었다.

종훈은 그 전학통지서를 자신이 선생님께 드릴 때마다 무척 부끄러웠고 얼굴이 뜨거워지는 것을 느끼곤 했었다. 다른 아이들처럼 엄마의 손을 잡고 새 학교로 전학가기를 바랬으나, 그것은 종훈에게 있어서 이루어질 수 없는 꿈에 불과했다. 어쨌든 초등학교 6년동안 네 번의 전학통지서를 선생님께 갖다 드렸었다.

그렇게 자랐던 자신의 어린 시절을 생각하면서, 지금 종혁의 문제도 부모님의 무관심 때문이란 것에 종훈은 화가 나 있었다.

"아버지, 아버지가 혁이한테 관심을 가지셨더라면 이런 일이 안 생겼을 겁니다."

"혁이 제놈이 학교 안 가는 거지, 내가 우째란 말이가?"

"아버지가 자식을 위해서 하는 일이 무엇입니까? 아버지는 유학생들한테는 학비도 주고 밥도 먹여주시면서 왜 자식한테는 무관심입니까? 유학생들한테 인심 얻어서 아버지 이름이나 알리려고 그러십니까?"

한 사람이라도 더 교회로 오게 하기 위하여 박 목사는 사람들에게 많은 돈을 쓰고 있었고, 그러한 겉치레와 돈을 주고 명예를 사고 있는 아버지에 대한 분노가 종훈에게 점점 쌓여만 가고 있었다.

"아버지는 지금 자신이 어떻게 살고 있는지조차 모르고 있습니다. 하나님 똑바로 믿으십시오!"

"뭐라고, 이놈아! 이놈에 자식이 애비한테 못 할 말이 없네. 썩 나가 버려!"

"안녕하세요, 윤대진이라고 합니다."

"어서 들어오세요, 선애한테서 이야기 많이 들었어요. 이렇게 누추한 데까지 오셨으니 미안하군요."

"아휴, 별 말씀을요. 초대해 주셔서 감사합니다."

"언니, 대진 오빠 좋아하는 음식 많이 만들었어?"

"왜, 안 만들어 놨을 거 같아서 그러니? 대진 씨, 잠깐만 편하게 앉아서 선애하고 이야기 나누세요."

조금 있다가 선애 언니는 선애와 대진을 위해서 푸짐하게 차려 놓은 밥상을 가지고 방으로 들어왔다.

"차린 것은 없지만 정성껏 했으니까 많이 드세요, 대진 씨."

"너무나 죄송합니다. 초면에 이런 대접을 받으니 몸둘 바를 모르겠습니다."

"생일을 축하드립니다."

"네?"

대진은 얼른 선애를 보았고, 선애는 옆눈으로 살짝 대진을 훔쳐 보고 있었다.

"놀라지 마세요, 대진 씨."

"선애야!"

"응? 왜에? 언니, 오늘이 무슨 날이라고?"

"오늘이? 대진 씨 생일이라고 그랬잖아."

"아아, 내가 그랬나? 그랬구나. 내가 이야기했구나아."

"어머머, 애가 왜 이렇게 능청을 부려, 너도 이럴 줄 아니, 선애야?"

"말도 마십시오, 어떤 때는 제가 어이 없게 웃을 때가 많습니다."

"오빠, 생일 축하해 어쨌든."

"초라한 상이지만 대진 씨를 위한 상이에요. 나는 내 동생 선애를 아끼고 사랑해요, 내 동생 잘 좀 보살펴 주세요. 사실 선애는 아무것도 모르는 아이에요"

"감사합니다. 잘 먹겠습니다."

한 달 전부터 선애는 대진의 생일을 위해 어떻게 할 것인가를 생각해 오고 있던 중 인천에서 살고 있는 언니를 떠올렸다. 언니를 볼 때마다 선애는 대진의 이야기를 했고, 언니는 어떤 학생인가를 알기 위하여 만나게 해달라고 한 적이 있었다. 그것을 머리에 떠올리고는 언니에게 전화를 걸어 대진의 생일날에 같이 가겠노라면서 대진이 좋아하는 음식을 언니에게 알려 주었다.

아침에 하얀 원피스를 입고 학교에 왔으나 대진의 생일을 위해 오늘에 있을 스케줄을 생각하느라 선애는 학교 수업을 설치고 있었다.

"선애야."

"어, 응?"

"아까부터 불러도 무슨 생각에 빠져 있는지 대답이 없어 너 지 그음……."

"왜에?"

"계집애, 너 무슨 일 있는 거지?"

"어어. 혜자야, 사실은 오늘 대진 오빠 생일이야. 그래서 오늘 수업 끝나고 같이 인천에 있는 언니집에 가기로 했어."

"그랬구나. 그래서 이렇게 하얀 원피스를 입고 왔구나. 알았어 그럼, 오늘 저녁에 우리 클럽 정기 모임이 있는 날이잖아. 너는 못 오겠네?"

"응, 니가 좀 잘 이야기해 줘."

마지막 오후 수업을 빼 먹고 선애는 대진과 함께 인천에 있는 언니 집으로 와서 즐거운 저녁 한때를 보내고 있었다.

이왕에 여기까지 왔으니 바닷가에 나가 신선한 공기라도 마시라면서 언니는 여비를 주면서 대진과 선애를 바깥으로 내몰았다. 해가 길어진 탓에 저녁 여덟시가 지나가는데도 아직 서쪽 해는 살아 있었고 수평선을 아름답게 장식하고 있는 것이 말로 표현하기에는 너무나 초라한 아름다움의 극치였다.

"선애야, 우리 여기 너무나 잘 왔다. 그렇지?"

"응, 석양 바다가 이렇게 아름다운 것인 줄 처음 느꼈어."

"나도 그래."

"오빠 얼굴에 뭐가 묻었네. 잠깐만, 내가 닦아줄게."

선애는 핸드백에서 손수건을 꺼내어 대진의 얼굴을 닦아주었다.

"너, 이 손수건 처음 본다."

"으응, 펴 봐 오빠가."

선애는 보라색 손수건에 대진과 선애의 이름을 색실로 수를 놓았고 날짜까지 새겨 놓았다.

"우와! 선애야! 니가 수놓은 거야?"

"그럼 누가 해?"

"와! 오늘은 정말 기분이 째지는 날이다."

"오빠 생일이니까."

"이 손수건 너와 내가 영원히 간직하는 거야?"

"오빠가 가지고 있어. 내가 오빠에게 생일 기념으로 만들어 준 것이니까."

"알았어."

그들은 마지막 고속버스를 타고 집으로 향했다.

"선애야! 오늘은 내 생애, 잊지 못할 날이었어."

"고마워, 오빠."

"후후후……. 왜 니가 고맙냐, 내가 고맙지."

"누구든지 간에 히히히…….."

"생각해 보면 하나님이 너를 나에게 보내주셨어."

"왜 그렇게 생각해?"

"만약 네가 없었더라면 난 지금 어떻게 되어 있을까?"

"체, 뭘 어떻게 돼."

"아니야 선애야, 너는 몰라. 선애야!"

대진은 선애를 힘껏 끌어 안았고 끓어오르는 가슴으로 거친 숨을 내몰면서 선애의 입술을 빨았고 혀를 빨아들이고 있었다.

"선애야! 사랑해!"

"……."

"잘 자!"

"……."

"선애야, 잘 자!"

"……."

오늘은 종훈의 이종사촌 동생 정석이 결혼하는 날이었다. 정석은 종훈보다 두 살 아래인데 얼마 전에 군대를 제대했다. 정석은 한국으로 파병나가 있는 동안에 여자 친구를 사귀었고 그녀를 미국으로 데려와 오늘 결혼하기에 이르렀다.

종훈은 틈틈이 바쁘게 움직이고 있는 이모를 거들어 주었고 결혼식이 끝나고 피로연에 있을 행사들을 꼼꼼히 준비하고 있었다.

종훈의 둘째 이모인 정석의 어머니는 정석이 여섯 살 때 남편을 잃었다. 정석의 밑으로 세 동생이나 더 있었던 그녀는 한평생 과부로 살면서 갖은 고생을 다 하면서 살아 왔고 미국으로 이민와서는 재봉공장에 다니고 있었다.

옛날, 종훈이 대구에서 중학교 다니던 시절, 어느 날 정석의 어머니가 집에 찾아와 울면서 종훈의 어머니에게 하소연한 적이 있었다.

"언니, 아무리 내가 고생을 하면서 일을 해도 네 아이들의 배를 못 채워 주고 있으니 도대체 아이들이 불쌍해서 내가 못 살겠어."

"은수야, 너 재혼할 생각 없나?"

"언니, 어린 것들 줄줄이 넷이나 딸린 여자를 어떤 남자가 데려가겠어. 자리만 있다면 우리 애들 밥만이라도 먹여 주는 조건으로라도 내가 갈끼라."

"야야, 그렇다면 자리는 있다."

"누군데?"

"와 있지 않나, 삼거리 물감공장하는 영감 말이다."

"아아, 그 영감 말이가?"

"그 영감 돈도 많이 벌었다. 나이는 많지만 마음씀이가 그리 나쁜 사람은 아니다."

"영감이 몇 살이나 됐나?"

"지금 예순 하나라고 하더라."

"그래?"

"나이가 많지만 니가 그리로 시집가면 너의 아이들은 얼마든지 밥은 먹고 살 수 있지 않나."

"언니, 나는 이제 지쳤어. 그리고 애들이 굶어 죽더라도 더 이상 내 힘으로는 어쩔 수가 없어."

둘째 이모는 그렇게 이야기하면서 흐느꼈었다.

종훈은 마루에 앉아 그들의 대화를 들으면서 자신보다도 스무 살이나 더 많은 영감이라도 자식들을 굶기지 않으려고 자신을 희생하면서 재가를 하겠다는 이모를 무척이나 불쌍히 여겼었다.

그리고는 급속도로 혼담이 오고 가고 있었다.

그러던 어느 날 정석이 종훈을 찾아왔다.

"형, 우리 엄마 시집가면 나 형 집에 와서 살아도 돼?"

"왜?"

"나는 엄마가 다른 남자와 결혼하는 게 싫어. 새 아버지 될 사람이 우리를 구박할 거 아니야. 생각하면 무서워."

"정석아, 임마. 너의 엄마는 너희들 배부르게 밥 먹일라고 시집가는 거야, 너희들 때문에 가는 거라구. 알기나 알아?"

"선미도 도망가겠대."

"이 자식아, 너희 엄마 얼마나 불쌍한 여자인지 알아? 얼마 전에 우리 집에 와서 많이 울고 갔어. 엄마 속 상하게 하지 마."

"형, 나 형하고 준이하고 같이 있고 싶어."

그러나 혼사 이야기가 오고 가던 어느날 갑자기 물감공장 영감이 혈압으로 쓰러졌고, 며칠 못 가서 죽고 말았다.

그리고는 할 수 없이 그 이모는 혼자 살 수밖에 없었고 많은 눈물을 흘리면서 지금까지 살아왔다.

"형님 예, 정석이가 저렇게 다 커서 장가를 가니 얼마나 좋습니까? 형님도 이제는 자식들을 저만큼 길러 놓았으니 고생도 끝이 나야지 예."

"살다 보니 좋은 날도 있네."

"빨리 선미 가시나도 시집보내야 할 텐데……."

"야야, 너무 급하게 서둘지 마라. 아직 나이도 어린데 뭣이 그리 급하노. 우리 훈이나 좀 빨리 혼처 자리 알아봐라."

"언니, 언니는 형부가 목사인데 오죽 발이 넓을까. 좋은 자리 나타날 끼라."

"우리 훈이는 성격이 하도 계집아이처럼 새침하고 꽁해 있어서 어떤 여자가 같이 살지 참……."

그들의 대화를 종훈은 아무 말 없이 테이블 정돈을 하면서 듣고 있었다.

"엄마, 언제 내가 장가가겠다고 했습니까? 내 일은 내가 알아서 할 테니 엄마는 상관하지 말아요."

"훈아, 그라믄 못써, 너 지금 괜히 어무이한테 심통부리는 기라."

"이모! 우리 엄마는 애들이 학교 다니는지, 밥 먹었는지 신경도 안 쓰는 분이라 예."

"그래 이놈아, 이 에미는 못 나서 그런다."

"훈아, 오늘은 우리 집 경사 난 날이데이, 기분 나쁜 일이 있어서는 안 된데이."

종혁이 문제로 아버지와 다투고 난 다음 종훈은 일주일 동안이나 집을 나갔다가 정석의 결혼식을 앞두고 집으로 돌아왔다.

라스베가스 도박장에 들어가 그는 가지고 갔던 돈을 다 잃었고 마지막 남은 동전 한 닢까지도 잃어 버렸다.

돈이 없어 무척 배가 고팠고, 잠을 자지 못해서 죽을 지경이었다.

결국 동냥을 하다시피 차에 넣을 기름값을 마련하여 겨우 집으로 돌아왔고 종훈의 모습은 실로 거지의 모습이었다.

"야, 이놈아! 와 들어왔나, 나가 버려! 참말로 꼴보기 좋네."

"안녕하셨어요, 아주머니."

"아아, 우리 얌전이 학생 오는구만. 대진 학생! 선애 학생 왔어."

하숙집 아주머니는 마당에서 대진의 방을 향해 힘차게 소리쳤다.

"어서 와, 선애야."

"에이, 이렇게 혼자만 음악 듣기야?"

"들어봐, 네 생각하면서 듣고 있었다구."

그것은 선애가 좋아하는 음악이었고 2악장이 나오면서 선애는 눈을 감고 흘러 나오는 피아노 선율에 따라 자신의 손가락으로 치고 있다가 다시 그 손가락을 대진의 등에 대고 쳤고, 가슴에 대고 쳤고, 얼굴에 대고 쳤고, 허리에 대고 치고 있었다.

"간지럽다아. "

못 들은 척하고는 선애는 계속 그렇게 치고 있었다.

"으악! 히히히… 하지 마아 오빠. 엄마! 오빠 하지 마아."

갑작스레 대진의 손가락은 선애를 간지럽게 하고 있었다.

"까불래, 안 까불래?"

"아, 안 까불게."

"할래, 안 할래?"

"안 해해해…. 안 해에"

그러던 중에 선뜻 대진은 선애를 보면서 이야기했다.

"선애, 너 양말 한 번 벗어 봐."

"왜에? "

"글쎄 벗어 봐, 발바닥 좀 보게."

"왜에? "

대진은 선애의 양말을 스스로 벗기면서 발바닥에 손가락을 가져다 대었다.

"아, 간지러워 하지 마아."

"와! 무슨 여자 발이 이렇게 못 생겼냐?"

"에이, 내 발이 얼마나 예쁜 발인데. 오빠 발이 못 생겼구만, 뭘. 어디서 오리발처럼 생겼네에."

"누워 봐, 한 번."

선애와 대진은 누워서 두 다리를 하늘로 향해 들어 올렸다

"이거 봐, 내 발은 이렇게 예쁜데 오빠 발은 늙은 오리발 같잖아."

"후후후……. 늙은 오리발이라도 너를 위해서 써 먹을 발이다. 구박하지 마라."

"어머나, 나는 그런 발 싫어."

"너 또 까불래? 또 간지럼 태운다."

"아, 아니, 좋아 좋아."

"그래, 좋지?"

"응."

그들은 그렇게 둘이서 놀았고 웃었다. 그리고 음악을 들었고.

저녁에 대진과 선애는 거리로 나와 저녁을 먹고 명동에 있는 금강제화점에 가서 대진은 선애에게 구두를 사주었다.

그 구두가 너무나 예쁘고 좋아서 선애는 걸음을 가볍게 살살 걸었다.

"그런데 왜, 이 구두를 나에게 사 준 거야?"

"어엉, 네 발이 예뻐서."

"솔직히 이야기해 봐, 왜에?"

"정말이야, 네 발 보니까 예뻐서 예쁜 구두를 신키고 싶었어."

"호호호…. 나는 공주네."

"그럼 공주지, 나는 왕자고."

"오빠! 이 구두 아껴 신을게에."

"아끼지 마, 다음에는 더 예쁜 걸로 사 줄 테니까."

"고마워 오빠!"

"잘 자!"

"아버지! 그건 안 됩니데이, 막아야 합니데이. 준이

가 이제 스무 살인데 무슨 결혼입니까? 절대로 결혼시키면 안 됩니데이."

종준은 미군으로서 한국으로 근무지를 옮긴 지가 이제 넉달째 되어가고 있었는데 결혼하겠다면서 허락해 줄 것을 아버지께 전화로 요구해 왔다.

"준이, 갸가 정 원하면 시켜줘야지 우짜겠노?"

"아버지, 저는 이 집안에 장남입니데이, 기다리라 카이소. 나이도 어린 것이 무슨 결혼입니까? 아버지는 도대체 자식에 대한 책임이 무엇입니까? 준이 그 자식 고등학교 졸업장이나 제대로 있습니까?"

"졸업장 없으믄 어때, 준이 잘 살고 있다, 지금."

"그래서 결혼시킬랍니까?"

"준이가 원하면 시킬끼라. 어차피 장가 갈라믄 빨리 가는 게 좋을끼라. 훈이 니도 빨리 장가 가거라."

"아버지, 때가 되면 가요, 왜 그렇게 답답하십니까?"

"미국에서는 일찍 결혼해서 자리잡고 사는 게 제일인기라."

"그 무식한 말씀은 그만 하이소. 자식들 교육은 하나도 관심 없으면서, 어째 결혼에는 관심이 있습니까? 하나님이 자식 공부 시키지 말라 캅니까?"

"뭐라고? 이놈에 자식이."

"준이가 결혼하고 싶다면 우선 약혼 먼저 하라 카이소. 결혼은 나중에 시키고 예."

종훈은 더 이상 아버지와 마주 앉아 있으면 무슨 일이 벌어질 것만 같아서 방문을 열고 나와 버렸다.

다음날 수요 저녁예배 참석을 위해 종훈이 부모님과 함께 교회로 향하고 있었다. 아버지 박 목사가 운전을 했고 종훈은 어머니와 함께 뒷좌석에 앉아서 종준의 결혼문제에 관하여 이야기를 하면서 가고 있었다.

"준이가 원하면 결혼시켜 줘야지. 준이, 갸가 그래도 큰일했데이. 준이가 군대 들어가 시민권을 받는 바람에 희경이 식구들을 초청할 수 있었제, 준이가 아니었으면 희경이 식구가 어찌 여기 올 수 있겠냐 말이다. 준이한테 결혼 비용 좀 넉넉하게 보내줘야지."

"우리가 결혼식에 참석도 못하는데 돈이라도 많이 보내야제."

순간 종훈은 문을 열고 달리는 차 밖으로 뛰어 내렸다.

"아! 훈아! 차 세우소, 빨리 차 세우소. 훈아!"

순식간에 일어난 사건에 박 목사는 떨고 있었고, 종훈은 나둥그라져서 의식을 잃은 채 옷이 뻘겋게 물들여져 가고 있었다.

어느새 경찰차와 앰블런스가 와서 종훈을 병원으로 옮겼고 한참 후에야 의식을 되찾을 수 있었다.

"훈아! 니 와 이렇게 무모한 짓을 하나. 와 이렇게 내 속을 썩이냐 말이다아."

"어무이, 집안 식구들이 싫어졌습니다."

그 후부터 종훈은 말이 없어졌고 그의 표정은 더욱 더 굳어졌다. 특히 집안 식구들과의 대화를 단절했다.

그리고 아버지를 따라 하던 페인팅 일을 그만두고, 아버지가 반대하는 학교에 등록했다.

"엄마! 이거어, 전기패드인데 엄마 다리 아픈 데 대고 있으면 좋을 거야."

"이게 뭐이가? 어디서 났냐?"

"으-응, 친구가 줬어."

"어떤 친구가? 어떤 친구가 너한테 이런 걸 준단 말인가?"

"이건 전기 안마기야. 내가 안마해 줄까?"

"선애야! 누구냐?"

"으-응, 진형 삼촌 친구야. 엄마가 다리 다친 줄 알고, 그 삼촌 친구가 엄마 갖다주라면서 엄마 빨리 나으래."

선애 엄마는 교통사고로 다리를 다쳤는데 일년이 넘은 지금은 많이 좋아졌지만 아직도 완전하지는 못했다.

대진이 그 사실을 알고는 미국에 있는 넷째 형한테 부탁해서 보내온 것이었다.

"오빠! 오빠가 자꾸 이러면 내가 너무 미안하잖아."

"뭐? 너 지금 뭐라 그랬어? 어떻게 네가 그런 말을 하냐? 미안하다고?"

"지난 번에도 오빠 형한테 부탁해서 악보 보내줬고, 또 레코드판까지 보내줬잖아. 그런데 또 이걸 보내왔으니 내가 얼마나 미안해."

"너 정말 이럴래? 왜 그렇게 내 마음을 모르냐? 어떤 때는 내가 답답해서 미치겠다구."

"뭐가 답답해?"

"선애야! 앞으로는 미안하다는 말 하지 마 알았어? 작은 것이지만 내 행복이야. 내가 태어나서 처음 느끼는 행복이란 말이야, 알았어? 나는 너를 통해서 참 많은 것을 깨닫고 있어."

대진은 선애의 얼굴을 두 손으로 감싸쥐고는 좌우로 흔들면서 선애로부터 미안하다는 단어는 쓰지 않겠다는 다짐을 받아내고서야 손을 풀었었다.

"그럼, 이름이 뭐야? 진형 삼촌 친구면 고등학교 친구 말하는 거냐?"

"아니, 대학 친구야. 같은 과에 다니는 친구인데 좋은 사람이야."

"이렇게 비싼 물건들을 네가 왜 받아. 왜 저는 안 쓰고 널 준단 말이냐."

"으-응, 그 사람은 안 쓴대, 엄마. 젊은 사람들은 이런 거 안 써. 엄마, 이거 써도 아무런 문제 없는 물건들이야. 엄마가 빨리 났기나 해야지이."

"진형 삼촌 만나면 집에 좀 들르라고 해라."

"엄마! 나 다녀올게요."

종준이 한국에서 결혼하고나서부터 종훈은 집이 더욱 싫어졌다.

그동안에 다섯이나 되는 누나의 식구들이 들어와 살면서 집안은 더욱 복잡해졌고, 오다가다 들르는 교인들의 밥을 준비하느라 어머니와 누나는 항상 분주했다.

자형은 아버지 박 목사의 안수로 목사가 되어 지금 아버지가 세운 교회 담임목사가 되었고 아버지는 원로 목사가 되었다.

"훈아, 니 와 그렇게 변했나?"

"싫어, 다 싫어졌어."

"와 싫어졌냐 말이다."

"되는 일이 하나도 없어, 망쳐지는 것만 같애, 내 인생이."

"니 인생이 와 망쳐지노? 니 지금 망쳐지는 게 하나도 없데이."

"불안해, 뭔가 불안하구. 어쨌든 누나, 나 아버지 좀 안 보구 살 수 없을까?"

"훈아! 싫어도 너의 아버지다."

"아버지? 아버지가 나한테 해준 게 뭔데?"

"훈아! 너 확실히 변했구나."

"누나, 내 기억에, 나는 자라면서 아버지가 나를 위해서 책 한 번 사준 적 없구, 연필 한 번 사준 적 없어. 그리고 내 성적표 한 번 관심 있게 본 적도 없구, 훌륭한 아이 되라고 나에게 말해 본 적 한 번도 없어. 아버지한테서 자식은 필요 없는 거야."

"훈아! 그래도 너를 낳아주신 아버지 아이가? 너가 지금 화가 나서 그러는 거 내 안다. 그렇지만 훈아, 세상일이 네가 생각하는 대로, 네 뜻대로 되는 게 아니야."

"누나, 며칠 전에는 경이 학교에서 연락이 왔어. 경이 성적이 아주 나쁘다고 말이야. 그래서 내가 경이를 야단치고 있으니까 아버지가 어쨌는 줄 알아? 가만 놔두래, 학교 못 다니면 말면 된대, 그게 아버지가 할 소리야?"

"……."

"이런 일만 생기고, 이런 일만 볼 것 같았으면 나 미국에 괜히 왔데이. 미국에 온 게 후회스러워."

종훈은 안타깝게 누나 희경에게 이야기했다. 그 때 다른 날보다도 일찍 아버지 박 목사가가 들어오고 있었다.

"아버지 오셨습니까?"

"오, 그래. 훈이, 니 오늘은 학교 안 갔나?"

"예, 안갔심더."

"그라믄 나랑 같이 일이나 가지 그랬나?"

"나 공부해야 됩니데이."

"듣기 싫데이, 니가 공부하면 얼마나 할끼고? 공부는 하는 사람이나 하지, 아무나 다 한다고 되는 게 아니다."

"왜 내가, 그럼 안 된단 말입니까?"

"훈아, 방에 들어가거라. 니는 머리가 그리 좋지 않아, 공부하는 머리가 아니야."

그 순간 종훈은 방문이 부서져라는 듯이 닫고 방으로 들어갔다. 그리고는 슬리핑백과 옷가방을 챙겨 차에다 싣고는 여행 다녀오겠다는 말을 남기고 집을 나왔다.

2학기가 시작되면서 다시 연고전의 막이 올랐다.

"선애야! 너 말이야 고연전 하는 기간 동안 이거 달고 있어."

대진은 자신의 고대 뺏지를 선애에게 주었다.

"왜에? 싫어, 나는 독수리라구."

"너 작년 고연전 생각 안나? 까마귀들 노는 게 그렇지, 그럼."

"이거 달고, 내가 어떻게 해야 돼?"

"그러니까 너는 호랑이가 되는 거야."

"뭐라고? 흥, 나는 고양이 따위는 안 돼, 알았어?"

"후후후……. 그래 너 독수리다. 그렇지만 독수리도 좋고, 호랑이도 좋고, 다 좋아. 내 옆에만 앉아 있어. 그러니까 선애야, 우리 서로 응원은 하지 말고 구경만 하자."

그렇게 해서 선애는 고려대 응원석에 대진과 나란히 앉았다.

"선애야! 너 여기 앉아서 까마귀 응원하면 너 몰매맞아 죽는다, 알았어?"

"그럼 오빠도 내 앞에서 고양이 응원하면 안 돼, 알았어?"

"응, 알았어. 으, 이걸 그냥……."

대진은 선애의 머리를 쥐어박는 시늉을 하면서 즐거워 했다.

고대 선수의 안타가 나올 때마다 대진은 일어나서 함성을 지르고는 선애를 의식해서 얼른 쳐다보고 앉았다.

그 다음에는 연대 선수의 안타가 나왔다. 순간 자신도 모르게 선애는 소리를 지르면서 박수를 쳤다.

"어! 저 여자 누구야?"

"누가 여기 호랑이굴에 들어왔어?"

"스파이다, 스파이."

선애는 몸을 움츠리고 대진의 팔을 꼭 잡았다.

"히히히…. 그것 봐라. 너 여기가 어디라고 그래에."

그러자 뒤에 앉아있던 진형이 관중을 향해 큰 소리로 이야기했다.

"의리의 호랑이들이여! 저 까마귀는 지금 낭군님을 따라왔으니 널리 양해를 구하노라."

"와! 와! 과연!"

"누구야! 누구, 낭군님이 누구야?"

주위의 사람들은 환호성을 내면서 박수를 쳐 주었다.

"하하하…."

"히히히…."

대진과 선애는 서로 마주보면서 킥킥거렸다.

시합이 끝나고 연고대생들의 스크럼행진 사이로 대진과 선애도 끼었고 노래를 부르고 함성을 외치면서 명동으로 들어왔다.

명동바닥은 연고대생의 축제마당이 되었고 술집이 따로 없이 그들이 앉는 곳이 술집이었다. 선애도 따라서 땅바닥에 앉았다.

"나가자 폭풍같이 고대 건아-야……."

"빛난 역사 오랜 전통 사학의 싸앙벽이다……."

"한 세기 지켜온 민족의 얼……."

누구인지 서로 얼굴은 모르지만 그들은 그렇게 둘러 앉아서 알고 있는 노래는 전부 다 부르고 있었다.

"오빠! 나 근데 오줌이 나올 것 같애, 급해."

"어 그래? 그럼 안 볼게. 돌아 앉아서 오줌 싸."

종훈은 떨면서 수화기를 내려놓았다.

"와카노? 무슨 일이가?"

"어무이! 혁이가… 차…사고 났답니다."

"뭐, 뭐라고? 어디서?"

"옆에 타고 있던 여자가 죽었답니다."

"뭐야? 여자가 죽었어?"

종훈은 자신의 마음을 차분히 정리하고 어머니와 누나 희경을 태우고 샌프란시스코에 있는 제네랄 병원으로 향했다.

동생 종혁은 얼마 전부터 여자 친구가 생겨서 연애하느라 집에 거의 없었다.

그 여자는 종혁보다 아홉 살이나 위였고, 미국으로 유학온 유학생이었다. 그녀의 집안은 아주 부유했고, 그녀의 부모 역시 고학력의 지성인들이었다.

그녀가 종혁을 알게 된 동기는, 한국 음식점에서 음식을 먹고 나온 그녀가 갑자기 차의 시동이 걸리지 않아 그것을 본 종혁이 자신의 차로 그녀의 집까지 바래다 주게 된 것이 동기가 되어 종혁은 그녀를 누나라고 부르면서 따라다니게 되었다.

그렇게 해서 자주 만나는 동안 종혁은 그 누나를 이성의 눈으로 바라보게 되었다.

"혁아! 이러지 마, 너는 나보다 아홉 살이나 아래야."

"누나! 그까짓 게 무슨 상관이야. 나 누나 행복하게 얼마든지 해 줄 수 있어. 누나! 나를 지켜봐 줘, 지금은 볼 거 없지만 난 자신있다구."

"혁아! 나 힘들게 하지 마."

"나 절대로 누나 포기 안 해. 나 누나 없이는 못 살아."

"혁아!"

그녀는 자신도 걷잡을 수 없이 종혁에게로 쓰러지고 있다는 것을 느꼈다.

그리고 그들은 같이 다니면서 가까워졌고 서로 좋아했다.

그것을 알게 된 종훈은 자신보다도 나이가 많은 그녀를 만나서 타일렀다. 그러나 그녀의 마음은 이미 종혁을 향해 불이 붙어 있었다.

하는 수 없이 종혁을 달래도 보았고, 때려도 보았으나 그것은 더욱 더 형을 배척하는 결과가 되어 버렸다.

그런 종혁이 결국은 사고를 냈고, 그녀를 죽인 셈이 되어 버렸다. 종훈은 자기 가정이 엉망으로 되어간다고 생각했다.

'도대체 나의 부모님의 삶의 목적은 무엇일까? 남들은 자식 교육 때문에 미국에 온다는데, 나의 부모님은 무엇 때문에 미국에

왔을까?'

깊은 생각에 잠기면서 병원에 찾아왔으나 종혁은 아직 깨어나지 못하고 있었다.

건물 밖으로 나와서 허탈한 마음으로 종훈은 주머니에서 담배 한 대를 꺼내 물고는 하늘을 올려다 보았다.

사람들이 싫어서 어디론가 도망가고픈 종훈이 자신을 비롯해서 식구들 중에 누구 하나가 제 길을 걸어가고 있는 사람이 없었다. 방향을 잃은 채 다들 비틀거리고 있었다.

그 날 저녁 종훈은 같이 다니는 학교 친구집을 찾아가 마리화나를 입에 대고 피웠다.

선애는 오늘 대진과 국립극장 음악회를 가기로 되어 있었기에 오후 다섯시에 문화방송국 커피숍에서 만나기로 약속했다.

하루 종일 가을비가 짓궂게 내렸는데 막상 나와 보니 날씨가 꽤나 추웠고 바람까지 심하게 불고 있었다.

"선애 너 입술이 새파랗구나. 옷을 왜 그렇게 입고 나왔어."

"집에 있을 때는 몰랐는데, 나와 보니까 이렇게 춥네."

"하여간, 너는 내가 하나부터 다 챙겨 줘야 하니 큰 일이다."

"체, 뭐가 큰 일이야."

"너, 나 없으면 어떻게 할래?"

"흥, 오빠 없다고 내가 못 살 줄 알아?"

"어디 보자, 나 없이 어떻게 사나 볼 거야."

"그래 봐."

일곱시에 시작한 음악회는 피아노 독주회였기 때문에 보통 다른 음악회보다 일찍 끝났다.

"선애야! 아직 시간 많은데 우리 무교동 낙지 먹으러 갈까?"

"응, 그래."

그들은 택시를 잡아타고 무교동 골목 입구에서 내렸다.

비는 여전히 내리고 있었고 우산 하나를 둘이서 받쳐 들고 그들은 무교동 골목을 향해 걸었다.

"야 선애, 너 안 되겠다, 이 옷 입어."

대진은 양복 윗도리를 벗어 선애에게 걸쳐 주었다.

"오빠! 그럼 오빠는 추워서 어떻게 해. 얇은 와이셔츠 하나 밖에 안 입었잖아."

"난 괜찮아."

"또 그 소리, 그저 난 괜찮아. 나 그 소리 듣기 싫어, 그러지 말고 오빠 입어. 남들이 보면 흉봐, 오빠는 추워서 떨면서 왜 나만 이렇게 오빠 옷까지 빼앗아 입게 만들어."

"선애 너, 감기든다구. 그러면 또 며칠동안 못 일어나."

"감기 한 번 걸리지 뭐, 자 양복 도로 입어."

"선애, 너 정말 까불래?"

"왜, 나 나쁜 여자 만들어 놔?"

"하하하…. 누가 널 나쁜 여자라고 그러냐?"

"오빠는 추워서 떨면서 내가 오빠 옷 빼앗아 입으면 내가 나쁜 여자지……."

"선애야!"

결국 대진은 화를 냈고 큰 소리를 내고 있었다.

"오빠가 화내면 나는 화 못 낼 줄 알아?"

선애는 들고 있던 우산으로 땅을 내려쳤다. 그러자 대진은 그 우산을 빼앗아 자신의 무릎을 굽혀서 우산을 대고 꺾어 버렸다.

"어, 난 몰라, 내 양산!"

선애는 그 우산을 때때로 여름에 양산으로도 썼는데 그것은 아버지의 일본인 친구가 한국에 올 때 선애를 위해서 특별히 사 온 양산이었기에, 또한 무늬나 색깔도 예뻤기에 선애는 끔찍이 그것을 아끼고 귀히 여겼다.

그런데 그것이 한 순간에 망가지고 말았다.

더 이상 말도 못하고 어이 없이 서 있는 선애의 손목을 낚아채고는 빗속을 걸어가고 있었다.

"이 손 놔."

"못 놔, 내 말 들어."

"난 이제 오빠 같은 남자 싫어!"

"알았어, 그렇지만 지금은 못 가."

무교동의 낙지골목은 비가 오나 눈이 오나 붐비고 있었고, 골목 안의 여기 저기서는 노래 소리가 흘러 나왔다.

항상 가곤 하는 단골집 문을 열고 들어가 자리를 잡은 대진은 비에 젖은 선애의 머리를 닦아 주었다.

"내 말을 들었으면 이런 일이 안 일어났잖아. 빨리 집에 들어가야겠다. 감기들겠다."

"아니야. 나 안 갈래."

"뭐? 집에 안 가?"

"오빠! 우리 막걸리 한 주전자만 시키자."

"하하하……."

"왜 웃어? 오빠 때문에 막걸리 마시게 됐는데."

"너 오늘 집에 안 간다고 했지? 좋아, 그럼 우리 집으로 가자. 나하구 같이 자면 되잖아."

"오빠! 똑바로 들어. 내가 언제 집에 안 간다구 했어? 지금 안 간다구 했지."

"그랬어? 알았어."

낙지 한 접시와 두부부침, 그리고 막걸리를 앞에 놓고 대진은 노래를 부르기 시작했다.

"불러봐도- 불러봐도 못 오실 어머님으-을……."

"호호호……. 오빠 실력 이제야 나오네에."

"사-고옹에 뱃노-래 노-르을……. 어, 선애야, 선애야 너 왜 그러니?"

"모르겠어, 오빠. 나 좀 눕고 싶어. 나 지금 누워야 돼, 쓰러질 것 같애."

선애는 갑자기 많은 양의 술이 들어간 탓에 정신이 몽롱해지기 시작했다.

"잠깐만, 그러엄……. 자, 내 무릎에 누워. 얼굴이 아주 하얗게 됐어."

"조금만 기다리면 괜찮아져."

"그래 좀 괜찮아지면 빨리 집에 가자."

대진은 놀래서 덜덜 떨고 있었다.

"오빠 왜 그렇게 떨어?"

"야, 내가 겁이 안 나게 생겼냐?"

약간의 시간이 흐름에 따라 선애도 차츰 회복할 수가 있었다.

"왜 그랬니?"

"으응, 갑자기 술을 마셔서 그랬어. 지난 번에도 그랬잖아."

"문제는 네가 너무 약해서 그런 거야."

"이러면서 강해지는 거지 뭐."

"후후후…. 얘가 오늘 계속 나를 웃기네."

"하여간, 오빠는 이렇게 나를 단련시키고 있잖아."

"나 정말 얼마나 놀랐는지 알아? 이젠 이런 데 안 올 거야, 정말이야."

대진은 선애를 잡고 나와서 택시를 잡아탔다

선애 집 앞에 다다르자 기사 아저씨에게 자신은 다시 제기동으로 간다면서 잠깐 기다려 주기를 청하고 선애를 데리고 내렸다. 그때까지도 대진은 긴장되어 있었다.

"오빠, 놀랬어?"

"응, 많이."

대진은 선애를 꼭 안았다.

"너 아프면, 나는 졸도해 버린다. 아프지 마, 응?"

"응."

"잘 자, 선애야!"

"…….."

"잘 자!"

"야 현호야! 나 지금 울고 싶은데 말이야, 남자로 태어나서 울면 되냐? 웃어야지 히히히……."

"야 임마! 너 왜 이러냐?"

"와 하하하……. 히히히……."

종훈은 속상한 일이 있으면, 또 집이 싫으면 친구 현호집으로 찾아오곤 했다.

현호는, 그의 어머니가 나이 많고 돈 많은 백인과 재혼해서 살고 있었기 때문에 현호는 혼자 아파트에서 살고 있었다.

어머니의 덕택으로 경제적으로는 아쉬움이 없이 살면서 학교에 다니고 있었으나 외아들인 그는 늘 혼자서 외롭게 살고 있었다.

한국에서 살 때도 친척도 없고 형제도 없었던 그는 그래서 종훈의 대가족을 무척이나 부러워 했다.

더욱이 현호는 아버지에 대한 기억도 없었고 그의 어머니도 아버지에 대한 이야기는 한 번도 해주지 않았다.

"야 임마! 나는 그래도 네가 얼마나 부러운지 아냐?"

"하하하…. 부러워? 뭐가 부러워?"

"넌 나처럼 외롭게 살아보지 않아서 모른다구."

"얌마, 내 속 좀 뒤집어 놓지 마. 너야말로 우리 집을 몰라서 하는 소리라구."

"넌 싸워도 싸울 상대가 있고, 아무리 아버지가 네 맘에 안 들어도 아버지라는 존재가 있지 않냐? 나는 아버지를 불러본 기억이 없단 말이다."

"아버지라는 존재가 있으면 뭐하냐? 아버지로서의 가치가 없는데…….."

"내가 볼 때, 너는 정신적으로 좀 이상해."

"흥, 내가 이상하다구? 너는 그럼 자식이 살던 죽던 상관하지 않고 내던져 버리는 아버지를 정상적인 아버지라고 생각하냐? 내가 지금 학교를 얼마나 힘들게 다니고 있는 줄 아냐? 우리 아버지, 나 볼 적마다 학교 그만두란다. 페인트 칠이나 하러 다니래, 나보고 말이야. 넌 그런 아버지 봤냐?"

"에이, 난 모르겠다. 누구는 식구가 너무 많아 탈이구. 누구는 식구가 너무 없어서 탈이구 말이야."

"야 임마, 술 좀 내와라, 아깝냐?"

"후후후…. 그래, 아깝다. 너 취해도 나 책임 안 진다."

"현호야! 너 말이다 돈 좀 있냐?"

"돈? 무슨 돈?"

"나 여기를 떠날까 하는데 돈이 한 푼도 없다."

"야 임마, 너 무슨 소리하는 거야?"

"정말이야, 지겨워. 우리 식구들, 친척들 다 지긋지긋해."

"그러지 말고 냉정하게 판단해."

"빌려주기 싫으냐?"

"야 임마, 너 무슨 말을 그렇게 하냐? 오늘 저녁에 애들이 포커하러 올 거야. 어, 벌써 시간이 이렇게 됐네. 조금만 있으면 온다, 기분 전환 좀 해봐."

저녁이 되자 친구들이 모여들었고 그들은 자연스럽게 마리화나를 피우면서 술을 즐겼고 날이 새도록 포커를 했다.

십일월로 접어들면서 날씨가 추워지기 시작하자 대진

은 친구 영욱이 공부하고 있는 청평유원지로 전기난로 하나 사 가
지고 선애와 가기로 되어 있었다.

영욱은 사법고시 준비를 위해 청평에 있는 방갈로 하나를 빌려
서 외부출입을 금하고 공부에만 전념하고 있는 친구였다.

영욱은 그들이 온 것을 무척 반가워 했으며 저녁을 만들겠다면
서 쌀을 단지에서 꺼냈다.

"밥은 제가 할 테니까 두 분이 말씀 나누세요."

"야, 선애 너 어른됐다."

"오빠! 창피하게 친구 앞에서 나 망신 줄래?"

"하하하… 알았어. 그나 저나 영욱이 너, 사람 안 본지가 얼마
나 됐냐, 지금?"

"후후후…. 나도 모르겠다. 야, 하긴 입 열고 말해 보는지가 꽤
오래 됐다."

"야, 임마. 입에서 냄새난다 자식아! 말할 상대 없으면 혼자라
도 하란 말이야."

"후후후…. 내가 미친 놈이냐?"

선애는 가져온 김치로 찌개를 만들고 밑반찬들을 꺼내서 상을
차렸고 셋이 둘러 앉았다.

"선애, 너 이젠 시집와도 되겠다."

"뭐라고?"

"아니야, 아무것도."

"쿡…. 호호호….."

"왜 웃어요, 선애 씨?"

"영욱 씨가 쓴 꺼먼 안경테가 벌써 판사같이 보여요."

"말도 말아요, 내가 지금 사람인 줄 알아요? 이, 내 꼴 좀 보
세요."

"꼴은 잠깐이고, 영광은 영원한 거예요. 조금만 기다려요. 그
렇지 오빠?"

"하하하……. 그거 참 멋있는 말이네요."

"영욱 씨 판사 되면 우리 모른 척하면 안 돼요."

"무슨 말씀이세요. 당연히 모른 척해야지요."

"그럼 아는 척할 때까지 따라다닐 거예요. 오빠! 나 저 강가에 좀 갔다 올게."

선애는 바로 앞에 바라다 보이는 강가로 가서 신발을 벗고 발을 담그었다.

강물은 너무나 차가워서 금방 손발이 시렸다.

멀리서 대진과 영욱을 바라보니 그들은 무엇인가 진지한 이야기를 하고 있는 것 같았다. 저녁이 되어 가면서 기온은 더욱 떨어지고 있었고 입에서는 하얀 입김이 그대로 대기 속을 채워 나갔다.

"선애야!"

멀리서 부르는 대진을 보고 선애는 뛰어갔다.

"우리 이젠 가자."

"이야기 다 끝났어요? 무슨 이야기를 그렇게 심각하게 했어요? 내가 자리 안 피해줬더라면 큰일 날 뻔했네요?"

"하하하…. 선애 씨 흉 실컷 봤지요, 뭐."

"알았어요, 뭐."

"야, 임마. 좀 더 있다가 가지 그래. 내 입에서 냄새나 제거해 주고 가야지, 이왕 왔으면."

"지금 이 시간에 가도 서울 가면 밤 열한 시는 될 거야, 영욱아! 공부 열심히 해라, 또 올게."

"그래 나중에 보자. 선애 씨, 잘 가요."

대진과 영욱은 서로 한 손으로 상대방의 어깨를 툭툭 치면서 작별인사를 했다.

선애는 오다가 다시 돌아서서 영욱에게 손을 흔들어 주었다.

"저 놈은 앞으로 내가 좀 써 먹어야 할 놈이야, 선애 너, 만약에 내가 없을 때 무슨 일이 생기면 영욱이한테 가서 이야기해. 그러면 그놈이 해결해 줄 거야."

"엉? 그게 무슨 말이야? 오빠가 왜 없어?"

"아니, 만약에 말이야, 만약에……."

"오빠, 오늘 좀 이상해."

"응? 뭐가?"

"그냥 느낌이 그래. 무슨 일 있어?"

"내가 그래 보였냐? 아무 일도 없는데."

"…… ."

"선애야! 내가 너를 만났다는 것이 나한테는 말할 수 없는 행복이야. 그래서 어떤 때는 두려워져. 누가 나의 행복을 빼앗아 갈 것만 같아."

"호호호……. 오빠야말로 어린애 같은 소릴 하네. 빼앗긴 누가 빼앗아? 세상이 다 내꺼고 또 오빠꺼야. 세상은 우리 편에 있다구. 감히 누가 뭘 빼앗는다는 거야."

대진은 선애 집 골목 앞에 서서 선애를 세워 놓고 다른 날과는 달리 나약한 말을 하고 있었다.

"만약에, 만약에 말이야. 선애가 내 앞에서 사라진다면 난 어떻게 살까?"

"오빠! 점점 왜 이래?"

"몰라, 갑자기 그런 생각이 들었어. 아마도 지금이 너무 행복해서, 너무 행복해서 그런가 봐 선애야."

"오빠! 우리에게는 어떤 눈물이 있을 수 없고 어떤 불행도 있을 수 없어. 오빠! 나느은 지금까지 살면서 어떤 불행도 찾아오지 않았어. 그리고 슬프고, 가슴 조이고 애끓는 눈물은 흘려본 적이 없어. 오빠! 나느은 그렇게 행복의 열쇠를 가지고 있는 여자야, 알았어?"

대진은 선애를 와락 껴안았다.

"오빠! 내 얼굴을 똑바로 봐. 행복이란 단어가 내 얼굴에 써 있어, 안 써 있어?"

"됐어, 그만 해. 선애야, 나는 너를 만나서 진실한 사랑이 무엇인지를 알았어. 그리고 한 여자를 사랑한다는 것이 얼마나 가슴 벅찬 삶인지를 알았어. 또한 그러한 삶이 신이 인간에게 줄 수 있는 최대의 축복이란 것도 알게 된 거야."

"그러면 됐네, 뭘."

"응, 됐어."

선애는 어둠 속에서 대진의 눈빛을 읽고 있었다.

대진은 선애를 또 다시 힘껏 껴안았다. 선애의 볼록한 두 젖가슴이 대진의 가슴에 닿자 대진은 부르르 떨면서 깊은 숨을 내몰고 있었다.

"선애야, 잘 자!"

주말 저녁만 되면 종훈은 학교 친구들과 어울려 마리화나를 피워 가면서 포커를 하는 것이 재미 있어, 일요일 아침이 올 때까지 밤을 새워가며 놀곤 했다.

아침에 들어온 종훈은 피곤에 지쳐 방에 들어가 자신의 몸을 침대 위로 내던졌다.

"훈아! 준비하고 교회 가야 된데이."

"저 교회 안 가겠심더. 집에서 좀 자야겠심더."

"뭐라고? 이놈의 자식이."

아버지는 순간에 큰 소리를 질렀고, 그 소리에 누나와 어머니가 종훈의 방으로 왔다.

"니, 이렇게 말썽 부릴라면 다시 한국에 가뿌러 고마."

"예, 갈랍니다. 나는 미국이 지긋지긋합니데이."

"당장 나가, 그럼."

"아버지는 우리 식구들을 다 망쳐 놨습니데이."

"이 자식이!"

아버지는 책상 위에 있던 스탠드를 종훈에게로 날려 보냈다.

"내가 식구들을 망쳐 놨다고?"

"예, 그렇습니데이. 아버지, 아버지가 언제 자식들 공부 한 번 제대로 시켰습니까? 나도 학교 못 다니게 하지요. 준이도 고등학교 졸업장 없지요. 혁이도 고등학교 졸업장 없지요. 경이도 고등학교 가지 말라고 할 거 아닙니까?"

"이놈아가!"

"억! 때리시소, 맞겠심더."

'퍽! 퍽!'

종훈은 입에서 피가 흘러 나왔지만 닦지 않았고, 차라리 맞는 것이 종훈을 시원하게 했다.

"이놈아야, 나는 하나님의 종이란 말이다. 나는 하나님을 위해서 살아야 되고, 하나님을 위해서 일해야 된다. 나는 그것밖에 없다. 하나님 뜻에 따라 산다."

"하나님을 위해서 예? 그러면 하나님이 결혼을 하라 했고, 자식은 낳으라 했고, 또 내팽개치라 했습니까?"

누나와 어머니가 때리는 아버지를 뜯어 말리는 바람에 아버지는 못 이기는 척 하면서 종훈을 때리는 것을 멈추고 교회로 갔다.

아버지의 때리는 힘이 아직도 젊은 청년 못지 않음을 느끼면서 한 편으로는 아버지가 가여워지기도 했다.

그 일이 있은 후 종훈은 식구들과의 대화를 단절하고 학교에 가서 자정이 넘어야 집에 들어오곤 했다.

그러던 어느날 종혁이 경찰에 체포되었다는 연락을 받고 종훈과 아버지는 경찰서로 갔다.

패싸움에 가담되어 종혁은 감금되었고 보석금을 내고서야 나올 수가 있었다. 아버지는 그러한 종혁에게 깡패들과 어울리지 말고 열심히 페인트 칠하는 법을 배우라고 권했다.

"이 자식아, 니 나이에 공부를 해야지, 깡패가 되면 어떻게 하려고 그래."

"형은 내 일에 상관하지 마. 형이나 공부 잘 해."

"뭐라고? 이 새끼가."

종훈은 주먹으로 종혁의 배와 가슴을 후려쳤다.

"고등학교 졸업장은 있어야 할 게 아니냐."

"그래, 나는 형이 아주 자랑스럽데이. 공부 잘 해서 어떤 사람이 되나 내가 두고 볼끼라."

"아야! 억! 으윽! 아버지도 안 때리는데 형이 왜 나를 때려! 경찰 부를래."

"그래, 불러, 경찰 불러 이놈아!"

"훈아! 너 정말 그만두지 못 할래? 아휴, 나 정말 못 살겠다. 훈아!"

어머니는 종훈이 미국에 온 이후로 하루도 편할 날이 없다면서 야단을 쳤다.

"훈이, 너 때문에 우리 식구가 다 이렇게 힘든 거 모르나?"

"어무이, 그라믄 내가 나가서 죽을게요."

종훈은 그 후로 방에 들어가 자기 시작한 것이 다음날 저녁 여덟시까지 꼬박 스물 다섯 시간을 잤다.

대진은 크리스마스 이브 예배를 선애가 반주하고 있는 교회에 가서 선애가 치고 있는 음악을 들으면서 보고 있었다.

대진은 조용히 눈을 감고 찬송가를 들으면서 기도했다.

선애를 위해서, 선애와 함께 언제까지나 주님을 찬양할 수 있기를 기도했다.

크리스마스 이브는 통행금지가 해제되기 때문에 거리에는 수많은 인파가 통행금지의 원한이라도 풀 듯 축제 분위기를 자아내고 있었다.

　예배가 끝나고 그들은 명동으로 나왔는데 수많은 인파에 밀려 걸을 수가 없었다.

　"오빠, 그런데 여긴 왜 왔어?"

　"그냥, 통행금지가 해제되는 날이잖아."

　"그래서?"

　"여기 이 사람들 좀 봐, 이 사람들은 왜 여기 나왔겠니?"

　"그냥 목적도 없이 나온 거겠지, 뭐."

　"그래 맞아, 바로 그거야. 그냥 통행금지 해제되니까 좋아서 말이야. 해방감이지. 말하자면, 그러니까 우리도 그 반열에 한 번 껴 보자, 이거야."

　"그래, 신난다."

　"선애야 너, 나 꼭 잡아야 돼, 여기서 서로 잃어 버리면 큰 일이니까."

　선애는 대진의 외투 주머니에 손을 넣고 남들처럼 목적도 없이 명동 바닥을 한 바퀴 돌고 대진의 집으로 왔다.

　"선애야, 이제 진형이하고 혜자 씨 올 거야."

　"뭐라고?"

　"우리들의 파티야."

　"우와!"

　대진의 방에는 하얀 천을 덮은 상 위에 크리스마스 촛불이 켜져 있었고, 따뜻한 온돌방을 덮은 노란색 공단의 두꺼운 솜이불이 깔려 있었다.

　"음악은 어떤 거를 틀을까?"

　"헨델의 '메시아' 틀어."

　헨델의 음악이 나오자 대진은 선애에게 눈을 감으라고 말했다.

　"이거 선애야, 내가 너에게 주는 선물이 아니라, 너에게 주는 나의 마음이야. 영원히 간직하고 있어야 돼? 알았어?"

"와! 예쁘네."

십사금 줄에 별이 달려 있는 목걸이를 선애에게 걸어주었다.

"오빠! 나 이거 죽을 때도 가지고 갈게."

"하하하…. 넌 가지고 갈 게 벌써 두 개나 있네?"

"하나는 뭔데?"

"나, 나를 가지고 가야 돼. 나 죽을 때는 너를 가지고 가고 말이야."

"그 말은 무섭다, 왜 벌써 죽는 소리를 해?"

이때 진형과 혜자가 풍선을 하나씩 손목에 매고 들어왔다.

"웬 풍선이냐? 너희들은?"

"말도 마라, 선애야. 우리 여기 오는 길에 명동에 들렀었다. 그런데 말이야. 사람이 얼마나 많은지 움직여 걸을 수가 없었어 얘, 그런데 진형 씨를 잃어 버리면 어떻게 하니, 그 사람 많은 데서 말이야. 그러니까 진형 씨가 풍선 두 개를 사서 이렇게 줄을 길게 하늘로 띄워서 손목에 잡아 맸어. 얼마나 좋은 아이디어냐? 진형 씨 머리 참 좋지? 잃어버려도 서로 풍선만 찾으면 되니까 말이야."

"혜자 씨, 크리스마스를 축하합니다."

"어머나, 고마워요. 그런데 언제 이렇게 준비를 했어요. 대진 씨도 이런 면이 있었네요. 여자가 한 것처럼 너무 예쁘게 해놓았네요."

"아니, 그럼 귀하신 두 여자분들이 오시는데, 제 정성껏 했다구요."

"자, 건배!"

"건배!"

대진은 준비해 놓은 샴페인을 잔에다 일일이 따라 주고는 잔을 들어 축배를 했다.

"서기 1974년 크리스마스 이브는 우리 영원히 잊지 않기로 해요."

대진, 진형, 혜자, 선애, 그들은 잔을 높이 들고 오늘을 잊지 않기로 서로 다짐하면서 진심으로 서로의 앞날을 축복해 주었고 격려해 주었다.

　"종훈 씨! 지금은 우리 모두가 모여도 다섯명 밖에 안 되지만 우선 우리가 뭉쳐서 교회와 교민들에게 도움을 줄 수 있는 일들을 하면 분명히 청년회가 발전이 되고 또 교회도 발전이 되는 거예요."

　"그렇지만 난 생각 없어요. 교회일에 끼어들고 싶지도 않고, 교회 다니는 것도 난 싫어요. 그러니까 하실려면 나 빼놓고 하세요. 난 싫어요, 정말 싫어요."

　"종훈 씨, 우리는 젊어요. 우리가 움직이지 않으면 교회 발전도, 한인들의 발전도 되지가 않아요"

　"글쎄 난 하고 싶지 않아요, 시간도 없구요, 난 공부해야 돼요. 정말 바쁘다구요."

　"시간은 누구나 다 없어요. 없는 가운데 만드는 거지요."

　"그럼 윤숙 씨가 나서서 하면 될 거 아니예요."

　"우리는 종훈 씨가 필요해요. 젊은 청년이 한 사람이라도 더 필요한 시기에 종훈 씨가 빠지면 되겠어요?"

　"그럼 종훈 씨가 회장직을 맡고, 윤숙 씨가 부회장직을 맡으세요."

　"좋아요, 종훈 씨 그 대신 종훈 씨가 바쁘면 제가 나서서 할게요. 종훈 씨는 그냥 직분만이라도 가지고 계세요. 일은 제가 할게요. 그러면 됐지요?"

　"아휴, 정말 싫어요."

　"자, 그러면 이것으로 청년회가 조직되었음을 알립니다. 박수! 박수!"

"그럼 우리 청년회의 첫 번째 사업으로써 다가올 어머니날에 어머니들 노래 자랑대회를 개최해요. 우리 교회 어머니들 뿐이 아니라 이 근처에 살고 계시는 어머니들까지 초대해서 말이에요."

"오빠, 오빠가 있으면 그래도 우리들한테 큰 힘이 된다구. 그러니까 나와 주기만 하면 돼 오빠!"

사촌 여동생 혜란은 오빠의 손을 잡아 흔들면서 애원했다.

"아, 그리고 이번 토요일날은 우리 집에서 청년회 단합대회 합시다. 종훈 씨, 꼭 오셔야 해요."

"와! 좋습니다. 역시 부회장님은 화끈한 데가 있어요."

회원들은 모두 좋아하면서 박수를 쳤다.

자신들의 교회도 이젠 다른 교회들처럼 청년회가 조직되어 어깨를 겨루면서 같이 모든 행사에 참여할 수 있다는 것에 대해 청년들은 무척 흥분하고 있었다.

그때 박 목사가 일을 끝마치고 집으로 들어왔다.

청년회원들은 일어나서 박 목사에게 인사를 했고 청년회가 조직되었음을 알렸다.

"목사님, 드디어 우리 청년회가 조직되었습니다. 기뻐해 주십시오. 초대회장은 박종훈 씨이고, 부회장은 윤숙 씨가 선출되었습니다."

"그랬나? 정말 잘 된 일이구만. 그라믄 내가 청년회 창단 기념으로 5백 달러를 내놓을 테니까 한 번 잘 해봐."

"우와! 와!"

회원들은 박수를 치면서 함성을 올리고 있었다.

사월의 마지막 주간을 맞아 대진은 선애를 모델로 해서 고려대학교의 캠퍼스 안 곳곳을 다니면서 사진을 찍었다.

"오빠, 이젠 그만 찍어, 나 힘들어 죽겠다."

"조금만 더 고생해. 아니 고생이랄 게 뭐 있냐? 너는 그냥 서 있기만 하면 되잖아, 내가 고생이지."

"다리 아파."

"이리 와, 이 다음은 문리대 앞에서 찍자."

"그 다음은?"

"그 다음은 동상 앞에서."

"그 다음은?"

"그 다음은 학생회관 앞에서."

"그러면 언제 끝나는 거야. 나 그냥 집으로 갈래."

"체, 니 맘대로?"

"체, 그럼 내 맘이지."

"선애야, 이게 다 너를 위해서야, 너는 몰라."

"모르긴 뭘 몰라?"

"이 다음에 다 알게 될 거야."

"이 다음에 언제?"

"선애야, 너랑 나랑 이제부터 열심히 사진 찍어 두자. 우리가 늙어가는 과정을 찍어 두는 거야. 우리의 행복을 가득 담아서 말이야. 사랑하는 사람과 같이 마주보면서 늙어간다는 것은 참 아름다운 일이라고 생각하지 않니?"

"어엉, 정말 그렇겠다. 오빠의 늙은 모습을 상상하니까 우습기도 하고 멋있기도 하네."

"선애야, 너느은, 늙어가는 것에 대해서 결코 서러워 하거나 슬퍼하면 안 돼. 왜냐하며언, 너를 죽도록 사랑하는 사람이 영원히 네 곁에 있으니까 말이야. 너를 그렇게 사랑하는 그 남자는 너의 생각만 해도 가슴이 벅차 오르는데, 어떤 때는 그것만으로도 모자라서 그 벅차 오르는 가슴 한 구석에 구멍이 뚫린 것처럼 너를 그리워하고 있다구. 그리고 어떤 때는 눈물이 앞을 가로막아."

"호호호…. 오빠가 눈물을 흘려? 오빠 우는 것 좀 봤으면 좋겠네에."

"선애야, 나는 너를 생각하면 좋고, 감격스럽고, 행복해. 너는 나를 그리워한 적이 있니?"

"나? 나느은 어쩌구 저쩌구 필요 없이 그냥, 오빠 없으면 못 살아. 오빠가 내 곁에 항상 있어야 돼. 나는 오빠를 생각하면서 눈물을 흘려 보지는 못 했지만 내 마음 속에 오빠가 자리잡고 있다는 것을 생각하면 오빠를 위해서 춤을 한 번 추고 싶어. 그냥 춤이 아니라 광활한 하얀 눈밭에서 학춤을 추고 싶어. 그게 내 솔직한 마음이야. 오빠 학춤 본 적이 있어?"

"있지, 선애야, 그게 네 마음이라고?"

"응."

"그럼 더 이상 말하지 마. 네 마음을 설명 안 해도 알 수 있어. 와! 선애야, 나 지금 너의 말을 듣고 또 감격하고 있어. 고마워 선애야!"

"호호호…. 그게 왜 고마워? 오빠! 오빠 눈 속에 내가 있고, 내 눈 속에 오빠가 있다구 그렇지?"

"그래, 바로 그거야 선애야, 내 눈 속에 네가 있고, 네 눈 속에 내가 있는 한 우리의 삶은 또 하나의 아름다움을 창조하는 고귀한 삶이 될 거야."

"응, 나도 그렇게 살고 싶어. 서로 마주보면서, 오빠 눈 속에 내가 있다는 사실에 대해 순간순간 행복을 느끼면서 말이야."

사촌 여동생 원보가 이혼했다. 원보는 종훈의 큰 이모의 딸이었는데 종훈보다 한 살 아래였다. 대구에 살고 있었던 큰 이모는 직업이 군인인 사람과 결혼해서 아들 딸 셋을 낳고 그런 대로 행복한 가정을 이루고 살았었다.

큰 딸인 원보를 비롯해서 밑으로 두 남동생을 낳고 난 큰 이모는 어느날 서울에서 어떤 여자가 찾아왔는데, 그 여자는 다름 아닌 이모부의 본부인이었다.

그 사실을 알게 된 이모는 충격을 받아 정신 이상이 생겨서 한동안 병원을 다녀야 했고, 결국은 이혼을 하고 말았다. 세 자녀만을 떠맡고 어떠한 보상도 없이 이혼한 이모는 그때부터 먹고 살기 위해 온갖 일을 해 왔으나 아이들을 제대로 기를 수가 없었다.

그리고 생각 끝에 아이들을 위해서 재가하기로 마음 먹었다. 남편 될 사람은 과수원을 가지고 있는 부자였으므로, 결혼의 조건은 아이들을 데리고 들어가지 못하나 아이들을 위해 생활비를 주겠다는 조건이었다. 그도 그럴 것이 그 남자의 아이들도 한 살짜리를 비롯해서 올망졸망 넷이나 있었던 것이다.

결혼하기 전 큰 이모는 종훈의 어머니를 찾아왔다.

"언니, 임시만이라도 언니가 우리 애들을 좀 맡아줘. 내가 생활비는 다달이 충분히 보내줄 테니까."

"그래 그럼, 우짜겠노."

"미안해 언니, 형부한테 이야기 좀 잘 해 줘."

"걱정 마라, 그나 저나 너도 그 집 아이들 키우려면 얼마나 고생이 심하겠나."

"우리 새끼들 먹여 살릴려면 무슨 일인들 못 하겠나."

그렇게 해서 큰 이모의 세 남매는 종훈의 집으로 들어와 살게되었으나 그들은 점점 커 가면서 문제아들이 되고 말았다.

중학교에 들어가면서 원보는 집을 나가서 강패들과 어울리고 있는 광경을 종훈은 길거리에서 종종 목격했다.

"원보야, 니가 동생들을 잘 데리고 보살펴야지. 이렇게 나쁜 짓만 하면 너의 어무이가 얼마나 속상할 끼고?"

"내 걱정 마래이. 내가 어데가 어무이가 있나, 나는 부모가 없데이."

결국 원보는 어린 나이에 애기까지 갖게 되었고, 원보의 생활은 난장판이 되어 갔다. 그리고 미국으로 건너 온 후로 독일계의 미국인과 결혼했는데 결혼한 지 일년 만에 다시 파경을 맞은 것이었다.

"원보야, 너의 어무이를 생각해서라도 열심히 살아야지."

"흥, 오빠 걱정 마래이. 나 어무이 없데이."

又 다시 여름방학이 시작되면서 진형과 대진, 선애와 혜자는 여수를 거쳐 홍도로 여행가기로 결정했다.

이것은 대진의 생각이었고 대진이 정해 놓았던 여행지였다.

진형은 선애 부모님을 찾아가 아무 사고 없이 데리고 갔다 오겠다는 약속하에 겨우 허락을 받고는 짐을 들고 나왔다.

서울역에서 여수행 완행열차를 타고 그들은 끝도 없이 남쪽으로 내려갔다.

역마다 정차하는 완행열차는 시간과는 상관 없듯이 시간을 초월하고 정차했다가는 내려갔고, 정차했다가는 다시 내려갔다.

마치 힘 없이 꺼지려다 다시 살아나고, 또 다시 꺼지려다 살아나는 촛불 같았다.

대진은 가끔씩 선애와 혜자를 살폈고, 조금씩 지쳐가기 시작했다.

"우리 두 아가씨들께서 고생이 많으십니다. 잠깐 잠깐이라도 역마다 정차할 때 내려서 바람을 쏘이세요."

"정말 도착하기도 전에 지쳐 버리겠네요, 대진 씨."

"혜자 씨, 좀 주물러 드릴까요?"

"아니요, 선애나 주물러 주세요, 선애가 질투하게요?"

"선애도 질투할 줄 알아요?"

"선애는 여자 아닌가요?"

"하하하…. 역시 혜자 씨다운 말이군요, 당연히 질투해야지요.

조금만 기다려요, 이것이 바로 진짜 여행이라는 것을 알게 될 겁니다. 이 값 있는 여행을 말이에요."

"걱정 마세요, 알고 있으니까요."

"혜자 씨, 이 물 마시세요. 그리고 불편한 점이 있으면 말씀하세요."

"역시 진형 씨 밖에 없네요. 고마워요 진형 씨, 물을 마시니까 좀 살 것 같네요.나 진형 씨한테 좀 기대서 자도 되겠어요?"

"물론이지요, 편하게 기대세요."

밤이 깊어가면서 혜자는 진형에게 기대어 잠이 들었고, 진형도 피곤함을 느끼고 눈을 감았다.

기차는 계속 밤을 새워 가면서 달리고 있었는데 칠흑의 어두움 속에서 밤하늘의 별만이 화려하게 빛나고 있었다.

"피곤하지 선애야!"

"아니 괜찮아."

잠이 들려다가 멈춰섰던 열차가 떠나면서 덜커덩 소리를 내면서 움직일 때마다 놀라서 깨곤 한 선애는 더 이상 잠을 잘 수가 없었다.

"얼굴이 아주 피곤해 보인다."

대진은 한 팔을 뻗어 선애의 어깨를 꼭 안았다.

"좀 자란 말이야."

"새벽 공기가 이렇게 좋은데 왜 자라고 그래. 오빠! 벌써 동이 터오나 봐, 저것 봐, 저 새벽 안개. 야, 멋있다. 오빠! 세상이 너무 아름다워. 이 신선한 공기, 아름다운 안개, 조용한 들판…. 아름답지 않아? 이 아름다운 세상 속에 우리가 있으니까, 이게 바로 행복인 거지?"

"나는 네가 이렇게 행복해 하는 것이 더 행복해. 나는 지금, 선애야! 이 열차 타고 세상 끝까지 너와 함께 가고 싶어."

아침 해가 훤하게 밝아서야 그들은 여수에 도착했고 바닷가 장

터에 나가 싱싱한 조개며 생선을 사다가 요리를 해 먹는 것은 그
들이 전에 경험해 보지 못한 또 다른 맛이었고 또 다른 세상이었
다. 그렇게 삼일을 보낸 뒤 그들은 다시 목포에서 배를 타고 홍도
로 향하고 있었다.

통통배의 제일 앞부분 뱃머리에 그들 넷은 자리를 잡고 앉아서
다도해의 절경을 감상했다.

"와! 너무 멋있다."

"야! 이렇게 아름다울 수가 있어?"

"와! 끝내주는군."

그 아름다움에 각자 다 감탄사를 보냈고 선애는 눈물까지 흘
렸다.

"앗사르비야, 삐약 삐약."

"호호호…. 그게 무슨 말이에요, 대진 씨?"

대진의 이상한 말에 모두는 바다를 향해, 공중을 향해 박장대
소를 하고 있었다.

"선애야! 우리 이 섬에 와서 살까?"

"응, 그래 살자. 나 집에 안 갈래."

"야, 진형아! 애 큰일났다. 툭하면 집에 안 간대."

"야 임마, 니가 그렇게 꼬시고 있잖냐."

"호호호…. 선애야, 나는 그럼 진형 씨하고 여기서 살까?"

"잘 됐네요, 그럼. 혜자 씨, 우리 넷이서 이 섬에서 초가집 짓
고 아들 딸 낳고 살아요."

"호호호…. 한 술 더 뜨네요."

"야, 선애 너, 신발 조심해라. 물 속에 빠뜨리고는 또 울려고."

"그럼 오빠가 업고 다녀야지 뭐."

"으-응, 그래? 잘 됐네, 하나 떨어뜨려."

대진은 선애의 다리를 흔들었다.

"와, 그러지 마아."

그들은 그렇게 하늘을 향해 웃음을 올려 보냈고, 바다를 향해 노래를 부르면서 젊음과 사랑과 행복을 만끽했다.

목포항과 홍도를 오가는 이 통통배의 손님의 홍도민들이었는데 육지에서 생필품을 구입해 오는 사람들이었다.

아직까지 홍도라는 섬은 피서지로서 그리 알려지지 않았고, 육지에서부터 멀리 떨어진 섬이었기에 비용도 많이 들었기 때문에 아직까지는 관광객이 별로 없었다.

일주일을 그 섬에서 보내기로 한 그들은 그 곳이 바로 천상이라고 느끼고 있었다.

인적 없이 조용한 홍도의 바닷가는 그들 넷만을 위하여 있었고, 하늘도, 바다도, 그들 넷만을 위하여 존재했다.

그리고 하늘을 보고, 땅을 보고, 바다를 보고, 별을 보고, 그들은 웃고, 노래하고, 춤추고, 그렇게 행복의 향연을 베풀고 있었다.

넓게 펼쳐진 자갈 밭 위에 모닥불을 피워 놓고 파도소리만 들려오는 어둠의 바다를 향해 혜자는 노래를 부르기 시작했다.

"내- 고향 남쪽 바다 그 파란 무울 눈에 보이네……."

"와, 역시 혜자 씨답군요."

"혜자 씨, 한 곡 더 신청할게요."

"뭔데요, 진형 씨."

"바닷가의 추억이요."

"그거요? 다 같이 불러요."

"파도- 소리 들리는 쓸쓸한 바닷가에 나 홀-로 외로이……."

그들은 밤이 새도록 그렇게 부르고 있었다.

"선애야! 너 취할라. 천천히 마셔라."

"어-휴, 눈꼴셔 정말."

"혜자 씨, 이 행복한 시간에 왜 이러십니까?"

"대진 씨, 너무 선애, 선애하지 말아요. 나 질투나면 무서워요, 둘 사이 팍 떼어 놓을 테니까요."

"진형아, 혜자 씨 좀 진정시켜라, 나 무섭다."

"혜자야, 너 소변 안 볼래?"

"난 괜찮은데, 너 가고 싶어?"

"응. "

"대진 씨하고 같이 갔다 와, 그럼."

"아니야 혼자 갔다 올게."

"그래 일어나, 내가 따라가 줄게."

"싫어, 혼자 갔다 올게."

"그럼 조-기 가서 보구 와."

"아니야. 선애야, 저-기 가서 보구 와."

선애는 한 쪽에 나룻배 하나를 발견하고 그쪽을 향해 걸었다.

소변을 보면서 하늘을 본 순간 선애는 '아!' 하고 소리를 질렀고 수많은 별에 취해 있었다. 빈 틈이 없게 하늘 공간을 수놓은 별들은 바닷가를 훤히 비춰 주었고, 별들의 신비를 토해내고 있었다.

"선애, 너. 여기서 뭐 하니?"

"오빠! 이런 하늘 본 적 있어? 없지? 와! 이럴 수가 있어? 이렇게 별이 많을 수가 있냐구."

"이 섬은 별나라네, 별나라. 그렇지 선애야."

"와! 나는 눈물이 나와 오빠, 어떻게에⋯ 어떻게 이렇게 별이 많을 수가 있냐구우."

"우리 그럼 여기서 살까?"

"응, 그래."

"너 또 집에 안 갈래?"

"응, 안 가. 이 별을 본 이상 이것들을 버리고 돌아갈 수 없을 것 같애."

"선애야. "

대진은 선애를 힘껏 껴안았다.

"이제 생각하니까 우리가 홍도에 오게 된 이유를 알았어. 저

별이야 별, 바로 저 하늘을 보려고 우리가 여기까지 온 거야. 그
렇지, 오빠."

　"응, 그래."

　대진은 선애를 다시 자갈밭에 눕히고 선애를 안고 선애의 입술
을 더듬었다.

　술냄새를 내뿜으면서 대진의 숨소리는 거칠어져 갔고 그의 몸
은 용솟음치고 있었다.

　"선애야! "

　선애의 입술과 얼굴을 애무하고 있는 대진에게 안겨서 선애는
몸을 부르르 떨면서 작아지고 있었다.

　그 위에서 대진은 몸부림치고 있었고, 더욱 더 선애를 움켜 쥐
었다.

　"선애야! "

　"…… ."

　"선애야! "

　"…… ."

　"넌 내 거야! 이 세상에서 나만이 가질 수 있는 내 거야!"

　"…… ."

　"넌 내 거야!"

　새 학기가 시작되면서 종훈은 공부에 시달리고 있었다.

　영어 실력의 부족 때문에 하는 수 없이 알아듣지 못하는 강의
를 녹음해서 듣고 또 듣는 수밖에 없었기 때문에 남보다 몇배의
시간을 소비해야만 했다. 그것이 때때로 종훈을 실망 속으로 몰
아 넣곤 했다.

　그렇게 시달리다 지쳐 버린 종훈은 집에 들어가 실컷 잠이나 자
고 나오리라 마음먹고 집으로 돌아오니 주희로부터 편지가 와 있

었다.

　'종훈 씨에게.

또 다시 가을비가 내리고 있습니다.

나는 오늘 그 비를 맞고 나도 모르게 성주행 버스를 탔습니다.

그곳에서 나는 종훈 씨와 걸었던 미루나무 길을 걸어도 보았고 야산에도 올라가 보았습니다.

그리고는 막 울어 버렸습니다.

나는 지금 종훈 씨에 대한 말할 수 없는 죄책감으로 인해 나 자신을 학대하고 있습니다.

뻔뻔스럽지만 종훈 씨의 편지도 기다려 보았습니다.

그러나 허사였습니다.

아직도 밖에는 비가 내리고 있는데 그것이 마치 나의 눈물 같았습니다.

종훈 씨를 향한 나의 마음이 짓밟히고 있다는 것을 느꼈기 때문입니다.

종훈 씨, 그러나 나는 종훈 씨와 같이 보냈던 그 시간들, 그 나날들을 내 마음 속에서 도저히 지워낼 수가 없습니다.

더구나 내 가슴 속에 있는 종훈 씨의 영혼을 말입니다.

종훈 씨가 크리스마스 때 선물로 준 브로치는 지금도 내 옷에 이렇게 붙어 있습니다.

종훈 씨, 답장을 기다리겠습니다.

　　　　　　　　　　　　　　　　　　　주희로부터.'

　피곤에 지쳐 모든 것을 잊고 자고 싶었던 마음에, 종훈은 편지를 가지고 들어 온 책 속에 끼워 놓았다.

"안녕하세요, 사모님. 저희 청년회원들 왔어요."

"어서들 오거래이. 저녁 묵어라, 국 한 냄비 끓여 놨으니까."

"고맙습니다. 회장님은 어디 계신가요?"

"지금 막 학교에서 와서 방에 있다."

"회장님, 저희들 들어가도 됩니까?"

그들은 이미 방문을 열고 들어오고 있었다.

"어쩐 일이십니까?"

"회장님, 다름이 아니라, 우리 청년회원이 세 명이나 더 늘었는데 여기 이 사람들 소원이 이번 주말에 요세미티 국립공원에 일박이일로 갔다 오자 그러는데, 회장님 생각은 어떠신지요."

부회장인 윤숙은 회장인 종훈 대신 청년회의 모든 일을 하고 있었다. 가끔씩 오다 가다 종훈의 집에 들르곤 하는 청년회원들은 종훈의 어머니가 끓여주는 국에다 밥 한 그릇씩 말아서 먹고 가곤 했다.

"얘들아, 밥 묵어라. 국이 다 식어 버릴란다."

"예, 곧 나가겠습니다."

"회장님, 왜 말씀이 없으세요?"

"그렇게 하세요. 그런 문제는 윤숙 씨가 알아서 하는 거지요?"

"회장님, 정말 힘 빠지네요. 일은 제가 할 테니까, 참석이라도 해 주세요."

"그러지요."

그들은 텐트를 가지고 국립공원으로 놀러 갔으나 종훈은 노는 것조차도 별 취미를 느끼지 못하고, 다른 회원들이 폭포수를 보러 나간 사이 종훈은 텐트 안에서 누워 있었다. 그때 윤숙이 텐트 안으로 불쑥 들어왔다.

"아니, 윤숙 씨는 같이 안 갔습니까?"

"네, 저는 가다가 다시 돌아왔어요, 종훈 씨에게 할 이야기가 있어서요."

"그렇습니까? 뭡니까?"

"……."

머뭇거리는 윤숙을 쳐다보면서 종훈은 미안함을 금치 못했다.

"미안합니다. 회장인 제가 일을 해야 하는데 모든 것을 윤숙 씨한테만 떠맡기고 모른 척하고 있으니 말이에요."

"종훈 씨! 저는 지금까지 종훈 씨를 지켜봤어요. 종훈 씨가 기뻐할 때, 힘들어 할 때, 일하고 있을 때 말이에요. 그리고 그것들이 어느 순간에 종훈 씨에 대한 사랑으로 변했어요. 남자를 생각하고 마음 속에서 사랑을 느끼는 거, 저도 처음이에요. 무척 망설였어요, 무섭고 떨려서요."

"윤숙 씨! 저는요, 아직….'"

"알아요, 종훈 씨, 지금 힘든 거 알아요. 가정문제도, 학교문제도 다 알고 있어요."

"왜 하필이면 저 같은 놈을 생각하십니까?"

"종훈 씨! 종훈 씨한테 힘이 되고 싶어요."

윤숙의 갑작스런 말에 종훈은 무척 당황했고 자신의 처지를 이야기했다.

윤숙은 미국에 온 지가 꽤 되었지만 영주권이 없어서 어떤 생활의 혜택을 받지 못하고 식당에 나가 힘들게 일하면서 꿋꿋이 자신의 삶을 헤쳐 나가는 똑똑한 여자였다.

회원들을 대하는 마음씀이도 이해와 관대함으로 대했기 때문에 그녀를 싫어하는 사람은 없었다.

다시 이학기가 되면서 연고전을 앞둔 일주일 전부터 모든 학생들이 노천극장에 모여서 응원연습에 여념이 없었다. 아직 대낮의 햇볕은 뜨거웠지만 승리를 염원하는 학생들의 다짐이 햇볕을 무색케 하고 있었다.

안암골에서도 열심히 응원하고 있을 대진을 생각하면서 선애는 혼자 피식 웃었다.

학교 수업이 끝나고 항상 신촌을 향해 오는 대진은 '마음과 마음'에서 조용히 선애를 기다렸고 선애가 들어오자 주머니에서 담배 한 대를 꺼내 물고는 큰 소리로 불렀다.

"선애야! "

"응? "

"우리-이, 이번 고연전때 우리 둘이 여행가자."

"여-행? 무슨 여행?"

"무슨 여행이기인, 여행이 여행이지."

"오빠! 정신 나갔어, 지금? 중요한 연고전을 빼먹고 어디 가자구?"

"…… ."

"신촌의 독수리가 작년에 고양이들한테 졌다고 지금 얼마나 무섭게 날개를 퍼득거리고 있는지나 알아?"

대진은 진지하게 담배를 폐 속 깊숙이 빨아들이고 길게 내뿜었다.

그리고 다시 또 한 모금 빨았다.

"선애야! 나 말이야아, 이번에 꼭 너하고 단 둘이 여행가고 싶어. 나에게는 이게 더 중요해."

"오빠, 미쳤어 지금?"

"응, 나 미쳤어."

"…… ."

"가야 돼, 꼭 가야 된다구."

"왜? 이유가 뭐야?"

"이유는 묻지 마."

"정말 이상하네. 그럼 어디로 가려고 그러는데."

"남이섬. "

"남이섬? 왜 하필 남이섬이야?"

"여러 군데 생각해 보았는데 남이섬이 제일 좋은 것 같애."

"정말 모르겠군. 이상해, 뭔가가 이상해."

연고전의 개막과 함께 대진과 선애는 남이섬으로 향했다.

"선애야! 이제부터 연고전이든, 고연전이든, 고대가 이기든, 연대가 이기든 우리는 잊어버리는 거야. 너하고 나만이 있는 시간이야, 알았지?"

"응, 알았어."

"빛난 역사 오랜 전통- 사학의 싸앙벽이다."

그들은 서로 웃으면서 바라보면서 노래를 불렀다.

"나-가자 폭풍같이 고대 건아-야."

"오빠, 그 노래 부르면 나는 내 거 부를 거야아. 우리 서로 잊기로 했잖아-아."

"아무리 그래도 그렇지 까마귀가 어떻게 호랑이를 잡냐?"

"말 다 했어 오빠? 독수리 날개 한 번 펴볼까?"

"아니 펴지 마. 무서워, 후후후….”

선애는 자신의 손바닥으로 대진의 짓궂게 웃는 입을 두들기면서 웃음을 멈추게 하려 하자 대진은 선애를 꼭 끌어안고 귓속말로 속삭였다.

"대진이는 선애밖에 없어."

"오빠, 이 손 놔 사람들이 쳐다봐-아."

건너편 옆좌석에 앉아 있던 중년의 부부가 계속 시시덕거리는 그들을 힐끗힐끗 쳐다보고 있었다.

그 날 오후 늦게가 되어서야 그들은 남이섬으로 들어갔다.

무서우리 만큼 섬은 조용했으며 인적이라고는 찾아볼 수가 없었다.

귓전에 들려오는 것은 강물 소리뿐이었고, 나무와 나무 사이를 퍼득거리며 날으는 새소리뿐이었다. 강가에는 드문드문 방갈로가 있었지만 문이 잠긴지 꽤 오래 된 것처럼 보였고, 섬 중앙에는 음식점이 붙어 있는 숙박소가 있었다. 그 숙박소의 방은 아주 깨끗하게 잘 정돈돼 있었고 하얀 천으로 씌운 침대가 놓여져 있었다.

그곳에다 여장을 풀고 나와서 그들은 둘만이 있는 섬을 마음껏 향유했다. 잔디가 마치 양탄자를 깔아 놓은 것같이 부드러웠고 툭툭 소리내며 여기 저기서 밤알이 터져서 떨어지고 있었다.

강가에는 한적하게 나룻배들이 손님을 기다리듯 쓸쓸하게 섬을 지키고 있는 것이 마음이 아플 정도로 외로운 가을의 섬이었다.

다음 주말에는 이 섬에서 밤따기대회가 열리게 되어 있다고 숙박소 주인이 이야기해 주었다.

그 쓸쓸함을 자아내기에 충분한 섬에서 오로지 대진과 선애만이 목적도 없이 푸른 잔디 위를 뛰어다녔고 또 나딩굴었다.

대진을 잡으려고 뛰었고, 선애를 잡으려고 뛰었다.

가뿐 숨을 달래기 위해 잔디밭에 팔을 맘껏 벌려 누웠고, 또 다시 일어나 잔디밭을 누볐다.

차츰 차츰 어둠이 섬을 삼켜 버리려고 하면서 먼 귓전에서 들려오는 강물소리는 마치 우주의 합창소리 같았다.

언제부터 울어댔는지 귀뚜라미 소리가 여기 저기서 외로운 섬을 달래기라도 하듯 울어대면서 하늘에서는 별들이 하나 둘씩 터져 나왔다.

"오빠! 여기도 별이 많이 있긴 한데 홍도만큼은 없다, 그렇지?"

"내가 그랬지? 별은 마음으로 봐야 한다고, 네 마음이 아직 안 열려 있다는 증거야. 내 눈에는 벌써 별이 꽉 차 있는 걸."

"그럼 오빠가 내 마음을 열어줘."

"이리 와 봐, 내가 열어주지 그럼."

"어떻게?"

"눈감아, 내가 요술 주문 외워 줄게."

대진은 엄숙하게 앉아서 한 손으로 선애의 이마에 손을 얹고, 다른 한 손으로는 배 위로 원을 그리면서 주문을 외웠다.

"호호호…. 뭐하는 거야, 지금?"

"주문 외우고 있잖아."

"엉터리, 차라리 내가 하겠다."

"그러-엄. 다른 주문 외울게, 가만 있어 봐."

"그만둬, 체!"

"아니야, 이번에는 진짜란 말이야, 눈감아 다시."

"간지럽게는 하지 마."

"알았어."

눈을 감고 있는 선애에게 대진은 볼과 입술에 키스를 가볍게 했다.

"춥지 않아?"

"추워도 괜찮아."

"들어가자. 이젠, 공기가 차다."

대진은 양쪽 주머니에 불룩하게 밤알을 주워 넣고는 선애와 방으로 들어왔다.

방안은 생각보다 밝고 안락해서 마음이 편했으며, 분위기를 더하겠다고 선애는 가지고 온 카셋을 넣어 항상 들어도 새로움을 가져다주는 베토벤 피아노 협주곡 5번을 틀었다.

'팡'하면서 터져 나오는 오케스트라에 벌써 선애의 마음은 울렁거리기 시작했다.

"아! 하나님 감사합니다. 이 아름다운 음악, 이 아름다운 자연을 볼 수 있게 해 주시고, 느낄 수 있게 해 주심을 여호와 하나님께 감사합니다."

"선애야! 나도 한 번 기도할까?"

"응, 해 봐."

"여호와 하나님, 나의 선애가 저렇게 행복해 하고 감사하고 있음을 진실로 감사하나이다. 아멘."

"호호호…. 하긴 뭐, 그것도 기도는 기도니까."

흘러 나오는 피아노 연주에 눈을 감고 빠져 들어가려는 선애에게 대진은 다가가서 조용히 선애를 침대 위에 눕히고는 천천히 애무하기 시작했다.

닿아 오르는 대진의 입술과 몸이 선애를 내려 눌렀고 그 밑에서 작은 새처럼 선애는 신음하고 있었다.

"선애야! 어떻게 표현해야 나의 사랑을 너에게 전달할 수가 있을까? 선애야!"

머리털 끝까지 소름이 끼치도록 대진은 뜨거운 몸으로 선애 위에서 몸부림치면서도 처절하게 자신을 학대하면서 선애를 지켜주고 있었다.

시간이 한참 지난 후에도 그렇게 선애를 지키고 있었다.

"아! 선애야! 넌… 넌 내 거야! 아! 넌 내 거야, 아무도 널 못 가져. 넌 내 거야!"

대진은 결코 영원한 자신의 선애로 만들지 못했다.

한 쪽 구석에 있는 테이블 앞에 있는 의자에 가서 앉아 있는 대진은 한동안 아무 말이 없었다.

"오빠! 뭐 생각해, 지금?"

"아무것도 아니야."

"분명히 오빠는 지금 뭔가 생각하고 있다ᅩ우, 날 못 속여."

"선애야! "

"응? "

"선애야! "

"왜에. "

"만약에 내가 없다면, 내가 말이야아. 내가 멀리 간다면 너 어떻게 할래?"

선애는 조용히 대진의 뒤로 와서 자신의 팔로 대진의 목을 둘렀다.

"내가 오빠를 이렇게 잡고 있는데 어디를 가? 해해해….."

대진의 눈가에는 어느덧 눈물이 고여 있었고 그의 목소리는 떨고 있었다.

"선애야! "

"어? 오빠 목소리가 왜 그래?"

선애는 얼른 대진의 얼굴을 넘겨다 보았다.

"오빠 울어?"

"아니. "

"왜 그래, 무슨 일이야?"

"선애야! 너, 나 없어도 잘 살 수 있지?"

"응? 뭐라고? 그 게 무슨 소리야?"

"……. "

"말해 봐 오빠, 그 게 무슨 소리냐구우."

"선애야! 내 말 잘 들어. 나-아……."

"……. "

"나 말이야아……. 미국 간다."

"? ……. "

"! ……. "

"! ……. "

누군가가 선애의 머리를 망치로 내려쳤다.

얼굴이 하얗게 되어버린 선애는 숨을 멈추었고 몸을 지탱할 수 가 없었다.

"선애야! "

"……. "

"선애야아! "

"미국? ……?"

"내 말 좀 들어 봐."

"미국이라고? 오빠가 거기 가서 산다고?"

"선애야! "

"왜 미국에 가는데?"

부들부들 떨고 있는 선애를 양팔로 감싸 안았다

"선애야! 진정하고 내 말 좀 들어 봐."

"그럼 나는 뭐야? 오빠 나와 헤어질 수 있어?"

"못 헤어져."

"그럼, 왜 간다 그래?"

"선애야! 나는 너와 헤어지려는 것이 아니야. 나 꼭 다시 돌아와. 선애 넌 내 거야, 널 찾으러 올 거야."

"언제?"

"선애야! 내가 너를 얼마나 사랑하는지 너는 몰라."

"그만 뒤! 흐흐흑……."

"선애야! 울지 마."

"오빠는 흐흐흑……. 이 시간을 위해서 지금까지 나를 만나온 거야? 나를 이렇게 비참하게 만들려고 나한테 접근해 왔어?"

"선애야!"

"오빠 이런 사람이었어? 이렇게, 이런 식으로 남을 울렸어? 왜 지금껏 나를 만나 왔어?"

"선애야! 너 정말 말 다 했어?"

대진은 무섭게 소리치면서 선애의 어깨를 흔들었다

"이제 보니…… 오빠는 참 나쁜 사람이었어."

"아! 선애야! 선애야, 내가 어떻게 할까, 응?"

"오빠 못 가! 흐흐흑…. 절대로 못 가!"

선애는 대진의 가슴에 얼굴을 묻고 안타깝게 매달렸다.

대진의 눈에서도 소리 없이 눈물이 얼굴을 타고 흘러내리고 있었다.

"오빠! 가지 마. 나 오빠 없으면 못 살아, 흐흐흑……. 오빠가 그랬잖아, 나는 보호자가 있어야 된다고 말이야. 나 오빠 못 보내, 안 보내 줄 거야."

"선애야! 나 꼭 다시 돌아와. 우선 가서 기회를 봐서 아버님께 네 이야기를 할게, 알았어?"

"몰랐어, 그 말은 안 믿어."

"왜 안 믿어?"

"오빠가 안 올지도 몰라. 또 오고 싶어도 못 올지도 모르고."

"아니야, 내가 꼭 와."

그날 밤 그들은 아무 말 없이 강가로 나가 앉아 밤을 지새우고 있었다.

찬 공기가 선애의 가슴 속을 파고 들었으나 선애는 그것을 느끼지 못했고 대진 자신의 체온으로 선애를 덮어 주었다.

하늘의 별들이 빛을 발하기가 지루한 모양으로 꺼져 가려고 하면서 하늘의 선녀가 타고 내려올 것만 같은 안개가 새벽강 위를 떠돌고 있었다.

가끔씩 흘러 내리는 눈물을 억지로 삼키면서 선애는 이것이 대진과의 마지막 여행이었음을 알았고, 이 새벽강가에서 마지막 시간을 보내고 있었던 것이었다.

또 다시 넘쳐 흐르는 눈물을 주체할 수가 없어 선애는 노래를 불렀다.

'울- 밑에 귀-뚜라미 우-는 달밤에 기러 기러 기-러기 날아 갑니다.'

노래 부르면서 선애는 마음 속으로 대진 오빠를 보내주고 있었다.

'그래 오빠! 가야지!

오빠의 부모 형제가 있는 곳인데 당연하지, 가야지.

미안해 오빠!

내가 괜한 떼를 부린 거야.

내가 너무 오빠 마음을 아프게 했어.

오빠, 가서 행복하게 잘 살아.'

서울에 돌아오니 불빛들이 아우성치듯 시내를 밝혔고 그들은 또 다시 거대한 인파 속으로 휩싸이기 시작했다. 거리마다 연고전의 열기가 서울 장안을 들썩이고 있었으나 그들에게는 아무런 관심도 없는 사건이었다.

대진은 지금 선애 집 앞에 서서 아무 말이 없었다.

"선애야! 아프지 말고 푹 쉬어."

"오빠! 나는 내가 태어난 후로 이렇게 슬프게 울어 보기는 처음이야. 나는 내가 사는 인생에서는 감히 눈물이란 것이 있을 수 없다고 생각했어. 눈물은 나 아닌 다른 사람들이나 흘리는 건 줄 알았어. 지금도 나는 그렇게 생각해. 그래서 이젠 안 울기로 했어. 내 자존심 문제야. 선애가 눈물을 흘린다는 것이 말이야. 그래서 나는 오빠를 보내 주기로 했어. 오빠가 가는 것이 아니라, 내가 오빠를 보내는 거야. 알았어?"

"선애야! 선애야! 잘 자!"

"종훈 씨, 저는 종훈 씨를 위해서 모든 것을 바칠 준비가 되어 있어요."

"……."

"종훈 씨, 제 평생을 바쳐서 종훈 씨를 사랑하겠어요."

"윤숙 씨, 저를 너무 당황케 만들지 말아요. 아직 난 공부도 해야 되고 또 결혼이라는 것을 생각하고 싶지 않아요."

"그럼 언제까지고 제가 기다리겠어요."

"윤숙 씨, 그러지 말아요, 그냥 우리 자연스럽게 교회 청년회원으로서 만나서 이야기하고 놀고 하면 되지 않습니까?"

종훈은 윤숙을 이곳 바로 밑에 금문교가 내려다보이는 언덕으로 데리고 올라와서 태평양을 내려다 보고 나란히 서있었다.

금문교를 경계로 해서 오른쪽은 망망한 태평양 바다였고, 왼쪽으로는 샌프란시스코시가 있었다. 바다를 끼고 형성되어 있는 이 도시는 아름다운 항구 도시로서 손색이 없었고 모든 면에서의 문화 활동이 활발한 도시였으므로 항상 많은 관광객이 드나드는 도시였다.

이곳에서 종훈은 가끔씩 태평양을 바라보며 향수에 젖어 있기도 했었다.

윤숙과 같이 지금 서 있는 이 언덕은 항상 찬 바람이 지나가는 곳이었다. 종훈은 윤숙에게 자켓을 벗어 등 뒤로 걸쳐 주었다.

"윤숙 씨 바람이 차요, 내려 가지요, 이제 그만."

"종훈 씨, 제 청을 그럼 거절하는 건가요?"

"아니, 그런 것이 아니라 저는 아직……."

"알아요. 저는 아무 학벌도 없고, 돈도 없고, 가족도 없어요. 그러니까 종훈 씨하고 비교할 수가 없겠지요."

"윤숙 씨, 저는요. 지금 살아있는 사람이 아니예요."

"그게 무슨 말씀이세요."

"저를 지켜 보셨다면서요? 저는 지금 저의 집 식구들과 심한 갈등으로 고통받고 있고, 어떤 때는 죽고 싶은 생각이 나기도 해요. 엉망이에요. 제 삶이 엉망이 되어 버린 기분이에요. 그런 놈이 여자를 만나서 어쩌겠다는 겁니까?"

"종훈 씨, 저는 종훈 씨한테 원하는 게 없어요. 단지 종훈 씨 옆에만 있다면 저는 그것으로 족해요. 그리고 종훈 씨의 엉망 되어 버린 삶을 제가 찾아 주고 싶어요."

"윤숙 씨, 자, 이제 그만 내려가요. 우리 집에 청년들이 다 모였을 거예요. 지금쯤."

종훈은 눈물을 글썽이면서 입술이 파랗게 되어 버린 윤숙을 차에 태워 언덕을 내려왔다.

"어머나! 회장님하고 부회장님 둘이서 데이트하고 오나 보네요?"

"하이고 마, 우리 오빠하고 데이트하는 여자는 참으로 행복할 거구마. 여자들한테야 끝내주게 잘해 주는 종훈이 오빠 아닌교."

사촌 여동생 혜란이 수다를 늘어 놓으면서 윤숙을 살피고 있었다.

종훈은 언제나 말이 없고 입을 굳게 다물고 있는 남자였기 때문에 혜란은 윤숙의 입에서 무슨 말인가 나오기를 기대하고 있었으나 그녀 역시 아무 말이 없었다.

청년 회원들은 종훈 어머니가 차려주는 저녁을 먹으면서 추수감사절 행사에 대해 의논하고 있었다. 그때 동생 종혁이 여자 하나를 데리고 들어와서는 사람들에게 인사를 시켰다.

"자, 인사해 미영아. 우리 어머니야, 여기는 우리 큰 형이고, 이 사람들은 우리 교회 청년 회원들이야. 엄마, 아버지 아직 안 들어 오셨어 예?"

"그래, 아직 안 들어 오셨다."

"그럼, 아버지한테는 나중에 말씀드리고 엄마한테 먼저 하지 예. 나, 미영이하고 결혼하고 싶은데 허락해 주이소."

"혁아! 니 뭐라 했나, 지금."

"결혼 허락해 달라 그랬어. 형이 허락하는 거 아니니까 나서지 마."

"뭐라고? 이 자식이!"

순간 종훈은 벌떡 일어나 밥상을 뒤집어 버리고는 주먹으로 종혁의 얼굴을 마구 때리고 있었고, 이윽고 종혁의 얼굴은 피범벅이 되어 갔다.

"으악!"

"빨리 누가 좀 말려요, 악!"

"종훈 씨, 이러지 마세요."

"회장님 진정하세요."

"오빠, 오빠 그만해요."

여기 저기서 사람들은 비명을 질렀고 종훈을 말리고 있었다. 순식간에 집안은 난장판이 되어가고 있었다.

"종훈 씨! 꼭 이런 방법으로 동생을 다스려야 되나요?"

"윤숙 씨! 혁이 저 자식 이제 열아홉 살이에요. 결혼이 뭔지나 알고 저놈이 저런다고 생각합니까?"

"그래도 이런 방법은 좋지 않아요. 두고 보세요."

"어무이, 똑똑히 보세요. 자식들에게 관심을 갖고 제대로 교육 시켰다면 저놈이 저렇게 안 돼요."

"종혁 씨, 이러면 안 돼요. 악! 종혁 씨 좀 말려 주세요."

"놔 이거, 나 죽어 버릴 거야."

종혁은 부엌에 있는 칼을 들고 나와서 종훈에게 덤벼들었다.

"그래 이놈아, 죽여라, 그래 나 죽여!"

종훈은 차분히 종혁 앞으로 다가가서 눈을 감았다.

다시 겨울방학이 시작되면서 거리마다 크리스마스 캐롤이 오가는 사람들의 마음을 흥분시켰고 제각기 바쁜 걸음을 걷고 있었으나 선애에게는 무척 힘든 크리스마스가 되어 버렸다.

성탄절 음악예배 연습을 끝내고 무거운 마음으로 대진에게 줄 마지막 선물을 사기 위하여 선애는 백화점으로 나갔다.

그 '마지막 선물'이라는 것에 대한 서글픔으로 선애는 자꾸만 흘러 내리려는 눈물을 삼키고 있었다. 자난 해 크리스마스때 진형 삼촌과 혜자, 넷이서 그 날을 영원히 기억하자고 다짐했던 일들을 회상하다가 터져 나오는 눈물을 막을 수가 없어 선애는 백화점 화장실을 찾아 들어가 수돗물을 틀어놓고 목놓아 울어 버렸다.

그 마지막 선물이 무엇인지 몰라 그렇게 헤매다가 결국은 사지 못하고 집으로 들어왔다.

대진을 알고 난 이후로 세 번째 맞이하는 크리스마스였고 또한 그것이 마지막이 되고 있었다.

왠지 대진과의 관계가 끝나 버릴 것 같았고, 선애가 향유했던 사랑이 공중에서 흩어져서 없어질 것만 같았다.

'대진 오빠! 안 가면 안 돼? 미국에 꼭 가야 돼, 그렇게? 오빠 없으면 난 이제 어떻게 살아? 오빠는 생각해 보았어? 나 없이 살아간다는 것을 말이야. 오빠! 가지 마! 가지 마, 오빠.'

"흐흡….."
"선애, 너 울고 있니? 왜 그래? 왜 울어, 말해 봐 응?"
"언니, 흐흐흑….."
"얘가 왜 이래, 말을 해 보라니까."
"언니, 대진 오빠 미국간대."
"…언제?"
"곧 갈 거야."

선애는 이따금씩 언니와 같이 대진을 만났다. 그리고 재미있게 이야기를 주고 받으면서 저녁을 먹곤 했는데, 그러한 연유로 대진과 선애 언니는 꽤나 가까운 사이가 되어 버렸다.

그렇기 때문에 선애는 대진과의 일어났던 모든 일들과, 대진과의 대화했던 내용들까지도 언니에게 이야기해 주곤 했다.

"선애야, 나는 언젠가는 이런 날이 올 줄 알았지. 대진이 가족이 다 미국에 있는데 대진이만 여기서 살 수 없잖아. 너는 그럼 그럴 줄 몰랐니?"
"언니, 그럼 왜 나한테 이야기 안 해 줬어?"
"이 바보야. 나는 당연히 니가 알고 있다고 생각했지이."
"응, 나는 그런 생각하지도 못 했어."
"그런데 대진이는 뭐라고 이야기하니?"
"자기 말로는 다시 온다 그래."
"너한테?"
"응."

"근데 왜 울어?"

"내 기분에, 오빠가 올 것 같지 않아, 그냥 느낌이 그래."

"호호호…. 이제 보니까 너 대진이 꽤 좋아하네. 울 일도 많다 너는. 온다 그랬다면서 왜 울어. 빨리 교회갈 준비나 해, 늦겠다."

바하의 '크리스마스 코랄'을 전주곡으로 치면서 크리스마스 이 브 촛불예배가 시작되었다. 대진은 선애의 음악을 듣기 위하여 촛불 하나를 들고 예배를 드리고 있었다.

멀리 오르간 앞에서 하얀 블라우스를 입고 있는 선애는 실로 아름다웠고 그녀를 보기 위해서 지금 여기에 와 앉아 있는 것, 그 사실 하나로도 대진은 무척 행복했다.

요즈음은 별로 말이 없이 우울하게 대진을 대할 때마다 대진은 무척 가슴 아파하면서 괴로워했다. 대진은 내일 크리스마스 예배가 끝나면 선애를 청파동에 사시는 이모에게 데려가기로 마음먹었다.

이모는 지금 쉰살이 넘었으나 아직 결혼을 하지 않고 혼자 살고 있었고 바쁘게 사업을 하고 있었다. 그런 이유로 자주 일본을 왕래하고 있어서 대진은 선애에게 줄 양산 하나 사다달라고 부탁했었다.

그때 선애에 대해서 이모에게 이야기했고 언젠가 이모에게 한 번 데리고 오겠다고 했었다.

"와! 이거 어디서 났어 오빠? 되게 예쁘네에. 이거 정말 나 주는 거야?"

"내가 너 아니면 누굴 주냐, 그럼. 정말 마음에 들어?"

"으응, 너무 예쁘다아."

"지난 번에 내가 네 양산 부러뜨려 버렸잖아."

"아하! 그래서?"

"꼭 그래서라기보다…."

"와! 그만두시지 마시지, 해해해……."

선애는 그 양산을 받고는 어린애처럼 피었다, 접었다, 올려놔 보았다 내려놔 보았다 했었다.

이브예배가 끝나고 대진은 밖에서 선애가 나오기를 기다렸다.

"메리 크리스마스!"

다가온 선애는 애써 즐거운 척하면서 인사했다.

그들은 택시를 잡아타고 북악산 전망대 커피숍으로 들어가 서울 시내를 내려다 보면서 서로의 선물을 주고 받았다.

통행금지 해제로 인한 이곳 북악산 전망대는 자정이 가까워짐에도 불구하고 많은 사람들이 서울의 야경을 즐기면서 조용히 크리스마스 이브를 보내고 있었다.

"오빠! 이거 선물이야."

선애는 가죽장갑과 목도리를 상자에서 꺼내서 스스로 대진의 손에는 장갑을 끼워 주었고 목도리를 목에 둘러 주었다.

가만히 서서 선애의 손놀림을 보고 대진은 마치 어머니나 누님이 해주는 어떤 푸근함과 충족감을 느끼고 있었다.

"선애야! 항상 어린애로만 생각했는데 오늘은 왠지 네가 꼭 내 누님같이 보인다."

"오빠가, 누님이 보고 싶은가 보네."

"응, 보고 싶어. 누님 안 본 지가 십년이 넘었거든."

대진의 누님은 대진보다 열다섯 살이나 위였고, 어릴 적에는 어머니보다 누님이 더 대진을 보살펴 주었기 때문에 대진은 항상 무슨 일이 생길 때마다 누님에게 먼저 이야기하곤 했다.

그 누님이 지금은 의사인 남편을 따라 독일로 이민을 간 지가 십년이 넘었다.

"선애야! 이거 풀어 봐, 뭔지."

"뭐야?"

"풀어 보래니까아."

선애가 푼 상자에는 핸드백이 가지런히 있었는데 그것은 지난 번 이대 앞 가방집 앞을 지나다가 선애가 예쁘다고 했던 그 가방이었다.

"오빠! 이거 죽을 때까지 가지고 있을게에."

"아니, 그건 아니고 나를 죽을 때까지 가지고 있어야지."

"호호호…."

"하하하…."

"오빠! 오늘은 우리의 마지막 크리스마스네."

"선애야! 마지막이라는 말은 제발 하지 마. 내가 꼭 돌아올게. 그리고 내일 우리 이모 만나자. 우리 이모는 이미 너를 알고 계셔. 내가 이야기 다 했기 때문에 말이야. 혼자 살지만 능력 있는 여자야. 나 없을 때 말이야. 이모한테도 놀러가고 그러란 말이야."

"아니 싫어, 나 만나고 싶지 않아."

"왜에?"

"그냥, 왠지 그래."

"안 돼! 만나야 돼."

"싫어!"

"안 돼!"

다음날 대진은 선애를 데리고 이모를 만나러 인사동에 있는 일식집으로 갔다. 이모는 선애를 반갑게 맞아주면서 편히 앉으라고 권했다.

"안녕하세요, 김선애이에요."

"어서 와요. 아이구우, 아주 얌전하고 예쁘게 생겼네에."

이모는 선애의 손까지 잡아주면서 반가워 했다.

"대진이한테서 선애 양 이야기 많이 들었어요. 얘가 선애 양 자랑을 입이 닳도록 해요. 그런데 내가 보니까 정말 대진이가 자랑할 만하네."

"이모, 얘 생선회 아주 좋아해요."

"아하, 네가 그래서 일식집에서 만나자고 했구나."

"네, 맞아요."

"그럼 오늘 실컷 먹어요, 선애 양."

"감사합니다. "

"선애 양, 만약에 대진이가 선애 양한테 잘못 하면 나한테 말해요. 내가 혼내줄 테니까, 호호호⋯⋯."

"체, 이모는 벌써 선애편이 됐어요?"

"그래. 너의 어머니가 선애 양 보면 더 하겠다 야!"

"글쎄요, 근데 얘는 몸이 너무 약해요. 아프기도 잘 하고⋯."

"그런 소리 마라. 처녀는 말이야, 시집 가서 애 하나 낳으면 건강해지기 마련이야. 처녀 때 약한 거는 문제가 없어. 그런 걱정은 하지 마, 너나 잘 해."

"후후후⋯. 이모 정말 선애한테 점수를 너무 많이 주는 거 아니예요?"

"⋯⋯. "

"선애, 지금 막 올라가네."

"선애 양! 대진이가 미국 가고 없더라도 우리 집에 놀러 와요. 그리고 어려운 일 있으면 뭐든지 얘기해요, 내가 도와줄게."

"고맙습니다. "

집에 오는 길에 선애는 한 마디의 말도 없이, 아무런 표정도 없이 집 앞까지 오고 있었다. 예전 같았으면 조그만 일에도 좋아하면서 항상 즐겁게 웃고 재잘거렸을 선애였다.

"선애야! 나는 예전의 너의 모습이 보고 싶어. 그렇게 해 줄 수 없어? 너는 지금 내가 얼마나 힘든 줄 몰라. 부탁이야, 선애야."

"흥, 오빠를 위해서 쇼를 하라고?"

"선애야! 그래, 미안하다."

"⋯⋯. "

"미안해, 선애야."

"흐흐흑……. 오빠! 안 그럴게, 미안해."

대진은 선애를 뜨겁게 끌어안고 선애의 입술을 찾았다.

"선애, 너는 내 거야."

"아! 너는 내 거야."

대진은 끓어 오르는 힘으로 하늘을 향해 울부짖었다.

"오빠! 이젠 돌아가."

"잘 자! 선애야, 잘 자!"

새해가 되면서 박 목사는 교회를 버클리에서 샌프란시스코로 옮겼다. 백인 교회의 교육관을 빌려서 일요일 오후 한시에 예배를 보고 있는데 제법 교인도 늘었고 성가대도 갖추어져 이젠 교회의 형성이 제대로 된 셈이었다.

그래서 종훈의 집에서 복작거리면서 살던 희경의 다섯 식구도 샌프란시스코의 교회 근처에 방을 얻어 나갔기 때문에 집안이 좀 조용해지려는가 했더니 다시 동생 종준이 한국 복무를 끝내고 집으로 들어왔다.

종준은 아직 군인이라서 주말에만 집으로 들어왔고 종훈의 집에는 종준의 처와 그의 아들이 들어와 살았다.

종준의 처는 군대에서 주는 아파트를 따로 놓고 굳이 시집으로 들어와 교회 일을 비롯해서 집안 일을 힘들게 하고 있었다.

그 이유는 종준의 처 친정집은 철저한 불교를 믿는 집안이었고 자신을 그리 반겨 하지 않는 시어머니로부터 인정을 받고 싶어하기 때문이었다.

그녀가 들어온 이후로 종훈은 집안에서 그녀와 마주치지 않으려고 될 수 있으면 집에 들어오지 않았고 그 때문에 도서관에서 시간을 보내면서 지냈다.

종준의 식구가 한국에서 오던 첫날, 집에서는 잔치가 벌어졌는데 종준의 처는 시숙인 종훈에게 절을 해야 한다면서 종훈의 외숙모가 혼자 방안에서 나오지 않는 종훈을 불러내었다.

"이리 나온나, 절 받아라."

"나, 안 받을랍니다."

"훈이, 니가 절을 안 받으면 새 색시가 이 집에 못 들어온데이, 받아야 되는 법이니라."

"내하고 무슨 상관이 있습니까?"

"그러지 말고 받거래이."

그때 듣고 있던 박 목사가 화를 내며 벌떡 일어나 고함을 질렀다.

"이놈의 자식! 뭐라고? 썩 나가 버려, 절 받기 싫으면. 네깐 놈 필요 없다."

"예, 나가겠심더."

그것을 지켜보고 있던 종훈의 외삼촌이 나가려고 하는 종훈을 붙잡았다

"훈아, 니 마음 다 이해한다. 그렇지만 일이 이렇게 됐으니 우짜겠노, 니는 이 집안에 장손 아이가….”

"외삼촌, 자꾸만 장손, 장손 하지 마이소."

"알았다 고마. 절이나 받아라, 니 절 안 받으면 이 잔치가 지금 어찌 되는지 알제?"

친척들의 권유로 종훈은 앉아서 절을 받았으나 곧바로 집을 나왔다.

친구 현호 집에서 지내다가 삼일만에 옷을 갈아입기 위하여 집으로 들어왔다가 한국에 있는 주희 언니로부터 온 편지를 받았다.

'종훈 씨 보세요.

안녕하세요, 박 목사님과 온 가족이 다 평안하시니라 믿습니다.

저는 주희 언니입니다.

내가 이렇게 편지를 쓰는 이유는 다름 아닌 내 동생 주희 때문입니다.

주희는 요즈음 직장도 그만두고 집안에만 있는데 식구들과 이야기도 전혀 하지 않고 항상 우울하게 있습니다. 그리고 가끔씩 혼자 중얼거리기도 하는데 가만히 들어보았더니 종훈 씨를 부르고 있었습니다.

결혼을 시키려고 해도 통 말을 듣지 않고 울곤 합니다.

그래서 내가 이렇게 쓰고 있습니다. 혹시 우리 주희와 어떤 약속한 것은 없는지요?

주희는 종훈 씨를 무척 기다리고 있는 것 같은데, 어떤 서로의 약속이라도 있었으면 알려 주십시오.

우리 식구들 모두가 궁금해 하고 있는 상황이니 종훈 씨의 답장을 기다리겠습니다.

주희 언니부터'

종훈은 지체 없이 주희 언니에게 회답을 썼다.

'은희 누님께.

누님의 서신 잘 받았습니다.

은희 누님, 아시다시피 제가 미국으로 오기 전 저는 주희에게 청혼을 한 적이 있습니다.

부모님께 찾아가 주희와의 결혼을 허락해 달라고 했었습니다. 그러나 그 청혼은 거절당했습니다. 그 당시 저는 괴로워 했고 주희도 많이 울었습니다. 부모님의 반대를 뿌리치기엔 저희들로서는 너무나 약했습니다.

저는 지금 이곳에 와서 미국 사회에서 살아 남기 위한 고통과 고난을 체험하고 있으며, 학교에 입학해서 학업에 시달리고 있습니다.

은희 누님, 주희와는 맹세코 어떤 약속도 하지 않았습니다.

주희를 시집 보내고 제게 이러한 편지는 하지 말아 주십시오.
주희의 행복을 빌겠습니다.

박종훈 드림'

머지 않아 떠나갈 대진 앞으로 선애는 대진이 살고 있는 제
기동 하숙집으로 편지를 보냈다.

'오빠!
아니, 대진 씨!
아니, 윤대진 씨!
대진 씨는 나에게 있어서 아버지였고, 오빠였고, 애인이었고,
친구였던 사람이었어요, 내 전부였어요.
이제 대진 씨가 가 버리고 나면 무엇이 어떻게 나를 지탱하고
있을지 나도 몰라요.
모든 것이 무너져 내릴 것만 같아요.
내가 옛날에 이야기했지요. 나에게는 어떤 불행도 있을 수 없
고 어떤 눈물도 있을 수 없나고요.
그러기 위해서는 차라리 대진 씨를 잊는 편이 낫겠지요. 나는
행복의 열쇠를 가지고 있는 사람이거든요.
윤대진 씨, 부디 행복을 빌겠습니다.

선애'

대진은 그 편지를 읽고 선애를 불러내어 선애 앞에서 그것을 찢
어 버렸다.
"선애야! 너 정말 나하고 이별할 작정이니?"
"이별은 내가 하는 게 아니고 오빠가 하고 있잖아."
"내가 꼭 다시 돌아온다 그랬지? 선애야, 제발 나를 울리지 마,
나 꼭 돌아와서 너 데리고 갈 거야."

"난 미국 안 가. 내 나라 내 땅에서 살 거야."

"그래, 그래, 네가 지금 어떤 생각을 하고 있어도 좋아. 하지만 내가 다시 돌아왔을 때는 절대로 네 마음대로 못해. 그런 줄 알아."

대진은 마음 한 구석으로는 울고 있었다.

사실 선애가 이 정도라도 참고 버티고 있는 것은 차라리 다행이라 생각했다.

"선애야, 내가 간 다음에 혹시라도 급한 일 있으면 우리 이모한테 연락해, 알았어?"

"급한 일이 왜 생기겠어?"

"그리구우, 너는 걸어갈 때 너무 쓸 데 없는 생각을 많이 해, 정신을 팔고 다닌다구. 그러다가 너 차 사고라도 나면 어떻게 할려구 그래애."

"……."

"괜히 쓸 데 없는 생각하면서 걷지 마, 알았지?"

"……."

"또 하나, 무조건 착하기만 하는 건 바보 같은 짓이야. 네가 거절할 때는 거절하고, 남이 너한테 나쁘게 하면, 울지 말고 싸우란 말이야. 나는 어떤 때 너를 보면 하도 바보 같아서 내가 막 화가나. 너 그래서 나한테 야단도 많이 먹었잖아. 난 너 싸우는 거 한 번 보고 싶어, 정말이야, 선애야. 싸워, 알았어?"

"……."

"아, 그리구우. 너 앉을 때 허리 구부리고 앉지 마. 허리는 쭉 펴고 앉으라구."

"또 무슨 할 이야기 있어? 있으면 다 해."

"또? 응, 또 있어."

"해 봐."

"너어, 길거리 지나다니다가 뭐 사 먹지 마. 너 다니면서 고구마 튀김 같은 거 잘 사 먹잖아. 그런 거는 깨끗하지 못하기 때문에 배 아플 수가 있다구, 알았어?"

"…….'

"선애야!

"…….'

"그래, 미안해. 미안해, 선애야!"

드디어 종훈이 염원하던 U.C.버클리 대학의 입학허가 통지서를 받았다. 그것을 위해서 종훈은 열심히 공부했고 피나는 노력을 해 왔었다.

박 목사를 제외하고 모든 사람들이 격려와 축하를 해 주었고 교회 청년회에서는 간단한 축하 파티를 열어 주었다.

제수인 수영 엄마도 그 자리에 참석했는데 종훈은 그녀의 치장한 모습을 보고 아까부터 기분이 나빴다.

"호호호…. 아주버님 축하 드려요. 이거 약소하지만 받아주세요."

"이게 뭡니까?"

"제 성의예요, 받아 주세요."

"뭔지 모르지만 다시 가지고 들어 가세요. 내가 선물 받을 이유는 아무것도 없고, 또 제수씨가 이렇게 화려하고 사치스럽게 치장하고 나올 자리가 아니예요."

그때 윤숙이 지난 번처럼 사태가 일어날까 두려워 재빨리 끼어들었다.

"회장님, 오늘은 좋은 날인데 회장님이 무조건 참으세요. 선물 주는 사람 성의를 봐서라도 받으세요."

"생각해 보세요. 내가 대학에 들어간 것이 선물 받을 일인가요? 그냥 회원들끼리 만나서 저녁이나 먹고 기분이나 좀 풀려고 나온 거지, 축하 받으려고 나온 게 아니라구요."

"어쨌든 간에 우리들은 회장님을 축하하러 나온 거예요."

"여러분, 자 건배합시다!"

"건배!"

그들은 맥주 잔을 들어 종훈을 축하했다.

그날 밤도 역시 종훈은 현호 집으로 향했고, 수영 엄마는 그러한 일들에 대해서 아랑곳하지 않고 집으로 들어와 시어머니를 거들었다.

날이 갈수록 수영 엄마는 화려해져 갔고 교회에서는 그녀의 언행이 도마 위에 오르게 되자 종훈의 엄마는 어느 날 며느리를 앉혀 놓았다.

"제발 애야, 입조심하거래이, 말조심하거래이. 무슨 말이 그리 많노?"

"예, 알겠습니다, 어머님."

"너는 그냥 무심코 한 말들이겠지만 다른 사람들은 그렇게 생각 안 한다."

"…….."

"그라고, 니 교회갈 때는 너무 치장하지 말거래이, 옷도 좀 수수한 거 입고 가고 말이다. 교회는 그렇게 입고 가는 게 아니다. 너는 불교 집안 딸이어서 교회를 안 다녀봐서 그러겠지만, 앞으로는 조심해라, 알았냐?"

"예, 어머님."

"니는 화장 그리 안 해도 예쁘고, 옷 그리 안 입어도 예쁘니라."

그렇게 시어머니로부터 훈계를 받고 있을 때 밖에서 문을 두드리는 벨소리가 울리자 수영 엄마는 얼른 일어나 문으로 향했다.

"어머, 이모님 오셨어요?"

"수영 엄마 이리 좀 온나."

다짜고짜 숨도 안 쉬고 이모는 수영 엄마를 앉혔다.

"무슨 일이세요, 이모님?"

"언니, 수영 엄마가 교회에서 계조직을 한다 카이."

"뭐라고? 참말이가?"

"여자 신도들한테 다 그랬다는구만."

"하이고, 이 일을 우짤꼬, 이게 무슨 망신이고…."

"이봐라, 질부! 그러지 않아도 니가 교회에서 너무 말이 많다고 사람들이 수군대는데, 계까지 조직을 해?"

"박 목사님이 이 일을 알면 우짤꼬!"

"……."

"그래 니 몇 명이나 모을라 캤나?"

"스무 명이요, 어머님."

"그래서, 곗돈을 다 받았나?"

"아직 다는 못 받았어요."

"그라믄 그 곗돈 다시 다 돌려줘라. 그라고 당분간 니 교회 나오지 말거래이."

오늘은 대진이 떠나는 전날이다.

대진은 선애를 집으로 데리고 와서 솜이불이 깔려 있는 방 아랫목에 선애를 앉히고 따뜻한 커피를 만들어 주었다. 대진의 짐은 거의 다 정리가 되어서 방안마저도 쓸쓸해져 있었다. 아직까지 선애와 대진은 한 마디의 말들이 없이 그냥 앉아 있었고 가끔씩 대진의 눈을 마주치곤 하는 순간 선애의 눈에서는 눈물 방울이 터져 나올 것만 같았다.

대진은 아무 말 없이 베토벤의 피아노 협주곡을 틀고 나서 머리를 그대로 벽에 기대고 앉아 있었다.

선애는 맨 처음 대진을 만났을 때를 회상하면서 지금까지 삼년을 같이 지내오는 동안 대진은 가슴 밑바닥에서부터 나오는 사랑을 경험했고 그 사랑을 통해서 자신을 발견했고, 선애는 대진을 통해서 또 다른 세계를 영위하고 있었다.

2악장이 흘러 나오면서 선애는 무너져 내리는 감정을 이길 수가 없어 자신의 손으로 입을 막고 울음소리를 죽여가고 있었다.

"흑!"

벽에 머리를 기대고 있던 대진도 어느덧 뜨거운 눈물이 흘러 내리고 있었다.

"선애야! 이리 와!"

대진은 두 팔을 벌리면서 선애를 불렀다.

선애는 조용히 다가가서 대진에게 안겼다.

"오빠! 이게 우리가 듣는 마지막 음악이지? 나는 앞으로 이 음악 안 들을 거야, 아니 못 들어!"

"선애야, 이 음악은 너하고 나를 연결시켜 주는 음악이야. 나는 네가 보고 싶을 때 이 음악을 들을 거야."

"오빠! 나, 지난 삼년 동안 행복했었어. 오빠가 있었기 때문에 나는 마음껏 숨을 쉬면서 헤엄을 칠 수가 있었어."

"선애야, 그건 나도 마찬가지야. 나는 너를 생각할 때마다 혼자서 감탄을 하곤 했지. 가슴이 벅차 오르면서 말이야."

"흑흐흐…"

"선애야! 울지 마. 울지 마. 선애야! 네가 그렇게 울면 나 못 가. 너는 끝까지 나를 울리는구나."

"흐흐흑…. 시간이 여기서 멈추어 주었으면 좋겠어. 시간이 자꾸만 흐르는 게 무서워."

대진은 선애의 머리카락을 뒤로 젖히면서 선애의 얼굴을 가슴 깊이 파묻었다.

"선애야! 너는 나의 선애이고, 나의 전부야."

"무심하게도 저 시계는 계속 돌아가네."

"……"

"오빠, 내일 몇시 비행기야?"

"내일 저녁이야."

"……."

"선애야, 내가 돌아오면 우리 과천에 가자. 우리들의 나머지 이름들을 새겨야 되잖아."

"……."

"왜 대답이 없어."

"……."

지난 늦가을, 겨울의 문이 열릴 무렵. 선애와 대진은 시외버스를 타고 과천에 있는 조그마한 마을을 찾아갔다.

그들은 그전에도 가끔씩 그곳에 가곤 했었다. 털털거리는 비포장도로를 힘들게 목적지 종점인 과천을 향해서 갔고, 다시 삼십분 정도를 걸어 들어가야만 하는 그곳은 황량한 벌판을 가로질러 산등성이를 넘어 가서 조그마한 마을 한가운데에 있었다. 벌판에서 부는 바람은 가슴 속 깊이 파고 들면서 마치 한겨울의 삭풍 같았다.

선애는 그 바람을 골이 아프도록 맞으면서 대진과 말 한 마디 없이 묵묵히 걸어만 갔다. 가파른 산을 넘어갈 때에는 어느새 온몸에 열기가 배어 나왔고 숨소리가 거칠어지고 있었다.

노송나무들이 교회를 둘러싸고 있는 이 교회의 목회자는 목사가 아닌 전도사였는데, 그는 선애가 고등학교 시절에 신학교를 다니는 중년의 학생으로서 선애가 다니고 있는 교회의 학생지도 담당 전도사였었다. 항상 깔끔하고 단정하게 교복을 입고 생글생글 웃곤 했던 선애를 그 전도사는 남달리 예뻐해 주었다.

신학교를 졸업한 후 그는 목사 안수를 받지 않고 전도사의 자격으로 지금 이 교회의 목회자로 부임한 후 선애는 이따금씩 대진과 이곳을 찾았고, 그 전도사와 많은 대화를 나누면서 교회 주변에 있는 포도밭을 찾아가곤 했었다.

청년시절에 초등학교 교사였던 그는 같은 마을에 살고 있는 어느 여자를 사귀게 되었고, 시간이 흐르면서 열애에 빠지게 되었다.

그러나 그 마을의 유지였던 그의 부모님은 그들의 결혼을 반대했다. 하는 수 없이 그는 학교를 그만두고 모든 것을 포기한 채 사랑하는 여자와 함께 강원도의 깊은 산간 마을로 들어갔다. 그들의 생계는 오로지 산에서 약초를 캐어 팔아서 유지해 나갔으므로 생활은 궁핍하기가 말이 아니었다.

결국 그의 어머니는 아들로 인한 충격으로 앓다가 세상을 떴고 그는 하루하루 어머니에 대한 죄책감으로 살아가게 되었다. 그러던 어느 날 읍에서 장이 서던 날, 그는 부인과 같이 약초를 팔고 집으로 돌아오던 중 그들이 타고 있던 버스가 전복이 되었다. 남자는 가까스로 의식을 찾았으나 여자는 현장에서 목숨을 거두고 말았다.

그렇게 해서 그는 사랑하는 어머니와 부인을 잃어 버리고 심한 죄책감으로 세상을 등지고 살아가고 있었다.

그러던 어느 날 라디오 방송에서 어느 독일 파송 간호원의 배신당한 사랑의 절절한 내용과 지금은 아무런 희망도 없이 묵묵히 살아간다는 내용의 편지가 어느 여자 아나운서의 목소리로 읽혀지고 있었다.

그 내용을 들었던 그는 그 간호원에게 자신의 처지를 이야기하면서 용기의 편지를 띄우게 되었고 그것이 계기가 되어 그들의 편지는 다시 사랑으로 익어가게 되었다. 그리고 그 간호원은 한국으로 돌아와 그 남자와 결혼하기에 이르렀다.

부인의 권유로 신학교에 들어간 그는 자신의 지난 과거에 대한 죄책감으로 끝까지 목사라는 직분을 거부하고 지금 이 과천 시골의 작은 교회에서 일을 하고 있었고, 부인은 동네 보건소에 나가 일을 했다.

쉰 살이 넘은 그는 지금 네 살 된 아들 홍이와 행복하게 살아가고 있었다.

"대진 군, 선애 양은 남달리 정에 약한 여자이지. 마음이 너무 여리다구. 그러니까 일단 대진 군 떠나는 게 마음에 상처는 되겠지."

"알고 있습니다. 그래서 제 마음이 더욱 아픕니다. 선애가 걱정이 되기도 하구요. 제가 어떻게 하면 되겠습니까, 전도사님."

"아하하하…. 걱정 말게, 선애 양은 내가 잘 보살펴 줄 테니까. 꼭 돌아오기나 하게."

"네, 저 꼭 약속드리겠습니다."

"오빠, 미안해. 오빠 너무 내 걱정하지 마. 그리고 마음 아파하지도 마. 그냐앙, ……그냥 오빠 떠나는 게 섭섭해서 그래. 오빠 힘들게 안 할게."

이내 눈물을 글썽이는 선애를 바라보면서 전도사는 선애의 등을 두드려 주었다.

"대진 군, 내가 하고 싶은 말은 후회 없는 삶을 살라는 거야. 지나간 시간은 다시 돌아오지 않아 우리 인생에서 말이야, 그러니까 결코 후회하는 삶이 되어서는 안 되네."

"네, 알겠습니다. 잊지 않겠습니다, 전도사님."

"전도사님, 저는요오, 옛날부터 전도사님과 이야기를 하고 나면 마음이 시원해지고 즐거워지곤 했어요. 그래서 오늘도 이렇게 온 거예요. 오빠가 간다는 말을 듣고 나서부터는 내 마음 속에 무엇인가 마치 심판을 기다리는 날을 받아 놓은 사람처럼 말이에요."

"그런데 오늘은 즐겁지가 않다는 말이군."

"한 가지 느낀 점은 있어요."

"그게 뭔데?"

"전도사님의 모습을 보고 사람에게는 누구나 자기에게 주어진 길이 있다는 것을 깨달았어요. 저도 어떤 길인지는 모르지만, 제게 주어진 길을 가야겠지요."

"으음, 선애 양이 어른 다 됐구만, 하하하……."

"전도사님, 언젠가는 저희가 다시 찾아 뵙겠습니다."

"음, 내가 기다리겠네."

"안녕히 계세요."

작별인사를 하고 그들은 나오면서 교회 앞의 한 노송나무 앞에 섰고, 대진은 전도사님께로부터 얻은 작은 칼로 노송나무의 껍질을 벗기기 시작했다. 나무의 하얀 살이 나오자 대진은 이름을 새기기 시작했다. '윤대'와 '김선'을 새겨 넣고 마지막 글자의 빈자리를 만들어 놓았다.

"선애야, 내가 돌아오면 여기 와서 우리의 마지막 이름을 새겨 놓는 거야, 나 여기서 약속할게."

"오빠, 약속은 하지 마. 만약에 그 약속하고 오빠가 안 돌아오면 그때는 나 죽어."

돌아오는 길에도 역시 선애는 아무 말 없이 돌아왔었다.

"그러니까 선애야, 우리들의 이름이 반쪽이 되어서는 안 돼, 알았지 선애야?"

"오빠, 나 내일 공항에 안 나갈게."

"응, 나오지 마."

대진은 마지막으로 선애를 집에까지 바래다주었다.

둘은 한참을 마주보고 서있었다.

"선애야, 잘 있어!"

"오빠, 안녕!"

"잘 자!"

"안녕!"

목이 메어 나오는 '잘 자'와 목이 메인 '안녕'은 이내 허공에서 떠도는 꿈소리로 되어 갔다.

선애는 무너져 내리는 가슴을 안고 등을 돌려 대문을 열고 들어갔으나 대진은 아직 밖에서 떠나지 못하고 그렇게 서 있었다.

다음날 아침부터 대진의 전화를 기다리고 있던 선애는 벨이 울리자 반사적으로 시계를 보았다. 시계는 세시를 가리키고 있었다.

"여보세요?"

"선애야!"

"……."

"여기 지금 공항이야."

대진은 목이 메어 떨고 있었다.

"선애야!"

"응."

"몸 조심해."

"응."

"밥 잘 먹어야 돼."

"응."

"공부 열심히 해야 돼."

"응."

"아프면 안 돼."

"응."

"밥 제 때 챙겨 먹어야 돼."

"응."

"내가 꼭 올게."

"응."

"가는 대로 편지할게."

"응."

"건강해야 돼."

"응."

"아프면 안 돼."

"응."

"공부 열심히 해야 돼."

"응."

"내가 꼭 올게."

"응."

"가는 대로 편지할게."

"응."

대진은 같은 말만 되풀이하고 있었다.

"선애야! "

"……."

"선애야! 전화 못 끊겠다."

"……."

"선애야, 잘 있어."

"응."

"선애야! "

"……."

"선애야! "

"……."

"대답해 선애야!"

"……."

"선애야!"

"……."

"대답해 줘 선애야!"

술에 취해 친구 현호의 부축을 받으며 문을 열고 들어오는 종훈을 보고 수영 엄마가 비틀거리는 종훈을 잡으려 했다.

"아주버님 많이 취하셨네요."

"내 옆에 오지 말아요, 소름끼쳐요. 댁 같은 여자 나 좋아하지 않아요."

"야, 훈아! 너 임마. 왜 그래. 죄송합니다. 이놈 지금 많이 취했어요. 이해해 주세요."

수영 엄마는 울면서 방으로 들어갔다.

"현호야! 이 집구석에서는 썩은 냄새가 나. 난 말이야아……
이 집구석이 싫어, 싫단 말이야."

방에서 듣고 있던 박 목사가 나오면서 소리지르기 시작했다.

"이놈아 싫으면 안 들어오면 될 거 아이가."

"아-하, 이 집의 두목이십니까?"

"뭐라고?"

박 목사는 종훈을 발로 걷어찼고 종훈은 나뒹굴었다.

"현호야! 저 영감이 내 아버지란다."

"야 임마! 너 이러면 안 돼."

"야 임마, 넌 몰라, 후후후…. 그래 넌 모르지. 너 보기에는 성스러운 목사로 보이겠지, 히히히……. 구역질나, 구역질나는 목사야, 저 영감은!"

"야, 이놈의 자식아. 나가! 나가지 못할끼고."

"목사님 죄송합니다. 저 가겠습니다. 안녕히 계세요."

박 목사의 고함 소리를 들으면서 현호는 도망치듯 종훈의 집을 나왔고 종훈은 그냥 그 자리에서 곯아 떨어졌다.

그 날 저녁 누나와 매형이 찾아와 부모님께 여자 사진 한 장을 내밀면서 종훈에게 소개시켜 주겠다고 종훈을 깨웠다.

"훈아, 네 마음 이해하지만 아버지한테 술주정하는 자식은 천하에 상놈이다. 앞으로는 절대 그런 일 없어야 된다."

"미안합니데이."

"이 여자 어떠냐? 별로 예쁘지는 않지? 내 친구 막내 여동생인데 지금 시카고에서 살고 있다. 나이는 너보다 두 살 밑이다."

"매형, 나 지금 그런 여유가 없어요. 싫습니데이."

"아주 착하데이, 인물은 좀 없지만."

종훈은 더 이상의 대답 없이 다시 자켓을 들고 집을 나왔으나 마땅히 갈 데가 없었다. 생각하다 종훈은 윤숙의 집으로 향하고 있었다. 윤숙은 자신을 이해해 주고 무너져가는 자신을 잡아줄 수가 있을 것 같았기 때문이었다.

"윤숙 씨, 저 박종훈입니다."

"아니, 어쩐 일이세요, 무슨 일 있었나요?"

"윤숙 씨하고 이야기 좀 하고 싶어서 왔습니다."

"드, 들어오세요."

갑작스런 종훈의 방문으로 윤숙은 무척 당황하기도 했고 반갑기도 했다.

가난한 살림 도구들이었지만 가지런히 잘 정돈되어 있고, 테이블 위에는 지난번 청년회에서 놀러가서 찍은 기념사진이 놓여 있었다.

윤숙은 부엌에서 과일과 커피를 내왔고 특별히 종훈을 위해서 종훈이 좋아하는 약밥을 내왔다.

"무슨 약밥이 있습니까?"

"제가 만들었어요. 많이 드세요. 마침 잘 오셨어요, 종훈 씨가 약밥을 무척 좋아하시길래 만들어서 그렇지 않아도 갖다 드리려고 했는데……."

"감사합니다, 하하하…. 저를 위해서 만드셨다니."

"거짓말 같아요?"

"아, 아닙니다. 나는요, 윤숙 씨가 어떤 때는 부러워요."

"어째서요?"

"미국에서 혼자 힘들게 살아가지만 윤숙 씨 얼굴을 보면 아주 어린애처럼 행복해 보여요."

"호호호…. 그거 좋은 일이네요. 고마워요, 그렇게 봐주시니."

"윤숙 씨는 앞으로 행복하게 잘 사실 거예요."

"사실 저는 종훈 씨가 가지고 있는 것들을 하나도 못 가졌어요. 그렇지만 저는 실망해 본 적이 없어요."

"저도 알아요, 윤숙 씨는 아주 열심히 살아가고 있다는 것을 말입니다."

"종훈 씨는 열심히 살아간다고 생각하지 않으세요?"

"저는 모르겠어요, 어떻게 사는 게 열심히 사는 것인지를, 공부는 열심히 할려고 하는데 말입니다."

"제가 볼 때 종훈 씨는 혼자 살아온 사람 같아요. 아직 눈을 못 떴어요."

"네? 눈을 못 떴다구요?"

졸업과 함께 떠난 대진은 일주일, 이주일이 지났어도 아직 편지가 없었다. 대진이 떠난 이후로 아직 누구와 만나 이야기한 적이 없는 선애는 오직 학교생활로만 하루하루를 보내고 있었다.

어느덧 한 달이 지나가고 있었으나 그때까지도 선애는 대진으로부터 아무것도 받지 못했다.

선애는 자신이 생각했던 대로 대진과의 관계가 끝나가는 것에 대해 두려워 했고 그것은 선애를 괴롭히는 악몽이 되어가고 있었다.

그것에서 벗어나려고 더욱 더 실기연습에 몰두하려고 애를 쓰고 있었다. 그리고 스스로 자신의 자존심과 가치를 살리려고 거울을 보고 화장도 해 보았고, 새 옷도 맞추어 입어 보았으나 선애는 더욱 초라함을 느꼈다.

또 다시 대진으로부터 아무런 소식이 없는 가운데 석달이 지나갔고 민들레 씨앗이 오월의 훈풍을 타고 캠퍼스 안에서 춤을 추고 있을 때 대학의 축제는 선애 앞을 지나가고 있었다.

대진과 같이 아이스크림 콘을 혀로 핥아가면서 캠퍼스 안을 누벴었던 지난 날의 축제, 지난 날의 추억을 되찾으려고 대진과 같이 앉았던 그 잔디 위에 앉아 마지막 터지는 불꽃을 보고 있었다.

저 불꽃은 대진의 영혼과 선애의 영혼이 뛰고 있는 것이라고 대진은 말했었다.

그 사라져가는 영혼들을 붙잡으려고 선애는 고통하고 있었고 그 옛날 홍도에서 선애를 축복해 주던 밤하늘의 별들을 찾아 헤매고 있었다.

'오빠!

오빠가 그랬지, 하늘의 별은 마음으로 봐야 많이 볼 수 있다고 말이야.

정말 그러네.

나는 지금 별들이 하나도 안 보여.

오빠!

별들이 하나도 안 보여.

오빠는 지금 뭐해?

왜, 편지한다더니 지금까지 아무 소식이 없는 거야?

오빠!

선애 안 보고 싶어?'

선애는 저절로 흐르는 눈물을 감당하지 못한 채 가슴이 저리도록 외로움에, 또한 그리움에 흐느끼고 있었다.

대진이 떠난 지 또 넉달째를 맞아 유월로 접어 들면서 선애는 며칠 남지 않은 독주회를 준비하느라 무척 바빴고 또한 그것은 대진을 잊어버리는 데는 너무나도 좋은 약이었다.

통행금지 시간이 올 때까지 피곤한 줄 모르고 연습에 몰두할 수 있었던 것은 진정으로 음악을 사랑했고 그것을 통해 무한한 감격 속으로 빠져 들어갔기 때문이었다.

밤 늦게 연습을 끝내고 집에 들어갈 때에는 대문에 붙어 있는 편지통을 이제는 습관적을 열어보곤 했다.

　'오빠!

나 이젠 편지 안 기다릴 거야.

설사 오빠에게서 편지가 왔다 하더라도 나는 그것을 읽어보지도 않을 거라구.

오빠가 나를 배신하기 전에 내가 먼저 오빠를 배신하는 거야. 두고 봐!'

"선애야! 대진 씨한테서는 아직도 아무 소식 없니?"

"응."

"무슨 남자가 그러니? 가자 마자 편지 한다 그래놓고 말이야."

혜자는 수도 없이 선애를 볼 때마다 물었다.

"선애야! 오늘도 역시니?"

"……."

"그 남자 정말 웃기는 남자네."

"…… ."

오래간만에 이발을 하고 양복을 차려 입은 종훈은 친구의 결혼식장으로 가기 위하여 현호와 함께 나섰다.

현호를 알고 난 후부터는 학교 다니는 학생들을 새롭게 사귀어 왔고 또한 그것을 즐거워 했다.

학생들이 별로 많지는 않았지만 그들은 정신적 여유와 경제적 여유를 지니고 있었기에 그들이 모이는 자리는 항상 즐거웠고 교회 청년들의 모임과는 다른 종류의 대화를 하고 있었기 때문에 종훈으로서는 많은 호기심을 불러 일으켰다.

특히 거의가 U.C 버클리 대학생이었기 때문에 이번 가을 학기부터 종훈 자신도 그들과 같이 공부할 수 있다는 것에 대해 대단

한 자존심을 갖게 되었다.

오늘 결혼식을 올리는 친구는 한국에서 재벌그룹의 아들로서 유학온 학생이었는데 신분도 집안으로나, 학벌로나, 남자에게 뒤지지 않는 당당한 집안의 여자였다.

또 다른 친구도 머지 않아 한국에서 신부를 데리고 오기로 되어 있었는데 그녀는 용모가 빼어난 일류 여대 졸업생이었다.

호화스럽고 사치스럽게 결혼식을 끝내고 밤이 늦도록 축하객들은 춤과 노래로 즐겼고 한쪽에서는 마리하나를 돌려 피우면서 포커를 하고 있었다.

그들 속에서 종훈은 자신을 발견하고는 쓸쓸함과 외로움으로 빠져 들고 있었다.

왠지 그들과 어울리기에는 자신이 너무나 초라함을 느낀 종훈은 슬쩍 빠져 나와 집으로 돌아왔다.

"아주버님 오셨어요?"

"……."

"식사하셨어요?"

"……."

"아주버님, 식사 아직 안 하셨으면……."

"제 일에 신경 쓰지 마세요, 내가 알아서 하니까. 그리고, 애기 집안에서 울리지 마세요. 아주 신경 쓰이니까요."

"예, 알겠습니다."

기분 나쁜 표정으로 넥타이를 풀어 헤치면서 방안으로 들어간 종훈은 또 다시 주희로부터의 편지를 받았다.

'종훈 씨.

또 다시 봄이 지나가고 여름이 오고 있습니다.

종훈 씨의 소식은 끝내 오지 않고 무심하게 세월만 흐르고 있습니다.

어제는 영길 씨와 선희를 오래간만에 만났습니다.

그들은 다음달에 결혼식을 올릴 예정입니다.

제게 대한 미안한 감정을 그들의 말에서 느낄 수 있었습니다.

그것은 아마도 떠나가 버린 종훈 씨로 인하여 외로워진 저의 모습을 보았기 때문일 것입니다.

그렇지만 저는 가끔씩 종훈 씨와 대화를 나누곤 합니다.

그것은 저를 숨쉬게 하는 원동력이 되고 있습니다.

그 힘으로 저는 오늘도 종훈 씨를 기다리고 있습니다.

종훈 씨.

학교 다닌다는 소식 들었습니다.

아무쪼록 건강하시길 빌겠습니다.

시간이 허락하면 답장 한 번 보내 주시기 바랍니다.

그렇다면 오늘을 사는 보람이 있다고 생각합니다.

가끔씩 나를 슬프게 하는 것은 시집 가라는 종훈 씨의 말이었습니다.

그 말은 나를 슬프게 할 뿐만이 아니라 저의 목을 조르는 말이기도 합니다.

종훈 씨.

종훈 씨의 가슴에 상처주고 떠나 보낸 나는 지금 괴로워 하면서 상처를 달게 받겠습니다.

언제까지나 종훈 씨를 기다리면서 말입니다.

주희'

한 학기가 끝나갈 무렵 여름방학을 앞두고 선애는 독주회를 했다. 그런데 바로 그 날 아침 뜻밖에도 더 이상 기다리지 않던 대진으로부터 편지를 받았다.

놀라웠고, 당황했고, 반가운 대진의 편지가 그동안 쌓였던 그립고 서러웠던 감정이 반가움과 어우러져 선애는 그 자리에 주저앉아 엉엉 울어 버렸다.

그 울음이 또 다시 분노로 변하면서 선애는 그 편지를 찢어서 대문 옆에 있는 쓰레기통에 힘을 다해 던져 버렸다.

'오빠!

내가 이야기했지? 오빠에게서 편지가 와도 이젠 안 읽겠노라고 말이야.

오늘 나, 독주회 있는 날이야.

오늘 저녁에는 나의 날이라구.

나는 나의 오늘이 중요해.'

그날 저녁 일곱시 연주시간이 되면서 관중석의 불이 꺼짐과 동시에 선애는 연한 핑크빛 드레스를 입고 무대에 올라섰다.

여유 있고 편안하게 한 곡 한 곡을 연주해 나가면서 관중들의 많은 박수 갈채를 받았고, 많은 친구들과 삼촌 진형의 친구들이 와서 선애를 축하해 주었다.

진형의 친구 강문과 기석이 싱글싱글 웃으면서 선애에게 꽃다발을 안겨 주었다.

"선애야, 축하한다. 뭔지는 모르지만 좋더라."

"고마워요, 오빠."

"선애야, 너 중간에 한 번 틀렸었니? 몇초 동안 가만 있더라."

"기석 오빠, 그건 틀린 게 아니고 쉼표였어."

"야, 임마. 무식이 튀어 나오지 않게 해라."

"강문 오빠도 그렇게 생각했어?"

"야, 나는 자장가 소리에 잠이 들었다."

"아, 정말 이놈이 옆에서 자는데 마음이 얼마나 조마조마했는지 알아? 코골까 봐 말이야."

"하하하….."

"후후후….."

"호호호….."

아침부터 선애를 옆에서 도와주었던 혜자가 갑자기 대진의 이야기를 꺼내기 시작했다.

"얘, 선애야. 그런데 너 대진 씨가 없어서 아주 속상하지? 내가 네 마음 모를 줄 알아? 이 새침떼기야!"

"혜자 씨, 아니 왜 남의 사랑스러운 조카 마음을 그렇게 아프게 만들어요?"

"어머, 미안해요. 진형 씨, 정말 그렇겠구나. 선애야, 미안하다."

"아니 괜찮아."

"정말 괜찮아?"

"응, 정말이야."

"역시 너는 악발이야."

"종철 씨, 얘 선애 별명이 학교에서 뭔지 알아요?"

"뭐예요?"

"악발이요, 별명이 악발이에요. 악발이같이 연습을 하거든요."

"어휴, 겁나는 별명이네요."

"호호호……. 겁낼 거까진 없어요. 밖에서는 헛발이니까요."

그날 밤 집에 들어와 천정을 올려다 보면서 누워 있는 선애는 피곤했지만 잠을 이룰 수가 없었다. 아까 혜자가 말했던 대로 선애는 속으로 울고 있었고 대진 오빠가 더욱 그리웠다.

'오빠!

나 오늘 연주 잘 했어.

많은 사람들이 와서 나의 연주를 들었다구.

그런데 꼭 들어야 할 사람, 그 사람이 그 자리에 없었어.

오빠가 항상 그랬잖아. 언젠가 나의 연주를 꼭 듣겠다고 말이야.

그러나 그것을 결국 못 듣고 오빠는 그렇게 가 버렸어.

대진 오빠!'

선애는 어느새 눈물을 흘리고 있었고, 벌떡 일어나 낮에 찢어
버렸던 편지를 주워 모아 억지로 끼워 맞추었다.

'보고 싶은 선애에게.

선애야.

편지가 늦어서 미안하구나. 잘 지내고 있지?

이곳 동부에 와서 나는 지금까지 아팠다. 나는 내 자신이 건강
하다고 믿고 있었는데, 환경이 바뀌었다는 이유로 이렇게 아
플 줄은 몰랐다. 나 자신에게 실망하고 있지만, 형님들도 내게
조금의 여유도 주지 않고 나를 나무란다.

그래서 그런지 더욱 외로움을 느낀다.

보고 싶은 선애야!

편지가 늦었다고 화내지 마.

이주일 전에는 운전면허 시험을 치러 갔었는데 합격하지 못해
서 형한테 꾸중 듣고 다시 어제 시험치러 가서 겨우 합격했다.

그리운 선애야!

항상 나의 머리 속에서 너의 생각이 떠나가지 않고 내 생활을
지배하고 있다.

나의 시급한 문제는 내가 이곳 생활에 빨리 적응하는 문제이
다.

나는 지금 외딴섬에 혼자 떨어져 있는 심정이다.

선애야!

너 아직도 길 걸어갈 때 딴 생각하니?

밥은 제때 잘 먹니?

내 가슴 속에 있는 선애야!

나 여기서 열심히 살게. 그리고 도전할게.

선애야!

잘 자!

대진'

넉달만에 받은 편지는 고작 아파서였던 것이다.

얼마나 애타게, 얼마나 그렇게, 얼마나 가슴 저리도록 기다려 온 편지였는데. 선애는 그것을 받아들이지 못했다.

'오빠!

굳이 변명하려 하지 마.

그렇게 내가 오빠 가슴 속에 있다면 단 한 줄의 편지라도 보냈어야 했어.

나 오빠 없이도 살아.

고작 이 정도의 변명으로 얼어 붙은 내 마음을 녹이지는 못해.'

"사모님, 저어, 제가 잘 알고 있는 여자애가 있는데, 제가 한국에서 살 때 같은 교회 다니던 장로님 딸이 있어요. 아주 착하고, 순하고, 예쁘게 생겼어요. 지금 음악대학에 다니고 있구요. 집안도 괜찮고 잘 살아요. 어때요. 사모님! 원하시면 제가 한번 중매해 볼까요?"

"아이구, 그래요? 그렇게 좋은 여자가 있었는데 와 이제 해준다 캅니까? 좀 일찍 해 주시지."

"제가 보니까 큰 아드님 장가 보내실려고 꽤나 노력을 하고 계신 것 같아서 그래요. 제가 생각은 했었지만 함부로 나설 수가 없어서 그냥 가만히 있었는데 오늘 우연히 이렇게 기회가 주어지네요."

"이것 봐요, 박 집사. 제발 좀 나서서 해주세요, 내가 아주 이렇게 간청할게요."

박 목사 부인은 박현희 집사의 손을 끌어잡아 흔들면서 애원했고 마치 일이 다 성사라도 된 듯이 기뻐하고 있었다.

박 목사 집안에서 문제아는 종준, 종혁이 아니라 바로 종훈이었기 때문에 그들 부모는 종훈이 빨리 장가가기만을 기다렸다.

"박 집사, 우리 종훈이 지금 저래 공부하지만 그놈아 장가가면 내가 생활비 다 대줄 끼고 며느리 고생하지 않게 잘 살게 해줄 끼라. 그라니 꼭 좀 되게 해 주소."

"그럼 내가 한 번 한국에 연락해 볼게요."

"아이고 마, 내 이 소리 들으니 벌써 며느리 본 것같이 기분이 좋네. 고맙소, 박 집사."

이러한 이야기가 오간 후부터 박 집사와는 어느새 가까운 사이가 되었고 또한 힘들게 살아가는 박 집사에게 도움을 주기 시작했다. 종훈은 그동안 박 집사가 집에 와도 별 관심이 없었으나, 어머니가 귀가 따갑게 좋은 색시감이 있다고 이야기하는 바람에 박 집사와 같이 앉아서 이야기하기 시작했다.

박 집사의 말을 듣고난 종훈은 일부러 사진을 찍어서 박 집사에게 건네주었다.

이러한 사실이 교회 안에서 퍼지기 시작하자 친척들은 박 목사 집으로 매일 오다시피하면서 경사났다고 떠들어댔다.

종훈의 큰 외숙모는 마치 자기 일처럼 기뻐하고 있었다.

"훈이, 니 이젠 참말로 장가가나 보다. 색시가 그리 좋다 카는데 니 꼭 잡아야 된데이. 그 쪽에서 무슨 연락 아직 없나?"

"예, 아직 없습니데이."

"훈이 니, 한국 갈 준비해야제."

"외숙모, 아직 모릅니데이. 다른 사람들한테 아직 말하지 마이소. 나는요, 너무 떠드는 거 좋아하지 않습니다."

"안다, 알아. 니가 장가간다 카이 너무 좋아서 안 그러나. 형님요, 예단 준비 안 합니까?"

"외숙모, 아직 그쪽 의견도 모르는데 와 이렇게 서두르게 하십니까?"

"호호호…. 어차피 해야 되는 거 아이가. 아이고 마, 내는 얼마나 좋은지 모른다. 박현희 집사가 참말로 고맙데이."

선애가 대진으로부터 두 번째 편지를 받은 것은 여름 하기캠프에 참석하고 돌아온 팔월 초였다.

'보고 싶은 선애에게.

선애야!

항상 불러 보고 싶은 이름이구나.

건강하게 잘 있지?

진형의 편지로부터 너의 소식 잘 들었다.

너의 독주회를 아주 잘 했다고 읽는 순간 나는 울음을 터뜨리고 말았다.

네 곁에서 도와주지 못하고, 너의 연주를 듣지 못한 것에 대해 나는 너에게 무슨 말을 해야 되겠니?

선애야!

선애야!

내가 어떻게 해야 나를 용서할 수 있겠니

선애야!

답장 한 번만 보내주기 바란다.

기다리고 있을게.

그리운 선애야!

잘 자!

대진'

서러운 만큼 선애는 이를 악물었다.

'대진 오빠에게.

오빠!

오빠는 선애가 보고 싶다고 했지?

나는 얼마나 보고 싶었는지 알아? 얼마나 애타게 오빠의 편지를 기다렸는 줄 알아?

나 혼자 오빠 생각하면서 흘린 눈물이 얼만큼인지 알아?

오빠는 눈물이란 게 뭔지 모르는 나에게 눈물을 선물로 주고 떠난 사람이야.

그러나 그 선물 오빠에게 돌려 주겠어.

나 이제 머지 않아 졸업해.

그래서 요즈음은 화장도 해 보고 옷맵시도 부리고 다니면서 오빠 따위는 잊어 버리려고 노력하면서, 이젠 성숙한 여자가 된 척하면서 살고 있지.'

답장을 쓰다가 선애는 그것을 찢어 버렸다.

쓸 데 없는 고집, 쓸 데 없는 자존심, 쓸 데 없는 오만이라는 것을 선애는 알고 있었다.

혜자에게 전화를 걸어 불러 내었다.

"혜자야, 나 오늘 술 한 잔 마시고 싶어."

"그래, 나는 너를 잘 알아. 너처럼 자존심 강한 애가 버티어 나가려니 얼마나 힘들겠니. 지독한 애야, 너는. 그래 한 번 실컷 마셔봐."

"…… ."

"저것봐, 벌써 눈물 흘리는 거. 아휴, 하여간 내가 힘들어."

"혜자야, 나, 대진 오빠 이젠 잊을래."

"정말 잊을 수 있어? 잊기로 했으면 냉정하게 딱 잊어 버려."

"응, 그런데 마치 오빠가 한국 땅에 있는 것 같애, 혜자야."

"그럼 너는 언제까지 대진 씨 허상만 찾아다닐래?"

"아니, 정신차려야지, 내가."

"**종훈** 씨, 종훈 씨 소문 다 들었어요."

"그렇습니까?"

"저는 지금 막 울고 싶어요. 누구보다도 종훈 씨를 사랑할 수 있는데 말이에요.”

“윤숙 씨. 윤숙 씨, 마음 잘 압니다. 그러나 남녀의 만남은 인연이 있어야 된다고 생각합니다. 저는 한국에서 어렸을 적부터 같이 놀던 여자 아이가 있었는데 나는 그 여자 아이를 참 좋아했어요. 물론 그 여자도 나를 참 좋아했구요. 그래서 내가 미국에 오면서 청혼을 했어요. 그런데 그녀의 부모가 거절을 했어요. 물론 저에게는 상처가 되었지만 어떻게 하겠어요. 인연이 없는 걸요.”

“그러니까 나도 종훈 씨와 인연이 없다고 생각하고 단념하라는 말씀이시군요.”

“윤숙 씨, 윤숙 씨는 앞으로 행복하게 사실 거예요?”

“종훈 씨, 나 진심으로 내 목숨 다해서 종훈 씨를 사랑하겠어요. 종훈 씨, 내 사랑은 변하지 않아요.”

윤숙은 종훈에게 매달리고 있었다. 처절하게 울면서 종훈을 붙잡았다.

“윤숙 씨, 여자가 지나치게 남자에게 이러는 것은 보기에 좋지 않아요. 윤숙 씨, 자, 이제 그만 하세요.”

“물론 그 여자는 나보다 모든 조건이 다 좋다는 거 잘 알아요. 그렇지만 나는 그 여자보다 훨씬 더 종훈 씨를 사랑할 수 있어요. 종훈 씨, 저의 진심을 받아주세요.”

“윤숙 씨, 이제 그만 하세요.”

종훈은 윤숙의 눈물을 닦아주면서 동정 어린 눈으로 바라보았다.

“윤숙 씨 나 같은 놈을 그렇게 생각해 주니 제가 정말 눈물이 나올 정도입니다.”

“종훈 씨, 종훈 씨가 만약 제 진실한 마음을 아신다면 정말로 울 겁니다.”

“고맙군요.”

종훈은 잠시 눈을 감고 결혼이라는 것에 대해 생각에 잠기었다. 그리고 남자와 여자가 만나서 살아간다는 것에 대한 두려움이 뇌리를 스쳐갔다.

"윤숙 씨, 저는 솔직히 결혼이라는 것에 대해 자신이 없습니다. 도망가고 싶은 심정이에요."

"그렇다면 박 집사님이 중매하고 있는 그 여자는 어떤 뜻으로 종훈 씨가 받아들이는 거지요?"

"나도 몰라요, 그렇게 따지면 나 자신도 몰라요. 그냥 좋은 집안 딸이고, 좋은 여자라 하고, 좋은 학벌 가졌다고 하니까 나도 그냥 주위 사람들 장단에 놀아나는 기분이에요. 아직도 나는 그 여자 사진도 못 봤어요. 어떤 여자인지도 몰라요. 그러니까 남이 뛰니까 나도 뛰는 그런 거예요."

"종훈 씨, 저는 종훈 씨가 누구와 결혼하든 간에 저는 영원히 종훈 씨를 사랑할 거에요."

윤숙과 헤어지면서 남긴 윤숙의 말이 종훈의 머리 속에서 떠나가지 않고 있었지만 종훈으로서는 아무것도 할 수 없었다. 그날밤 종훈은 친구들과 어울려 마리화나를 피웠고, 포커를 즐기면서 이성을 잃어가고 있었다.

여름방학이 끝나고 마지막 학기를 맞으면서 4학년 학생들은 졸업연주 준비에 여념이 없었다.

철 없고 꿈 많던 대학생활을 끝내 가면서 이제는 여학생들이 꽤나 성숙해져 있었고 그 중에는 대학을 졸업하는 대로 결혼을 준비하는 학생들도 있었다. 항상 가을이 되면 찾아오는 연고전, 선애는 작년 연고전때 대진과 남이섬에 갔었던 일을 회상하면서 무척 괴로워하고 있었으므로 그것을 잊으려고 올해는 악을 쓰면서 응원연습에 임했으나 막상 서울운동장에는 가지 못했다.

이미 졸업하고 회사원이 된 삼촌 진형에게 전화를 걸어 저녁에 명동에서 만나기로 약속하고는 하루 종일 대진을 찾아 다녔다. 신촌골을 헤매고 다녔고 안암골을 헤매고 다녔다.

'대진 오빠! 지금 뭐하고 있어? 도대체 나는 내 마음 속에서 오빠를 몰아낼 수가 없어.'

저녁에 진형을 만나 명동으로 들어갔으나 이미 명동바닥은 학생들의 물결로 꽉 차 있었다.

진형은 친구인 종철을 만나기 위하여 약속한 술집으로 나갔으나 종철 역시 술집에 들어가지 못하고 그 앞에 길거리에 앉아서 친구들과 정신 없이 노래를 부르고 있었다.

종철은 군대 제대하고 지금 2학년에 복학한 친구였다.

술집 안에서 흘러 나오는 응원가 소리에 허름한 이층건물이 무너져 내릴 것만 같았다.

"야, 임마, 종철아!"

"오랜 역사 빛난 전통 사학의 싸앙벽이다 ."

"야, 종철아."

"어? 어 어. 왔냐? 어, 선애도 왔구나. 여기 이 길바닥이 오늘은 다 우리 자리니까 아무 데나 앉아라. 자 술 한 잔 마셔라. 선애 너도 마실래?"

"그럼 나는 안 줄라고 했어?"

"아, 죄송합니다. 우리 숙녀님, 아니 독수리님, 아니 까마귀님."

"종철 오빠! 나 오늘 술 좀 마실까?"

"그래야지, 오늘은 취하는 날이다."

종철은 진형이 가장 좋아하는 친구였고, 언젠가 대진이 떠난 다음 실제로 선애에게 소개해 주고 싶은 사람은 종철이었다고 진형이 말했었다. 그리고 대진과 선애의 만남은 우연이었고 또 진형 자신이 그 둘 사이가 그렇게 가까워지리라고는 생각지 않았다고 선애에게 고백한 적이 있었다.

"야, 선애야. 미안하지만 이 자리에는 지금 다 호랑이들이야. 그러니까 상관은 없지만 너도 호랑이가 되는 게 좋아."

"응, 알았어. 나 그냥 술이나 마시지 뭐."
"야 임마, 술 너무 주지 마."
"야, 이 짜샤. 니 조카 비싸다, 그래."
"나가가 폭풍같이 고대 건아야."
"캬!! 술 맛 좋다. 좋지, 선애야."
"캬!! 좋다 아."
종철은 취해 갔고, 진형도 취해 갔고, 선애도 취해 가고 있었다.
그 속에서도 선애는 외로움을 달래느라 무진 애를 쓰면서 목청
높여 고려대의 응원가를 불렀다.

'대진 오빠!
나 지금 술 마시고 있는데 말이야아, 마시면 마실수록 오빠 생
각이 더해져.
오빠, 여기는 지금 명동성당 바로 앞 건너길 좁은 골목 입구 술
집이야.
오늘도 역시 자리가 없어서 못 들어가고 길거리에 앉아서 마
시는데 말이야, 엉덩이가 아주 차갑네.'

그 날 밤 진형은 만취한 선애를 자신의 집으로 데리고 들어갔다.
"어머니, 오늘 특별한 날이라 술 좀 마시게 했어요. 그냥 방에
눕혀 재워야 되겠어요."
"하머니……."
"계집애도 술을 마시냐?"
"우리 하머니, 내가 어마나 사랑한다구우."
"아이구 술냄새야. 시끄럽다, 눕기나 해라."
"하머니, 오래 오래… 사세요오."
"고롬, 오래 살아서 우리 선애 시집가서 사는 것도 봐야디."
"네, 나 시집 가서 잘 사는 거 보셔야지요."
"그런데 처녀가 이렇게 술을 많이 마시면 못 쓴다우 고롬."

"호호호……. 하머니, 오늘만 좀 봐 주세요, 네?"
"아이구야. 놔라 이거 간지럽다."
"호호호……. 하하하……."
선애는 이모 할머니의 허리를 감싸 안고 볼에다 뽀뽀를 계속 해
주고 있었다.

선애 아버지는 어느날 미국으로 이민간 같은 교회의 교인이었
던 박현희로부터 편지 한 통을 배달 받았다.
'김 장로님 그 동안도 안녕하셨습니까?
주님의 은혜로 저는 여기서 잘 지내고 있습니다.
다름이 아니라 저희 교회 목사님께서는 아들이 넷이 있는데 그
중 큰 아들이 아주 착실하고 유능한 청년이라서 제가 선애에
게 중매를 좀 할까 해서 펜을 들었습니다.
이번에 U.C 버클리에 입학했고 아주 똑똑한 학생입니다.
나이는 선애보다 세 살이 위고, 더구나 목사님 댁에서 장남에
대한 기대가 무척 많습니다. 목사님께서도 저희 교회 원로목사
님으로서 개인사업을 하시는데 아주 풍부하게 살아가십니다.
그래서 아들이 학생이라도 부모님께서 경제적 뒷받침을 충분
히 해 주신다고 제게 약속하셨습니다.
만약에 선애가 정해 놓은 데가 없으시다면, 제가 보아도 좋은
혼처 자리인 것 같아 말씀드리니 장로님의 생각은 어떠신지요?
이름은 박종훈이고 아주 집안에서 귀한 아들입니다.
장로님의 친서를 기다리겠습니다, 안녕히 계십시오.
                                        박현희 드림'

뜻밖에 박현희의 편지를 받은 선애 부모님은 고맙다는 말과 함
께 일단 생각해 보자는 서신을 보냈다.
그리고 이주일 후에 또 다시 생각지도 않았던 편지가 날아왔는

데 그 속에는 남자의 사진 여러 장과 그의 가족 사진이었다.

박현희의 편지에는 박 목사의 경력과, 그의 아들이 집안에서 어떤 위치의 아들이라는 것을 적어 보내 왔고, 선애 사진을 보내줄 것을 요청했다.

결국 선애 부모님은 선애의 사진을 박현희에게 보냈고 선애에게 지금까지의 일들을 이야기해 주었다. 그리고는 신랑감에 대한 대단한 기대와 보통 신랑감이 아닌 특별한 사람으로 간주하고 좋아했다.

그 사실을 알게 된 선애는 무척 놀랐고 화를 내기도 했다.

하는 수 없이 대진의 이야기를 부모님께 말씀드리려고 선애는 언니의 도움을 요청했지만, 언니는 선애의 부모님이 대진을 좋아할 요건이 하나도 없다면서 도리어 선애를 만류했다.

평소에 성격이 순했던 선애는 자라면서 한 번도 부모님을 거역한 적이 없었고 모든 일에 순종하는 성격이었다.

그리고 집안의 일들을 선애는 마다하지 않고 부모님을 대신해서 처리하는 경우도 있었다. 그래서 선애는 부모님과 주위 사람들로부터 인정을 받고 살아온, 자신의 주장을 한 번도 내세우지 않고 남을 받아들이면서 살아왔다.

선애의 부모님은 선애가 어렸을 적부터 미국이란 나라를 무척 동경해 왔고 선애에게 미국이란 나라에 대해서 이야기를 들려주곤 했다.

그리고 그들은 미국으로 이민가는 것이 하나의 꿈이 되었다.

아니 미국이라기보다 외국에 대한 선망이었다. 그래서 브라질 이민도 한때는 시도해 보았고, 아르헨티나 이민도 시도해 보았지만 경제적인 타격으로만 끝나고 말았다.

어려서부터 그러한 부모님의 외국에 대한 갈망을 안고 살아가는 것을 보아 온 선애는 어쩌면 지금이 부모님과 식구들을 미국으로 가게 하는 절호의 기회일지도 모른다는 생각에 다다르자 자신을 희생하고 차라리 부모님의 결정에 따르기로 마음이 굳혀지고 있었다.

그러나 선애는 그것이 대진과의 영원한 이별이라는 것에까지 생각을 조금도 하지 못 했고, 눈 앞에 보이는 선애 부모님께 대해 어떠한 희망과 기쁨을 주고 싶었다.

"엄마! 내가 이 남자하고 결혼하면 엄마, 아버지, 우리 식구가 미국갈 수 있는 거지? 그럼 나 할게."

"넌 남자가 어떤 남자인지도 모르고 한다는 말이냐?"

"응, 볼 거 뭐 있어?"

"왜 안 봐?"

"잘 났다 그랬잖아, 박 집사님이."

"너는 그럼 우리 때문에 무조건 결혼한다는 말이니?"

"…….."

"선애야, 그런 소리는 아예 하지 마라. 우리가 너를 어떻게 키운 딸인데, 너를 아무한테 막 보내냐? 아무리 우리가 미국을 가고 싶다고 네 인생을 팔겠냐? 아휴, 넌 왜 그렇게 바보스럽냐?"

선애는 부모님께 무조건 결혼하겠다고 말은 했지만 마음 속으로는 무척 쓸쓸하고, 대진과는 점점 더 멀어져 간다는 생각에 혼자만이 슬퍼지고, 혼자만이 외로워지고 있었다.

박현희로부터 선애의 사진을 건네받은 종훈은 큰 기대를 갖고, 대뜸 선애에게 편지를 썼다.

'김선애 씨에게.

안녕하십니까? 저는 박종훈이라고 합니다.

저희 교회에 계신 박현희 집사님을 통해서 선애 씨 사진 잘 받아 보았습니다. 박 집사님께서 선애 씨를 무척 칭찬하시고 좋으신 분이라고 하시고, 또 저도 선애 씨의 사진을 본 순간 무척 호기심을 가졌습니다.

저는 지금 U.C 버클리에 재학중이고 나이는 이십육세입니다.

제가 사는 이곳은 아름다운 항구도시입니다.

고향이 그리울 때는 금문교 전망대를 찾아가 향수를 달래곤 합니다.

하나님께서 허락하신다면 선애 씨와 함께 금문교에서 아름다운 도시를 감상하면서 좋은 시간을 갖고 싶습니다.

선애 씨.

선애 씨의 답장을 꼭 받고 싶습니다.

기다리겠습니다.

박종훈 드림'

선애의 사진은 온 교회 안을 떠돌아 다녔고 교인들의 화제거리가 되어 있었다. 그 속에서 박현희 집사의 존재는 한층 돋보였고 종훈은 왕자가 되어 가고 있었다.

이미 선애는 종훈의 색시가 된 듯 교인들은 '훈이 색시'라고 불렀다.

교회에 가면 사람들은 종훈을 둘러싸고 여러 가지 이야기를 주고 받았다.

"훈이, 니 이제는 장가가겠구만. 색시 사진 보니까 아주 참하게 생겼구마."

"아직 결정된 게 아닙니다."

"야 임마, 결혼하고 못 하고는 니 능력이다. 이참에 이 외삼촌이 니 능력 한 번 볼끼라."

"내가 어떻게 해야 됩니까? 가르쳐 주이소."

"야하하하…. 이놈아가 이제야 몸이 달았네."

"그동안 그리 속을 썩이더니 우리 훈이 이제야 장가 가나 보네. 우리 훈이 장가 가면 나는 박 집사한테 어찌 이 은혜를 다 갚을까 말이다."

아버지와의 충돌로 종훈이 집에 들어오면 어머니는 항상 불안한 마음이었으므로 어머니는 종훈을 장가 보내는 것이 큰 짐을 덜어내는 것이었다.

선애에게 편지를 보낸 날 종훈은 달력에 표시를 해 두었는데 그것이 벌써 삼주일이 지나고 있었으나 선애로부터는 아무런 소식이 없었다.

마음이 차츰 초조해지기 시작하면서 종훈은 자신도 모르게 학교 도서관에 앉아서는 선애의 사진을 꺼내 보곤 했다.

그리고 학교 캠퍼스 사진 다섯장을 사서 하나하나 설명을 써서 다시 선애에게 부쳤다.

종훈의 생각으로는 인물로나, 경제적으로나, 학벌로나 이곳 버클리 학생들의 부인들과 비교할 때 조금도 떨어지지 않았고, 또 종훈 자신이 초라하지 않으리라는 계산에서 신부감으로서의 점수를 주고 있었다.

요즈음 들어 종훈은 저녁이면 박현희 집사 집을 찾아가 좀 더 적극적으로 나서줄 것을 요청하면서 선애에 관한 이야기를 더욱 듣고 싶어 했다. 그럴수록 중매쟁이 박 집사는 우쭐했고, 선애에 대한 호기심을 더욱 불어 넣어 주었다.

일요일 낮 예배가 끝나고 박 집사는 여느 때와 마찬가지로 박 목사 집으로 갔다.

박 목사 부인은 소란스레 둘째 며느리인 수영 엄마를 불러댔다.

"야 야! 니, 방에서 뭐하고 있노, 마실 것 좀 준비하지 않구. 그라고 저녁 준비도 해야 하지 않나?"

"예, 알았어요."

수영 엄마답지 않게 퉁명스럽게 대답하면서 들어갔다.

"박 집사, 우리 저 며느리는 얼굴이 예쁘지만 하도 질투가 많고 말이 많은 아이라 내가 아주 힘들어요, 내가 얼마나 조심을 시키는지 모른다우."

"사모님, 그러지 않아도 그 점에 대해서는 제가 좀 걱정스러워요. 며느리들 때문에 집안 싸움이라도 나면 어떻게 해요."

"박 집사! 그 점에 대해서는 걱정하지 말아요. 나는 우리 훈이 결혼하면 내보내서 따로 살게 할 작정이니까요. 나 절대로 시어머니 노릇 안 해. 그리고 수영 엄마는 내가 잘 간섭할 테니까 말이요."

"종훈이는 아직 학생인데 따로 나가서 살게 하면……."

"그거야 물론 내가 생활 뒷받침을 충분히 해 줄 거요. 충분히 살아갈 수 있게 말이요."

"선애가 그런 것은 잘 해 나갈 거예요. 그 애는 사치를 부리는 애가 절대로 아니예요, 사모님."

"그리고 나는 그 애가 원하면 학교도 훈이하고 같이 보낼 거요. 그런 이야기도 편지에 좀 써줘요. 박 집사. 말이 나왔으니 말이지, 우리 훈이 얼마나 많은 사람들이 중매를 했는지 알우? 그런데 다 싫다 캤소. 그러니 내 속이 얼마나 터졌는지 알아요? 박 집사, 우리 훈이 이번에 사진 보고 좋아하기는 처음이오. 그러니 좀 더 적극적으로 나서줘요. 내가 이렇게 부탁할게. 응?"

"네 알겠습니다. 지난 주에도 편지를 보냈으니 곧 답장이 올 거예요."

종훈 어머니는 박 집사의 손을 한동안 놓지 않고 꼭 잡고 있었다.

졸업연주가 끝나고 크리스마스가 다가오면서 선애는 교회 음악예배 준비로 바쁘게 보냈고 크리스마스가 지난 며칠 후에 뜻밖에 대진에게로부터 소포를 받았다. 그것은 한국에서는 구하기 힘든 악보들이었고, 그 사이에는 예쁜 카드가 끼워 있었다.

'그리운 선애에게.
선애야! 무척 그립다.
끝까지 너는 답장 한 번 없구나.
네가 나를 용서할 때까지 기다릴게.
이 악보들 너의 공부에 보탬이 되길 바란다.
이번 크리스마스때는 성당에 가야 되겠다, 너를 생각하면서.
즐거운 크리스마스가 되길.

　　　　　　　　　　　　　　　　　　　대진'

대진은 선애 친구 혜자에게도 카드를 보내주었고, 거기에는 선애와 항상 좋은 친구 사이가 되기를 바란다고 쓰여 있었다.
대진의 소포와 카드를 받은 선애는 답장을 보내려고 썼다가 다시 찢어 버리고, 다시 썼다가 또 찢어버렸다.
점차 선애는 대진에 대해 자신감을 잃어갔고 생활에 대한 의욕도 잃어가고 있는 가운데 박현희와 박종훈으로부터는 거의 매일 편지가 오고 있었다. 특히 박종훈으로부터 온 편지는 봉투를 뜯지도 않고 그냥 책상 서랍에 넣어두곤 했다.
그것을 알고 난 선애 아버지는 예의상으로라도 답장을 해야 한다며 꾸중을 했다. 결국 선애는 답장을 쓰기에 이르렀다.
'박종훈 씨에게.
제 이름은 김선애입니다.
박종훈 씨 편지 잘 받아보았습니다.'

거기까지 쓰고 난 뒤 아무리 생각을 해도 더 이상 쓸 말이 없어서 한 시간을 펜을 들고 머뭇거렸으나 쓰지 못하고 끝내 울어 버리고 말았다.
'흐흐…… 오빠! 대진 오빠! 이 편지가 오빠한테 쓰는 거라면 쓸 말이 참 많았을 텐데, 난 더 이상 쓸 말이 없어. 오빠! 나도 왜

이러는지 모르겠어.'

선애는 깊게 흐느꼈다.

안방에서는 어머니의 친구들이 놀러 와서 좋은 혼처 자리가 생겼다면서 어머니를 무척이나 부러워하면서 수다들을 떨고 있었다.

"거참 선애 엄마는 참 좋갔수다. 남자가 아주 훌륭하다면서요?"

"좋긴 뭐, 봐야 알디."

"아 목사 아들이요, 일류대학에 다니는 수재요, 부잣집 아들이요, 거 얼마나 좋갔수."

"그런 소리 말우. 우리 선애는 빠지는 데가 있나 뭐. 나는 우리 선애 이 세상에서 일등가는 신랑감한테 시집 보낼 거야요."

"고롬고롬. 선애야 뭐 인물 있겠다, 마음씨 곱겠다, 어디 빠지는 데가 있나 뭐."

"자, 이 사진을 좀 보우. 어때, 신랑이 괜찮아 보여?"

"아이꼬나, 아주 잘 생겼구만. 누가 알우, 앞으로 딸 덕에 미국 가서 살지 말이야."

"이 보구레 선애 엄마. 내 딸도 어디 그런 자리 없나? 박현희 집사한테 좀 알아보라구 해 주오, 엉?"

"한 번 물어보지 뭐."

"그럼 우리 명순이도 한 번 부탁해 보구레. 나도 딸 덕에 미국 한 번 가보게 말이야."

그들은 미국 가는 것이 세상에 태어나서 가장 큰 출세로 생각하고 있었다.

선애가 종훈에게 처음으로 답장을 보낸 지 정확히 열흘만에 다시 종훈으로부터 서신을 받았는데 거기에는 선애의 편지를 아주 반갑게 받았다는 내용과 함께 교회 청년회에서 놀러갔던 사진을 보내왔다.

그리고는 다음날 선애는 또 다른 한 장의 편지를 받았다. 벌써 가까운 사이가 된 듯이 써 보내 오는 편지를 읽으면서 선애는 서글퍼지기까지 했다.

　'선애 씨에게.

어제 저는 신애 씨의 편지를 받고 너무 기뻐서 그 자리에서 답장을 써서 우체국에 가서 부쳤는데 오늘 생각해 보니 빠뜨린 것이 있어서 이렇게 또 쓰고 있습니다.

선애 씨에게 편지를 쓰는 것은 열 번 아니 백 번도 좋으니까 저는 이제부터 아무때나 생각이 나면 선애 씨에게 편지를 쓰겠습니다. 요즈음은 마지막 학기말 시험이 다가오는지라 학생들이 시험공부에 여념이 없습니다. 저도 학교 도서관에서 밤을 새다시피 하며 시험공부에 매달리고 있습니다.

지금 제가 공부하는 전공은 회계학인데 많은 한국 학생들이 전공으로 택하는 과목입니다.

졸업을 하고 공인회계사가 되면 미국에서는 그래도 안정된 직업으로서 손색이 없다고 봅니다.

선애 씨.

저희 교회에서는 선애 씨의 사진이 손에서 손으로 돌아다니고 있습니다.

다들 색시가 너무 좋다고 하더군요.

그리고 축하해 주고 있지요. 그렇게 저를 축하해 줄 때마다 저의 마음은 무척 뿌듯하게 느껴집니다.

선애 씨.

저는 지금 학교 도서관에 앉아서 잠시 쉬는 시간을 이용해 이 글을 쓰고 있습니다. 이제부터 저는 또 다시 책과 씨름해야 되니 펜을 놓아야 되겠군요.

선애 씨가 생각나면 또 쓰겠습니다.

선애 씨의 답장을 기다리는 것이 저의 희망이 되었습니다

　　　　　　　　　1977. 5. 3. 박종훈 드림'

又 다시 선애는 박현희로부터 편지를 받았다.

'선애야, 잘 지내고 있지?

어제 박종훈이 우리 집에 밤 늦게 너의 편지를 들고 찾아왔더라. 종훈이가 너의 편지를 받고 얼마나 기뻐하는지 꼭 어린애 같더라.

선애야.

내가 볼 때 종훈이는 꽤 괜찮은 남자이니까 네가 좀더 적극적으로 편지를 보내주면 어떻겠니?

그리고 내가 종훈이 어머니로부터 단단히 약속을 받았는데 비록 종훈이가 아직 돈은 못 벌더라도 졸업할 때까지는 충분히 생활할 수 있게 뒷받침을 해준다고 했고, 또 네가 원하면 너도 학교 보내주신다고 하셨다. 그리고 그 집 둘째 며느리는 애기가 세 살인데 질투가 워낙 많은지라 네가 좀 힘들겠지만 종훈이가 있으니 너에게 함부로 하지는 못할 거다.

그러나 네가 알고는 있어야겠기에 이렇게 말을 한다.

종훈이 부모님이나 친척들도 네 사진을 보고 얼마나 만족해 하는지 모른다. 나도 기쁘다.

나는 네가 여기 와서 잘 살기 바란다.

그럼 또 연락할게.

박현희.'

'김선애 씨에게.

지금 여기는 밤 열한시입니다. 학교 에반스홀에서 편지를 쓰고 있습니다.

문득문득 선애 씨 생각에 힘든 공부지만 그래도 힘이 나는군요.

이번 마지막 학기가 끝나면 선애 씨를 만나러 한국으로 가렵니다.

그 날을 벌써부터 손꼽아 기다리고 있습니다.

이번 주말에는 친구집에서 파티가 있는데 즐거운 마음으로 갈 것 같습니다. 왜냐하면 나도 이젠 더 이상 외로운 마음이 아닐 것 같기에 말입니다.

거의 주말에는 친구들끼리 파티를 했는데 그럴 때마다 저는 무척 외로워 했습니다. 그러고 보니 저는 선애 씨에게 고마워 해야겠군요.

선애 씨.

저희 학교는 미국에서 가장 자유분방한 학교입니다.

자유로운 정신세계를 추구하면서 그저 청바지에 티셔츠 하나 걸쳐 입고 공부하다 보니 히피족들까지 나오게 되었습니다.

그 히피족들이 만들어 낸 문화와 유행은 전세계를 휩쓸고 있습니다.

그러고 보니 나도 히피족들처럼 머리가 여자처럼 길군요.

일부러 기른 것이 아니라 머리 자를 시간이 없어서 못 갔습니다.

사실입니다. 한국에서는 꼴불견이겠지만 여기 학생들은 바쁘게 살다 보니 실제로 시간이 없습니다.

제옷도 지금 형편 없이 낡았습니다. 얼마 전에 고물상에서 사 입은 옷이라 그렇군요.

제가 한국에 갈 때는 머리도 단정하게 하고, 옷도 깨끗하게 입고 가겠습니다.

지금 이곳 도서관에는 한국 학생 친구들이 저를 포함해서 다섯이 앉아 있습니다. 지금 정신 없이 공부하고 있군요.

나도 이젠 또 공부해야겠군요.

저는 선애 씨로부터 단 한 번의 편지만 받아보았습니다.

제 희망을 버리게 하지 말아 주십시오.

1977. 5. 10. 박종훈 드림'

고되고 힘든 학기가 끝나고 여름방학을 맞이하여 종훈은 한국에 갈 준비에 마음이 들떠 있었다. 집에서나 교회에서는 무슨 일이 있어도 결혼식을 올리고 돌아오라는 말에 종훈은 겁이 나기도 했고 좋기도 했다.

"훈아! 이거 옷인데 한국 가서 입어라. 임마 좀 깨끗하게 보여야 될 거 아이가."

"고맙심더, 외삼촌."

"니, 이번에 한국 가서 결혼식 못 올리고 오면 집에 들어오지도 말거래이, 알았나? 하하하…."

"외삼촌은 한국 가서 어찌 했습니까?"

"야 임마. 내는 그 색시집에서 반대하길래 멍석 깔고 앉아 있었다. 그러니까 허락해 주더라. 하하하…."

"내도 그럼 허락이 떨어질 때까지 멍석 깔고 앉아 있겠심더."

"그래, 그래야제."

작은 외삼촌은 그토록 사랑했던 부인이 다른 남자와 눈이 맞아 임신을 하는 바람에 결국 이혼을 하고는 다시 한국에 가서 두 번째 부인을 맞이해 온 지가 일년 전의 일이었다.

그러나 아직까지도 작은 외삼촌은 첫째 부인을 잊지 못하고 살고 있는데 때때로 그녀의 사진을 꺼내 보기도 했다.

종훈은 한국 가서 쓸 여비를 마련하기 위해 아버지를 따라 다니면서 열심히 페인팅을 했다. 그전에는 죽기보다도 더 하기 싫었던 일이었건만 지금은 그러한 마음이 온 데 간 데 없이 사라졌고 즐거움으로 하고 있다는 것에 대해 종훈 자신도 놀라고 있었다.

물론 아버지가 여비야 주겠지만 아버지를 조금이라도 돕겠다는 마음에서였다. 그럼으로써 종훈은 아버지에 대한 노여움을 풀었고 아버지 또한 종훈을 받아들였다.

한국으로 떠나기 전날 온 교인들이 종훈의 집으로 모여서 종훈을 떠나 보내는 축하 잔치를 베풀었고 그 자리는 오직 신부에 대한 이야기뿐이었다.

"야 야! 훈아. 이 할매가 지금 얼마나 기쁜지 모른데이. 내가마 춤이라도 추고 싶데이."

"할무이 예. 훈이 오빠가 열심히 공부해서 좋은 학교에 들어간 덕택이라 예."

"하모 하모. 우리 훈이 얼마나 장하나 말이다."

"형, 얼마 안 있으면 상항 단체대항 야구시합이 있는데 훈이 형이 좀 봐줘야 되는데 형, 야구시합 끝나고 가면 안 돼?"

중학교에 다니는 사촌 동생이 큰일이 일어난 듯이 이야기했다

"야, 이놈아. 훈이 형이 지금 인생의 진로를 결정하는 판에 무슨 야구야. 이놈아야, 너 결혼하러 갈 때 내가 지금 너처럼 할까?"

"하하하…. 호호호…."

그로 인해 집안은 한바탕 웃을 수가 있었다.

"아참, 형님이 준비한 예단 아직 못 봤네 예. 다 준비됐습니까? 어디 좀 봅시다."

"벌써 다 해놓았지."

종훈의 어머니는 얼른 일어나 방으로 들어가 예단, 패물, 화장품 세트를 들고 나왔다.

"아이고 마. 언제 이래 다 준비했습니까, 형님 예."

"우리 집 장손이 장가 가는데 할 만큼은 해야제."

"와! 이게 다 색시 옷감입니까?"

"응."

"아이구, 다 좋네 예. 훈아, 너 이거 다 봤나? 니 색시 줄 거라."

"예, 봤심더."

"역시 장남이 장가 가는 거라 틀리네 예."

"우리 체면도 있지 않나, 색시 집에 말이야."

"훈아! 니 장가 가면 어무이한테 잘 해야 된데이"

"아이고 필요 없다. 니들만 잘 살면 된데이."

"알고 있습니다, 어무이한테 잘 할 거라 예."

다음날 샌프란시스코 공항에는 많은 친구들과 친척들이 마중 나왔다.

"야, 훈아. 잘 다녀와라, 니 색시 꼭 데리고 와야 한다."

"그래, 고맙다 나와줘서."

"야 임마. 거기 가서 내 색시감도 좀 알아봐라. 그 여자 친구들도 있을 거 아이냐. 하하하….”

"그래, 걱정 마라, 니놈들 다 장가 가게 해줄게. 하하하….”

"그래 우리는 너만 믿고 있을게, 해해해….”

"야 훈아! 시간됐다. 어서 들어가거래이."

"예, 어무이 그럼 다녀 오겠심더. 아버지 다녀오겠심더."

김포공항 출구를 빠져 나온 종훈은 후끈한 더위로 인하여 땀이 절로 흘러 내렸다.

"훈아 임마, 여기다."

마중나와 기다리고 있던 재식이 손을 들면서 소리쳤다.

반가운 얼굴로 서로 마주 보고 악수를 나누었다.

"잘 있었나? 니 와 이리 살 쪘노?"

"니는 와 이리 바싹 말랐나? 니 이래 가지고 어찌 장가 갈라카노. 그동안 니 어디 아팠나?"

"아프긴 어디가 아파. 고생해서 그렇지."

"고생? 무슨 고생을 했나?"

"말도 말거래이. 먹고 살라고 고생하지, 공부하느라 고생하지, 정말 힘들었데이."

"야 임마, 그런 거는 누구나 다 하는 고생인데, 말라도 너무 말랐데이. 이 꼴이 뭐꼬?"

공항에서 택시를 타고 그들은 필동에 있는 종훈의 이모 집으로 향했다.

종훈은 이모가 다섯이나 있었고 지금 가고 있는 집은 넷째 이모 집으로서 유일하게 한국에서 살고 있으나, 그 이모마저도 곧 미국으로 갈 예정이었다.

무더운 서울의 날씨에 종훈은 차 안에서도 안절부절하면서 계속 땀을 닦아 내고 있었다.

"와 이리 덥노? 니는 안 덥나?"

"이깐 것 가지고 뭐가 덥다 카나. 니 벌써 미국 사람 됐나?"

"하하하…. 내가 사는 데는 날씨 하나는 좋데이, 사철의 차이가 별로 없고 말이다, 기후는 봄 가을 날씨 같데이. 그리구 여기처럼 습기가 없데이."

"그건 그렇고, 니 선보러 왔다면서?"

"응."

"누구고?"

"우리 교회 교인이 중매해 주었데이."

종훈은 주머니에 있는 수첩을 꺼내 사진 한 장을 꺼냈다.

"이 여자데이."

"야! 미인이구마."

"그래?"

"아주 착하게 생겼네."

"그래 보이나?"

"임마, 너보다 낫네."

"하하하…."

"몇살이가? 어데 나왔노?"

"야, 그런데 재은이는 잘 있나?"

"잘 있제, 시집갔다."

"벌써?"

"우리 재은이가 니를 안 좋아했나."

"하하하…. 그래 잘 살고 있나?"

"그래 잘 산다."

이모의 반가운 마중과 함께 찬물에 세수하고 마루에 앉아서 이런 저런 이야기를 나누었다.

"언니, 형부, 다 잘 있제?"

"예, 잘 계심더."

"그래 언제 그쪽 집 사람들과 만나기로 했노?"

"예, 이제 전화해야 됩니데이."

"그래? 야야, 그런데 니 그렇게 말라서 그쪽 사람들이 좋아할지 모르겠다. 꼭 병 있는 사람 같아서 말이야."

"이모님, 그렇지 않아도 제가 그랬심더. 이모님 보시기에도 이놈 훈이가 병자같지 예?"

"그래 맞다. 니 어디 아프나?"

"아니라 예. 사람 마음이 중요하지 겉모양이 그리 중요합니까?"

"그런 소리 마라. 사람이 첫인상이 중요한기라. 니, 그리 자신 있나?"

"하하하… 만나봐야 알지 예."

"빨리 전화나 해라. 그쪽 집에 말이야."

"예."

종훈은 수첩을 꺼내 전화번호를 돌렸다.

"여보세요, 거기 김 장로님 댁입니까?…… 예, 저는 미국에서 온 박종훈입니다.…… 예, 안녕하십니까?…… 예, 지금 막 도착했습니다.…… 언제쯤 제가 찾아뵈면 되겠습니까?…… 예 예.…… 예, 그럼 제가 내일 찾아가 뵙겠습니다.…… 예예.…… 예, 그럼 안녕히 계세요."

수화기를 내려놓고 종훈은 재식과 저녁에 명동으로 나가 거나

하게 술에 취해서 이모 집으로 돌아왔다.

다음날 아침 늦게 일어나 선애 집으로 갈 준비를 하느라 최대한으로 모양을 내느라 열심히 거울을 들여다보고 있노라니 실로 오래간만에 자신을 정확히 보고 있었다. 남들이 말하듯 자신의 몸은 무척 수척하고 쇠약하기까지 느껴져 실로 볼 품이 없다고 느끼고 있었다. 선애 식구들에게 줄 선물을 들고 이모와 같이 선애 집으로 향하면서 모든 일이 잘 되기를 바랬다.

"계십니까?"

종훈은 철 대문을 두드렸으나 안에서는 아무런 인기척이 없자 이모를 힐끗 쳐다보았다.

"야야, 저쪽에 초인종 있지 않나, 그걸 눌러야지."

초인종을 누르자 금방 안에서 사람이 나오고 있었다.

"누구세요?"

"예, 저는 박종훈이라고 합니다. 안녕하십니까?"

"오, 그래요? 어서 오시라요, 들어갑시다."

"이분은 제 이모님 되십니다."

"예 그렇습니까. 오시느라 수고하셨습니다."

마당을 지나 안방으로 들어오면서 종훈은 조용하고 안정된 분위기를 느낄 수 있었고 어떤 위압감마저 느꼈다. 서로 인사를 나누고는 별로 말이 없자 종훈은 어렵게 입을 열었다.

"그런데…… 선애 씨는……?"

"어, 제 동생 선애는 지금 제 방에 있어요. 나오라 그래도 부끄러운지 안 나오네요. 호호호…. 이제 나오겠지요, 뭐. 그런데 왜 그렇게 말랐어요? 어디 아파요?"

"아이구 아프긴요. 제 조카가 지금 공부하느라 힘들어서 살이 빠졌어요. 실은 저도 처음 애를 보고 놀랐어요. 원래는 애가 이렇게 마른 애가 아니예요. 병자는 더욱 아니고요."

"공부하느라고 잠을 하루에 두세 시간 정도 밖에 못 자요. 그렇게 안 하면 따라가지를 못해요."

"예, 그러세요."

말 없이 듣고만 있던 선애 아버지가 입을 열었다.

"아버지가 대구에서 목회를 하셨다던데 어느 교회에서 목회를 하셨습니까?"

"예, 대구에서도 하셨고 성주에서도 하셨습니다. 대구에서 한때 교목도 하셨습니다."

"그럼 지금도 목회를 하십니까?"

"아닙니다, 지금은 원로 목사로 계시고 목회는 매형이 하고 계십니다."

"교회는 아버지가 세웠소?"

"예, 저희 아버지가 세우셨습니다."

"그럼, 어떻게 생계를……."

"예, 아버지가 페인트 가게를 하고 계십니다."

"아 그래요. 동생들은 지금 뭘 하나요?"

"예, 바로 밑에 동생은 지금 군인이고 그 밑에는 고등학교 졸업하고 아버지를 돕고 있습니다. 막내는 아직 학교 다니고요."

"동생들이 먼저 다 결혼했다면서요?"

"예."

"저어… 저는 조카가 아주 많아요. 그 중에 훈이는 제일 큰 조카예요. 애는 저의 친가로나, 외가로나 장손이에요. 그래서 우리 언니나 형부가 아주 특별하게 기른 아이예요. 애가 착하고 성실해서 다른 조카들하고는 틀린 아이예요. 그래서 미국 가서도 열심히 공부해서 좋은 대학에 다니고 있어요."

선애 어머니는 종훈 이모의 말을 들으면서도 한 마디의 말이 없었고 그것이 종훈을 불안하게 하고 있었다.

한동안의 침묵이 흐르자 선애 언니는 나가서 선애를 데리고 들어왔다.

"얘, 선애야 인사해. 이쪽은 종훈 씨 이모님이래."

"안녕하세요."

"안녕하십니까."

"반가워요."

"종훈 씨, 선애한테 할 말 있으면 하세요."

"예, 만나뵈어서 반갑습니다."

"선애, 너도 할 말 있으면 해라."

"나 할 말 없어, 언니."

선애 부모의 마음을 알고 난 선애 언니는 종훈이 미안해 하지 않도록 이끌어 가려고 노력하고 있었다.

"선애 양, 내일 내가 우리 집에서 저녁 식사 준비를 할 테니 오세요."

"……."

"물론 장로님 내외분과 여기 언니도 다 같이 말이요."

"아니요. 우리는 뭘 가갔소. 선애만 가지 뭐."

한 번도 입을 열지 않았던 선애 어머니가 난색을 하면서 거절했다.

"…그러세요. 제가 꼭 한 번 모시고 싶은데요."

"앞으로 기회가 오면 가지요, 뭐."

"그럼 선애 양이라도 꼭 와요. 장로님 저희가 또 전화 드리겠습니다. 훈아, 우린 이제 가자."

"예, 그러지요. 저, 그럼 가보겠습니다."

"안녕히 계세요."

"안녕히 가세요."

그들이 떠나고 난 뒤에도 선애 어머니는 한 마디 말도 없었다.

"엄마, 얘기 좀 해요. 왜 아무 말이 없어?"

선애 언니는 어머니를 재촉하고 있었다.

"아니, 사진에는 그렇게 좋아 보이더니 왜 꼴이 그러냐? 사진하고는 완전히 딴판이라구, 정말 기가 찬 일이구나 야."
"선애 너는 어떠니?"
"……."
"선애야, 네가 결혼하는 거야."
"몰라, 나는."
선애는 대답하면서 벌떡 일어나 방문을 열고 나갔다.
"엄마, 잘 생각해요."
"아이구 골치야, 난 너무 실망을 해서 원……."
"여보, 하여간 좀 생각해 봅시다."
"생각해 보나마나 나는 싫수다."

다음날 해가 질 무렵 종훈은 선애 집을 찾아와 이모가 준비한 만찬을 위해서 선애를 데리고 이모 집으로 갔다.

밥을 먹으면서나 차를 마시면서 선애는 한 마디 말이 없었고 억지로 종훈이 이모가 수다를 떨면서 어색한 분위기를 풀어 갈 수밖에 없었다.

"선애 양, 우리 훈이 지금 혼자 공부하느라 고생하는데 앞으로 옆에서 좀 도와주세요. 내가 보기에는 둘이 아주 잘 어울리는 것 같애."

선애의 두 손을 쥐고 쓰다듬으면서 종훈 이모는 간절하게 잘 되기를 바라고 있었다.

"내가 물론 선애 양 부모님을 이해해요. 선애 양이 내 딸이라도 훈이를 보면 싫다 할 거예요."
"……."
"우리 종훈이 결혼 예물까지 다 가지고 왔다구요."
"네? 무슨 말씀이세요?"
"놀랄 것은 없어요. 결혼이라는 게 억지로 되는 건가요."

"……."

"부담 갖지 말아요, 선애 양, 그러나 우리는 꼭 바라는 마음이지요."

"……."

"그런데 원래 그렇게 말이 없어요? 통 말을 안 하네요. 우리 훈이도 말이 참 없는 아이예요. 말 많은 여자 싫다 그래요. 나도 선애 양이 참 마음에 들어요. 어제 미국에 전화를 했는데 우리 언니가 모든 것은 나한테 맡긴다고 하면서 얼마나 좋아하는지 몰라요."

"……."

"우리 언니도 아주 좋은 사람이에요."

"……."

"훈아, 너 맥주 한 잔 마실래?"

"예, 한 잔 주이소. 선애 씨도 한 잔 하지요."

"아니요, 저는 안 마시겠어요."

"딱 한 잔입니다. 더 안 드립니다. 하하하…."

"아니, 가봐야 되겠어요."

"걱정 마세요, 제가 바래다 드릴 테니까요."

선애는 얼른 일어나 종훈 이모에게 인사를 하고 집을 나왔다. 무더운 햇볕이 내리쬐이는 대낮에 비해 여름밤은 실로 시원하고 모든 세상이 살아 움직이는 것 같았다.

이렇게 좋은 여름밤이면 선애는 대진과 덕수궁에 가곤 했었다.

옆에 종훈이라는 남자가 있다는 사실을 잊은 채 선애는 대진에 대한 그리움으로 말 없이 걸어가고 있었다.

그리고 선애의 귀에는 이미 '잘 자!'라는 소리가 들려오고 있었다.

"저어, 선애 씨 내일 제가 몇시에 올까요?"

"네?"

"내일이요, 몇시에 오면 될까요?"

"그냥 전화하세요."

"저 만나는 게 부담스러우십니까?"

"……."

"선애 씨, 제가 내일 오겠습니다."

"오지 마세요."

"그럼 전화하겠습니다. 들어가세요."

힘 없이 집에 들어온 선애는 방에 들어가 책상에 엎드려 있었다. 안방에서 선애 부모님이 건너와 선애를 일으켜 앉혔다.

"갔다 왔으면 말을 해야디, 그래, 무슨 말을 했네?"

"엄마, 그 남자 결혼 예물까지 다 가지고 왔대. 여기서 결혼식을 올리고 돌아가겠대."

"뭐이 어드래? 아이 이게 무슨 소리야, 별 꼴을 다 보겠구나야. 아니, 서로 사귀어 보구, 알아 보구 결혼을 하디, 어드메서 맹탕 결혼하나?"

"……."

"아니 그 사람들 왜 그러네? 나 참, 사람 곤란하게 만드네."

"엄마, 나 그냥 눈 딱 감고 결혼할까? 그럼 엄마 아버지 미국 가서 살 수 있잖아."

"듣기 싫다, 그런 소리 말라우."

선애는 부모님과 식구들을 위하여 자신을 희생하기로 마음 먹어가고 있었으며 부모님 앞에서 즐거운 듯이 위선을 보이고 있었다.

그러한 것들을 생각하면서 선애는 뜬 눈으로 밤을 새워 가며 울기도 했다. 종훈은 선애 식구들의 푸대접에도 아랑곳하지 않고 거의 매일을 선애 집에 와서는 이야기하고 가곤 했다.

"안녕하십니까. 선애 씨는 어디 갔습니까?"

"예, 우리 선애 오늘 음악회 간다면서 나갔소."

"그렇습니까?"

"그런데 생일이 언제요?"

"예, 저는 유월 이십 오일입니다."

"그래요? 어머니는 생일이 언제요?"

"예, 저의 어머니는 오월 십사일이고 아버지는 이월 이십구일입니다."

"할머니 할아버지가 살아 계신다고 들었는데……."

"예, 두 분 다 지금 대구에 계십니다."

"그래요? 그런데 왜 미국에 안 가시우?"

"예, 이제 곧 할머니께서 미국으로 오실 겁니다. 할아버지께서는 미국에 안 오시겠답니다."

"이모들이 모두 몇이나 되우?"

선애는 종훈이 오리라는 것을 알면서도 집에 음악회 간다는 말만 남기고 집을 나와 버스를 타고 시청 앞에서 내려 덕수궁으로 들어갔다.

초저녁은 선선했고 푸르르게 우거진 나무들이 궁 안에서 그 옛날의 왕가를 지키고 있듯 바람을 타고 의젓하게 버티고 있었다.

바람이 불 때마다 나뭇잎들은 합창을 하고 있는 것이 마치 선애의 귀에 들려오는 대진의 목소리 같았다.

'오빠! 오늘 내 생일야, 알고 있어?

내 생일 때는 오빠가 항상 파티해 주었는데, 그리고 여기도 데리고 오곤 했잖아.

오빠! 그러고 보니 우리 여기 참 자주 왔다 그치?

여기 지금 내가 앉아 있는 돌계단 알지?

나 거기 항상 앉을게.

오빠! 지금 우리 집에 누가 왔는지 알아?

나하고 결혼하겠다는 사람이 와 있다구.

나하고 결혼하고 싶대, 오빠!

나 이렇게 결혼해야 돼?

나는 결혼의 깊은 뜻을 몰라 아직.
그렇지만 분명한 것은 내가 이 남자와 결혼하면 오빠하고는 이
제 이별하는 거지?
대진 오빠! 내가 여기 오면 대진 오빠를 만날 수 있을 것 같아
서 왔다구.
그런데 오빠는 어디에고 없네, 정말로 가 버린 사람인가 봐.
이젠 이렇게 나 혼자 오게 되었으니 말이야.'

선애는 대진과 앉곤 했던 돌계단에 앉아서 하늘을 보며 흐느꼈
고, 바람소리를 들으며 외로이 눈물을 흘렸다.
밤늦게 덕수궁을 나와서 집으로 돌아오니 진형이 와 있었다.
"너 어디 갔었니?"
"삼촌."
"너 울었구나."
"흐흐흑…."
"어디서 울다가 오는 거야 아."
"덕수궁에 갔었어. 오늘 내 생일인데, 대진 오빠가 그곳으로 올
것 같았어. 그래서 갔었어."
"선애야 이젠 잊어 버려 그 놈은. 너와 결혼하겠다고 온 남자
놔두고 이게 뭐야, 너답지 않게."
"삼촌, 봤어? 그 남자?"
"응, 이야기 좀 하다가 조금 전에 갔어."
"그 남자 엄마가 별로 맘에 안 들어 해."
"너는 어때?"
"나? 나는 엄마 결정에 따를 거야."
"네 결혼인데 선애야, 너 결혼이 뭔지 알아? 선애야, 잘 생각
해. 그리고 현명하게 결정해야 돼. 무조건 희생은 너의 인생을 망
쳐 버리는 거라구."

"모르겠어, 나 정말 모르겠어. 자꾸 눈물만 나와."

"그런데 어떻게 이렇게 갑자기 이런 일이 생겼니?"

"나도 몰라, 나도 몰라, 흐흐흑…."

"선애야, 냉정하게 판단해야 돼, 너의 인생이 걸린 문제야."

"삼촌 알지? 우리 부모님 평생 소원이 외국 이민 가는 거라는 거 말이야."

"이 바보야."

"삼촌, 나가서 잘 살면 되잖아. 저 남자하고 결혼해서 잘 살면 되잖아."

"휴."

"삼촌, 설마 하나님이 나를 버리시겠어?"

"선애야, 이거 생일 선물이다. 네 생일이라 왔더니……."

"와! 영국제 향수네. 이거 어디서 샀어? 이렇게 귀한 걸 말이야."

"좋아?"

"응, 너무 좋아."

진형은 밤이 늦도록 선애와 이런 저런 이야기를 나누다가 돌아갔다. 다음날에도 여전히 종훈은 선애 집을 찾아왔다. 특별히 서로가 할 말은 없었으나 종훈은 그렇게 매일 찾아와 앉았다 가곤 했다.

"어제는 선애 씨 생일이었다면서요?"

"네."

"그런데 왜 저에게 말씀해 주시지 않았습니까? 정말 섭섭했습니다."

"처음 만난 사람한테 뭐 그런 이야기까지 할 필요가 없잖아요."

"저에게도 말입니까?"

"……."

종훈은 일어나서 안방에 있는 선애 어머니에게로 들어갔다.

"권사님, 저를 받아 주십시오, 저 선애 씨와 꼭 결혼하고 싶습니다."

"뭐요? 아니 그런 문제를 어떻게 그렇게 빨리 결정하겠소? 아직은 결정 못 하겠수다."

종훈은 선애 어머니의 말이 떨어지기가 무섭게 미국으로 다이알을 돌렸다.

"아 여보세요. 어무이 접니데이. 예, 잘 있습니데이. 여기 지금요오, 권사님 계시니까 서로 통화 좀 해보시소. 예 예, 권사님, 저의 어머니십니다, 말씀 좀 나누어 보세요."

"여보세요. 예 예, 안녕하십니까? 예 예. 예…… 예…… 고롬이요 예……. 아직 결혼을 결정한다는 것은 시기상조라고 생각합니다. 예…… 예…… 시간을 좀 두고 ……예, 천천히 생각해 봅시다. 예, 감사합니다. 예예, 안녕히 계시라우요. 종훈 학생 우리 시간을 좀 갖고 잘 생각해 봅시다."

"예, 기다리겠습니다. 어머님, 저 선애 씨와 꼭 결혼하고 싶습니다."

"……."

"저 그럼 가보겠습니다."

종훈은 공손히 인사를 하고는 방을 나왔다.

다음날 종훈은 선애를 데리고 명동에 있는 조용한 카페에서 저녁을 먹고 가벼운 칵테일을 하면서 이야기를 주고 받았다.

"선애 씨, 저는 맨 처음 선애 씨를 사진으로 보았을 때 무척 호감을 가졌어요. 그리고 또 실제로 선애 씨를 보고 난 후부터는 진심으로 선애 씨와 결혼하고 싶은 생각이 들었어요. 그런데 그 마음이 날로 더해지는 것 같아요."

"……."

"저 선애 씨와 결혼 못 하면 미국으로 안 돌아가겠어요."

"……."

종훈은 주머니에서 작은 마스코트 하나를 꺼내 선애에게 주었다.

"이거 말이지요, 행운의 마스코트인데 우리 학교 히피족들이 손수 만들어서 거리에서 팔고 있어요. 선애 씨 주려고 하나 샀어요. 아주 특이하게 생겼죠?"

"예, 그러네요. 고맙습니다."

"선애 씨, 우리 학교는요, 아주 독특한 게 많아요. 아주 리버럴한 학교라서 캠퍼스 안에서는 항상 갖가지 행사와, 우리 한국에서는 상상조차도 못할 특이한 일들이 많이 생기곤 해요. 나중에 와서 보시면 알 거예요."

"……."

"선애 씨, 제가 그렇게 약해 보입니까?"

"……."

"걱정 마십시오, 저는 한국에서 군대를 제대했고 건강한 청년입니다. 하하하……."

그들은 명동을 빠져 나와 시청 앞쪽으로 천천히 걸어갔고 선애는 자신도 모르게 덕수궁 앞에서 걸음을 멈추었다.

"여기는 덕수궁이에요."

"아, 그렇습니까?"

"덕수궁 모르세요?"

"저는 서울을 잘 모릅니다."

"그러세요?"

"여기 들어가실려구 왔습니까?"

"아, 아니요. 여기는 어렸을 적부터 자주 오곤 했어요. 내가 아주 좋아하는 곳이기도 해요."

"그렇습니까? 그럼 한 번 구경시켜 주실래요?"

"다음에 시간 있으면 오지요."

"내일 올까요, 우리?"

"네??……."

선애는 덕수궁을 지나서 배재고등학교 운동장으로 들어갔다.
이 학교는 대진이 졸업한 학교이기도 했다.

방학이라서인지 학교 안에는 한 사람도 없이 조용했고 학교 운동장은 더욱 커 보였다.

"이 학교는 배재학교예요. 우리나라 사립학교로는 역사가 제일 깊은 학교예요."

종훈은 한쪽 구석에 철봉이 있는 것을 발견하고는 얼른 그곳으로 가서 철봉에 매달려 운동을 했다.

그것은 선애에게 자신의 건장함을 보여주려고 하는 것이라는 것을 선애는 알고 있었다.

그것을 알고 종훈을 바라보는 것은 선애로서는 측은한 일이었다. 종훈이 선애 앞에서 무엇인가를 보여주려고 노력하면 할수록 그것은 애처로운 일이었으며 그럴 때마다 선애는 마음이 약해졌다. 어느 정도 했는지 종훈은 땀을 흘리며 가쁜 숨을 쉬면서 벗었던 양복을 주워 들었다.

"어때요, 내 운동하는 모습이?"

"굳이 제게 이런 것을 보여주지 않아도 돼요."

"하하하……. 왜요, 시원치 않아 보입니까?"

"……."

"선애 씨, 제가 집에까지 바래다 드리겠습니다."

"그럴 필요 없어요. 저 혼자 집으로 가겠어요."

"선애 씨, 마음 좀 열어 주세요. 저, 선애 씨 놓치지 않을 겁니다."

"네?"

"선애 씨, 저는 선애 씨를 사랑하고 있습니다."

"네?"

다음날 일요일 아침 종훈은 선애가 반주하고 있는 교회로 찾아갔다. 예배 후 담임목사 종훈이 선애와 결혼하기 위해서 미국에서 왔다는 사실을 알게 되었으며, 또한 종훈이 목사의 아들이며 U.C 버클리에 다니는 장래가 촉망되는 학생이라고 믿고 있었다.

선애는 성가 연습이 끝나고 담임목사의 방을 노크했다.

"응, 어서 와 선애야. 이런 일이 있으면 나한테 벌써 이야기를 해 주었어야지."

"네? 어떤 일이요?"

"곧 결혼할 거라면서?"

"아, 아니예요 목사님. 아직 부모님이 결정을 못 하셨어요. 그래서 저는 결정이 난 다음에 말씀드리려고 했어요."

"그래? 그럼 선애 부모님은 아직 결정 안 하신 거야?"

"네."

담임목사는 고개를 갸우뚱하면서 종훈을 쳐다보았다.

그 다음 주에도 종훈은 선애 교회를 찾아갔다.

이제 모든 교인들은 종훈이 선애의 신랑감이라는 것을 알게 되었다.

"선애 양, 얌전한 고양이 부뚜막에 먼저 올라간다더니, 언제 그렇게 신랑감을 감추고 있었어?"

"집사님, 오해하지 마세요, 저 감추어 놓지 않았어요."

"그럼 언제부터 알았어?"

"그냥 미국에서 저를 보겠다고 온 사람이에요."

"무슨 소리야, 곧 결혼한다고 소문이 다 났는데."

"그렇지 않아요."

"우리 교회 총각들은 어떻게 하라고 그래. 우리 교회 총각들이 선애를 얼마나……."

"집사님, 정말 창피하게 큰 소리로 이렇게 떠드실래요?"

"아니, 놀래서 그러지 이. 다들 수근수근한다구."

"저 남자 대단하구만, 하하하……. 아니 쟁쟁한 우리 교회 총각들을 제치고 선애를 차지할라 그러니 말이야."

"……."

"몇살이야?"

"스물 여섯이래요."

"선애도 미국 가겠네, 그럼?"

"아직 몰라요. 저희 부모님이 아직 결정 못 하셨어요."

"벌써부터 섭섭해서 어떻게 하지?"

"……."

"잘 생각하고 결정하라구."

종훈과의 결혼이 기정사실인 것처럼 되어 가고 있는 것을 느끼면서 선애는 무거운 마음으로 집에 돌아왔다.

선애 어머니는 선애의 문제로 고민하다 못해 끝내는 이부자리에 눕고 말았다.

"엄마, 왜 엄마가 이렇게 아파야 돼?"

"그럼 어떻게 하란, 나는 신랑이 너무 마음에 안 들어, 그런데 그쪽에서는 결혼하자고 자꾸 보채니 말이야. 혼자 한국에 와서 저렇게 우리 결정을 애처롭게 기다리고 있으니 불쌍하지 않냐, 그러니까 내래 마음이 약해서 이러지 않네."

"교회에서는 내가 결혼할 거라구들 알고 있어."

"무슨 소리야, 어림도 없어."

선애는 힘 없이 자신의 방으로 건너가서 무척 피곤함을 느끼면서 창문을 열고 밤하늘을 올려다 보았다.

선애는 자신의 어머니가 어떻게 결정하든 어머니를 기쁘게 해드리고 싶었다. 무더운 여름 날씨에 복잡한 서울 거리를 다니는 것은 종훈으로서는 고생스러운 일이었고 때로는 짜증스럽기도 했다.

더구나 서울의 지리를 모르니까 혼자 다닌다는 것은 참으로 힘든 문제였다.

어느덧 종훈이 서울에 온 지도 두 달이 되어 가고 있었다.

계획으로는 벌써 미국으로 돌아가 있어야 되는 것이었지만 선애 부모님의 결정이 떨어지지 않아 지금까지 시간만 보내고 말았다. 무슨 일이 있어도 일주일 후면 돌아가야만 했기에 생각다 못해 오늘은 선애 집 앞마당에 무릎 꿇고 앉아서 선애 부모님께 간청하리라 마음 먹고 선애 집으로 향했다.

대문이 열리자 마자 종훈은 급하게 앞마당에 무릎을 꿇고 앉았다.

"장로님! 선애 씨를 제게 주십시오."

"아니, 이게 무슨 일이요. 일어나요, 이러지 말고 들어갑시다."

종훈의 팔을 들어올려 일으킨 선애 아버지는 종훈을 데리고 방으로 들어왔다.

"장로님, 이제 며칠 있으면 돌아갑니다. 장로님! 선애 씨와 결혼하고 돌아갈 수 있게 해 주십시오."

"곧 결정을 해 주갔수다."

종훈의 행동을 지켜보고 있던 선애는 종훈이 불쌍해지기 시작했고, 선애 어머니 역시 종훈이 측은하다고 생각했다.

"이거 보구레. 굳이 이런 행동하지 말아요, 우리가 입장이 곤란해지지 않소."

"어머님, 저 정말 선애 씨와 결혼하고 싶습니다. 받아 주십시오."

선애 어머니는 고민하다 못해 눕고 말았는데 결국은 일어나서 마지막으로 목사님께 상의하겠다며 찾아갔다.

목사의 대답은 단호했다. 남자가 병이 없고 똑똑하게 자신의 앞길을 제대로 가면 되는 것이고, 또한 나이가 들면서 사람의 모양은 변하고 결혼해서 행복하게 살면 문제가 없다고 대답해 주면서 한 가지 덧붙여 좋은 목사 가정에서 자라났기 때문에 좋은 성격을 가졌으리라 본다고 이야기해 주었다.

선애 어머니는 '목사님'이라는 사람이 해 주는 말은 마치 신이 말해 주는 것처럼 믿고 있었으므로 두 말할 것도 없이 결혼을 하기로 결정하고는 드디어 전화로 종훈의 이모에게 통보를 하자 종훈은 이내 선애 집으로 달려왔다.

"권사님 고맙습니다. 고맙습니다. 허락해 주셔서 고맙습니다. 그런데 제가 다음 일요일 날 돌아가니까 언제 하면 좋을까요?"

"내일이 토요일인데 내일은 너무 바쁘고 하는 수 없이 다음 토요일에 결혼식하고 그 다음날 가면 되겠네요."

"이젠 어차피 결혼하기로 했으니까 빨리 빨리 서둘러야지 뭐 어떻카갔소. 결혼식장은 내래 종로에 있는 기독교 사회 태화관에다 말을 해 놓갔수다."

이렇게 말하는 선애 어머니는 가볍고 기쁜 심정이 아니라 참으로 무거운 심정이었다. 아직도 종훈이 마음에는 들지 않지만 목사님의 말씀에 하는 수 없이 시키는 결혼이었기 때문에 선애 식구들 모두에게는 웃음이 없었다.

일주일의 기간으로 결혼식 준비를 하는 선애 어머니는 바쁘게 뛰어 다녔고 시간을 단축하기 위하여 종훈은 선애를 데리고 대구에 있는 종훈 자신의 호적으로 선애를 결혼 입적을 시키고는 바삐 서울로 올라왔다. 그리고는 토요일 열한 시에 한 순간 결혼식을 치르고는 정신 없이 바쁘게 짐을 쌌다. 다음날 돌아가기 위하여 공항으로 나왔다.

"선애! 그동안 건강히 잘 있어요. 가자 마자 편지하겠소."

"……."

"자 그럼….."

손을 흔들면서 종훈은 탑승구로 들어갔다.

자신도 모르게 결혼식이라는 것을 치른 선애는 마치 꿈을 꾸고 있는 것만 같았다.

'내가 결혼을 했다구? 내가 어떤 남자의 여자가 되었다구? 누구? 누군데? 그 남자가 누군데? 아니야 아니야. 나는 남자 얼굴도 잘 모른다구. 이럴 수는 없어. 이건 아니야, 분명 이건 아니야.'

"선애야! 애 선애야! 엄마! 엄마 아! 선애가 선애가 이상해요. 선애 애, 왜 이래. 선애야!"

선애는 핏기를 잃은 하얀 얼굴을 하고는 정신을 잃고 있었다.

"아이구테나 야가 와 이러네. 저기 저 누구야 빨리 박 의원 좀 불러 오라우."

박 의원은 선애를 보고는 몸이 너무 쇠약하고 어떤 충격을 받으면 이럴 수 있다면서 안정을 취해야 한다는 말을 남기고 돌아갔다. 박 의원이 다녀간 한참 후에 선애는 정신을 차리고 깨어날 수 있었는데 깨어 보니 선애 어머니가 울고 있었다.

"선애야 너 와 그러네? 말을 좀 하라우. 말을 해야 알지 않네."

"엄마! 나 결혼했어? 언제? 흐흐흑……. 믿어지지가 않아 엄마, 흐흐흑……. 내가 그 남자 좋아했어? 나 그것도 몰라. 그리구 난 그 남자 얼굴 생각이 안 나. 정말이야, 엄마."

"그럼 와 했네. 결혼 안 하겠다 그러지, 와. 너 가만 있었네."

"흐흐흑……. 몰라 나도 몰라."

선애는 자신이 이젠 돌이킬 수 없는 한 남자의 아내가 되었다고 인정한 후부터는 물 한 모금 마시지 못하고 앓기 시작했다. 정신적으로, 육체적으로 '결혼'이라는 사건이 선애를 쓰러뜨리고 선애의 인생을 바꾸어 놓은 것이다.

누워 있는 선애는 이따금씩 헛소리를 하는 바람에 선애 어머니는 겁을 먹고 세브란스병원으로 데리고 가서 진찰을 받아보았으나 이렇다 할 병명을 찾아내지 못했다. 무슨 약인지 의사가 지어 주는 약 한 봉지를 들고는 집에 돌아와 누웠으나 선애는 그날 밤 심한 열로 인하여 온 식구가 뜬 눈으로 밤을 지냈다.

며칠 동안을 그렇게 심한 열과 헛소리로 싸우고 있는 선애를 보자 선애 어머니는 선애가 저러다 죽을 것 같은 생각이 들어 다시 선애를 데리고 서울에서 제일 유명하다는 한방병원으로 갔다.

그곳에서도 특별한 병명은 없었고 비싼 돈을 지불하고 한약 누재를 지어 왔다. 약을 먹어서인지 삼주 후부터는 열이 내리기 시작했으나 여전히 선애는 일어나지 못했다.

아무것도 먹지 못하는 선애에게 먹어야 산다면서 선애 어머니는 미음을 만들어 선애 입 속으로 억지로 넣어주었다.

한달 째 일어나지 못하자 교회 목사님이 심방을 와서는 예배를 드렸고 선애에게 용기를 주었다.

"선애야! 나는 너의 모든 생각과 너의 마음을 잘 알고 있단다. 힘들지만 네가 결정해서 가는 너의 길이야. 나는 너의 행복을 빌께. 절대로 낙오하면 안 돼. 하나님이 항상 너와 함께 하신다는 것을 잊지 마, 알았지, 선애야."

"네."

"나는 네가 다음 주일에는 일어나서 교회 올 수 있도록 기도할게."

"고맙습니다."

목사님이 다녀간 후 이주가 지났어도 선애는 일어나지 못했고 몰라보게 야위어져서 선애 언니는 선애를 보고는 눈물을 떨어뜨리고 말았다.

"선애야! 여자로 태어난 죄야. 그렇게 생각해. 여자로 태어난 죄라고 말이야."

"언니! 나 정말 힘들어. 차라리 죽고 싶어. 이렇게 아프다면 말이야."

"어디가 아프니?"

"몰라. 머리 끝에서부터 발 끝까지 다 아파."

"엄마가 너 죽는다고 난리야, 지금."

"정말 죽을 것 같애."

"너 그래 가지고 어떻게 미국을 가냐? 너 이렇게 바싹 말라 가지고 아픈 몸으로 미국 가면 엄마 아버지나 나나 어떻게 우리가 여기서 편하게 살 수 있겠니?"

선애 언니는 다시 눈물을 흘렸고 선애에게 약을 먹이기 위하여 나가서 한약 한 사발을 들고 들어 왔다.

"종훈 씨한테서 편지 또 왔다. 뜯어 봐."

"……."

"안 뜯어 봐?"

"약이나 줘."

약 사발을 힘들게 들면서 천천히 마신 선애는 다시 힘없이 누워 버렸다.

그렇게 선애가 아픈 지 한 달 반을 넘기고 거의 두 달째로 들어가고 있으면서 종훈으로부터 받은 편지는 열두 통이나 되었지만 선애는 그것을 하나도 뜯지 않고 책상 서랍 안으로 넣어 버리곤 했다.

선애로부터 한 장의 답장도 받지 못한 종훈은 이상한 예감이 들었는지 누워 있는 선애에게 전화가 걸려 왔다.

선애 어머니는 선애가 혼자 식구들과 떨어져서 살 것을 생각하니 가엽게 여겨져서 눈물을 주먹으로 닦으면서 한약을 먹이고 있는데 전화벨이 울렸던 것이다.

"여보세요. 어 종훈이가? 아이구 그래 그래 별 일 없지. 선애? 선애는 지금 아파서 일어나지도 못한다. 응 , 응 그래. 병원이란 병원은 다 데리고 갔었다. 모르겠다 난, 선애가 죽어서 미국 갈지. 살아서 미국 갈지 말이야. 그래 기다려라, 바꿔줄게. 선애야 한 번 받아보라우."

"여보세요. 네, 네, 네, 네……."

대답만 하고 수화기를 놓은 선애는 넋 나간 사람이 되었다.

'저 남자가 내 남편이란다. 나는 이제 저 남자하고 살아야 된
단다. 내가 언제 결혼했던가?'

머리 속에서 뇌까리면서 다시 자리에 누운 선애는 그 다음날까
지 눈을 뜨지 않았다. 눈을 뜨고 싶지가 않았던 것이다.

여러 통의 편지를 보냈어도 아무런 연락이 없어 전화한다면서
걸려왔던 전화가 일주일째 되던 날에 선애는 다시 종훈으로부터
소포와 서신을 받았다. 소포는 선애 부모님과 선애를 위한 영양
제였다. 소포 속에는 종훈의 편지가 들어있었다.

'선애, 나는 여기 오늘 도서관 에반스홀에 앉아서 쓰고 있소.
많이 아프다니 무척 걱정이 되오.

선애가 내 옆에 오기를 손꼽아 기다리고 있소. 여기 오면 아픈
것도 다 나을 것이오. 선애가 오면 선애를 공부시키기로 어머
니와 합의를 봤소. 선애, 무척 보고 싶소.'

추수감사주일을 맞아 종훈의 집에서는 아침부터
분주히 어머니, 누나, 종준이 처가 음식을 장만하느라 법석이었
고 종훈은 여느 때와는 달리 즐거운 마음으로 집안 일과 교회 일
을 거들어 주었다. 곧 얼마 안 있으면 색시가 온다는 설레임에 벌
써부터 학교의 학생 아파트를 신청해 놓았다.

선애가 조용한 것을 좋아하므로 종훈은 특별히 조용한 단지에
다 신청해 놓았다고 엊그제 선애에게 편지도 보냈다. 그리고 하
나씩 하나씩 학교 앞에서 학생들이 만들어 파는 수공예품들을 살
림장만으로 구입하고 있었다.

전과 같지 않은 밝은 모습을 하고 거들고 있는 종훈을 본 그의

누나는 신기하게 바라보고 있었다.

"어무이 예."

"어야."

"남자가 장가 가면 저래 됩니까? 난 미국 와서 지금까지 훈이 웃는 걸 한 번도 본 일이 없었는데 쟈가 장가 가고 나더니만 저래 웃지 않습니까?"

"으 흐흐……. 색시가 좋은가 보제."

"아무리 좋아도 그러지 예. 어떻게 저렇게 틀려집니까."

"아이고 내사 마, 이젠 더 바랄 거 없데이."

"훈이 때문에 어무이 힘들었지 예."

"하모, 내가 이제 숨통이 틀 것 같데이."

"수영 엄마도 죄 없이 시집 일찍 와서 시숙한테 시집살이 그동안 많이 했제?"

"아유 형님은 별 말씀을, 호호호……."

"훈이 쟈가 내 동생들 중에서 제일 성깔이 있는 아라, 내 안다 수영 엄마 힘든 걸."

"그럼 한국에 계신 형님은 언제 오시나요?"

"아직도 몇 달 있어야 되겠지."

"나도 한국에 계신 형님에게 어제 편지 보냈어요. 형님이 빨리 오셨으면 좋겠어요. 호호호…. 우리 형님 오시면 교회 반주자 걱정은 없겠네요, 어머님."

요즈음 교회에서나 집안에서나 이야기의 화제거리는 '종훈 색시'라는 존재였기에 수영 엄마는 마음 속으로 무척 초조했고 질투를 느끼고 있었다. 항상 자신의 아름다움을 남에게 보여주면서 스스로 보람을 느꼈는데 관심의 초점을 다른 사람에게 빼앗긴 기분이었다.

더욱이 박현희 집사가 집으로 찾아와서는 인물 좋고 학벌 좋은 부잣집 딸을 맏며느리로 삼았으니 얼마나 축복을 많이 받은 것이냐고 하고 가곤 했다.

수영 엄마 자신은 불교 집안의 딸로서 단순히 미군으로서 한국으로 주둔해 온 종준을 만나 연애결혼을 하고 미국에 와서는 집안 친척들로부터나 시부모님으로부터 그다지 대우를 받지 못한 터라 그런 것들에 대한 서러움이 지금 이 순간 터져 나오고 있었다.

추수감사 예배가 끝나고 만찬을 하는 동안에도 이 구석 저 구석에서 들려오는 소리는 종훈과 선애에 대한 이야기였다. 종훈의 큰 외숙모가 드디어 참지 못하고 큰 소리로 말을 했다.

"이제 얼마 안 있으면 훈이 처가 올낀데 나는 마 어찌나 좋은지 우리 혜민이하고 혜주가 피아노 레슨 받겠다고 얼마나 기다리는지 모릅니데이."

"훈아! 니 색시 많이 보고 싶제?"

"아이고 야, 그걸 말이라고 하나. 제 색시 떨쳐 놓고 혼자 왔는데."

"니 애기는 언제 낳을 끼고?"

"아직 학생인데 애기를 당장 낳으면 안 되지."

종훈을 가운데 놓고 질문과 대답은 친척들이 돌아가면서 하고 있었다.

"자 훈이 얼굴 밝아진 것 좀 보래이."

"오빠! 언니가 오면 나는 할 말이 너무나 많데이. 내가 그동안에 있었던 오빠 이야기 다 할 거야, 호호호……."

"이 가시나야, 할 말이 뭐 있노."

"걱정 마, 나쁜 이야기는 안 할게. 오빠! 무슨 이야기 좀 해 봐. 그렇게 웃고 있지만 말고."

종훈은 머리 속으로 수많은 친척들의 극성과 수다를 선애가 과연 참아내면서 살 수 있을까 하고 은근히 걱정이 되었다.

제수씨인 수영 엄마는 수단과 입담이 좋아 그들을 잘 요리하면서 살아갔고, 종혁이 부인 미영도 뚱하고 어둡지만 뭣 모르고 살아가는데 그 점에 대해서는 종훈도 선애가 어떤 사람이라는 것을 아직 모르기에, 더구나 자신은 집안의 장남이고 선애는 맏며느리라는 위치에 있는 형편으로써 마음이 무거워졌다.

종훈이 돌아간 이후로 석달 동안 선애는 헛소리와 심한 열로 정신까지 잃어가면서 아팠지만 오늘은 추수감사주일이라는 말에 겨우 일어나 교회예배에 참석을 하였지만 더 이상 오르간은 칠 수가 없었다.

왠지 서러움이 복받쳐 선애는 예배시간에도 계속 눈물을 흘렸다. 선애는 현실을 받아들이고 종훈이라는 남자를 인정할 수 있기를 하나님께 기도했다. 예배가 끝나고 오래간만에 성가대 연습실로 들어간 선애에게 대원들은 반갑게 맞아주었다.

"아니 이제 곧 서방님께로 갈 텐데 이렇게 아프기만 하면 어떡할라구, 그래."

"그 남자 재주도 좋지, 그 많은 남자들 제쳐놓구 우리 선애 양을 빨리도 꿰찼어."

"하하하…."

"호호호…."

여기 저기서 터져 나오는 웃음소리에 선애는 또 눈물이 나왔다.

"누가 아니래요. 우리 반주자님은 보증수표지요, 보증수표."

어른들의 농담 듣고 있던 성가대원 중의 준식이라는 남자가 있었는데 그는 일류대학의 공과 대학생이었고 아버지가 외교관이어서 어렸을 적에는 미국에서 살았었던 학생이었는데 그가 선애 앞에 오더니 선애를 비웃듯이 빈정거리면서 말을 걸었다.

"김선애 씨! 미국으로 시집가는 여자들은 다 이용당하러 가는 거예요. 더구나 김선애 씨 남편이란 사람은 학생이라면서요? 그러면 반주자님은 뻔해요. 남편 공부시키려고 돈이나 벌어야 하고,

밥이나 해야 되고, 빨래나 해야 되고, 뒷바라지나 해 주러 가는 거예요. 남편하고 살러 가는 게 아니라 남편 시중들러 가는 거라구요. 여기서 요즘은 많은 여자들이 미국으로 시집가는데 많이들 속아서 가요. 그래서 미국 가서 결혼생활이 깨지는 사람들이 많아요. 반주자님 시집 잘 간다고 장담하지 말아요. 어떻게 사귀어 보지도 않고 결혼을 한답니까?"

"뭐, 뭐라구요?"

선애는 그러한 이야기를 듣는 순간 숨을 쉴 수가 없었고 부들부들 떨고 있었다.

"뭐라구요? 다시 한 번 이야기해 보세요."

"진정하세요. 나는 사실을 이야기한 것 뿐이에요. 미국의 현실을 이야기한 거예요."

"이것 보세요, 댁이 나를 어떻게 알아요. 내가 어떤 남자와 결혼했는지 어떻게 알아요. 그러니까 내가 미국으로 팔려가는 거다 이 거예요?"

싸움이라도 하자는 듯이 선애는 그 남자를 향해 눈을 부릅뜨고 덤벼들면서 부릅뜬 눈에서는 점점 앞을 희미하게 가려들면서 눈물을 흘리고 있었다.

그러한 말들은 한 순간에 선애의 지금까지 살아오면서 지켜온 자존심이 구둣발 밑에서 비벼지는 담배꽁초 같았다.

그러자 옆에서 듣고 있던 목사님 사모님이 선애를 데리고 밖으로 나와서 선애를 달래려 했지만 좀처럼 선애는 억울함과 서러움으로 마음을 다스릴 수가 없어 사모님의 품에 얼굴을 묻고 엉엉 울었고 또 울었다. 그 울음은 단순히 준식의 말 때문이 아니라 그 동안에 가슴 속에 묻었던 슬픔의 분출이었다.

준식의 그러한 충격적인 이야기들이 며칠 동안 선애의 뇌 속을 흔들면서 선애를 괴롭혔다.

그런 중에서도 선애는 계속 종훈으로부터 편지와 사진을 받았다.

'선애 보시오.

요즈음 건강은 어떤지 궁금하오.

나는 며칠 전에 학교에다 우리가 살 아파트를 신청해 놓았소. 선애가 조용한 것을 좋아할 것 같아 사람이 별로 다니지 않는 쪽을 택했소. 그리고 이 사진들은 교회청년대원들과 요세미티라는 국립공원에 놀러 갔었는데 선애에게 보여주고 싶어서 열심히 자연 경치와 뛰어 노는 동물들을 찍었소. 이 사슴들이 정말로 행복해 보이는구려.

선애!

보고 싶소.

사랑하오.

종훈.'

세상 사람들이 다 불행하게 살아도 자신만은 불행이란 단어를 모르고 살 것이라고 장담했던 선애는 지금도 그 심정이었다.

누구하고 결혼하든 간에 행복하게 살 것이라고 지금 이 순간에도 자신을 갖고 있었지만, 한편으로는 얼마 전 준식이라는 남학생이 준 충격이 무거운 짐으로 남아 있었기에 그것을 털어 버리기 위해서라도 종훈과 가까워지기로 마음먹었다.

그리고는 종훈이 찍어 보내준 사슴의 얼굴을 한참 들여다보면서 정말 사슴이 행복해 보이는지, 무엇을 생각하는 눈인지 들여다보니 그 사슴이 선애 자신처럼 보였다. 그래서 선애는 그 사진을 책상 위에 놓고는 항상 들여다보면서 종훈에게 편지를 쓰기 시작했다.

'종훈 씨에게.

종훈 씨가 보내준 사진들이 아주 반가웠습니다.

어머님, 아버님 건강히 계시리라 믿습니다.

학교 공부가 힘들다니 제가 가서 조금이라도 도움이 되었으면 좋겠습니다.

올해도 벌써 지나가려고 하고 있군요. 올해는 종훈 씨와 저에게 있어서 인생에서 가장 귀한 사건을 치렀군요.

종훈 씨와 열심히 살겠습니다.

행복의 열쇠로 문을 열겠습니다.

선애.'

어떻게 해서 종훈이라는 남자와 결혼을 하게 되었는지 모르지만 선애는 숙명으로 받아들여야만 했다.

크리스마스가 다가오면서 종훈으로부터 선물 소포와 편지를 받았다.

'내 아내, 선애 보시오.

그 동안도 몸건강히 잘 있겠지?

부모님도 건강하시리라 믿소.

여기서는 지금 나의 부모님, 친척들, 모든 교인들이 손꼽아 선애를 기다리고 있소.

선애를 기다리는 것이 이젠 지루하기만 하오.

며칠 전에 아버지께서 명예 신학박사 학위를 받았소.

그래서 교회에서 축하 잔치를 했는데 나는 당신이 없어서 마음이 무척 쓸쓸했다오.

요즈음은 하루가 천년 같다는 말을 실감하오.

선애, 사랑하오.

종훈.'

새해가 지나고 설날을 보낸 후부터 선애 어머니는 바빠지기 시작했다.

선애가 가지고 갈 시부모님 예단이며 친척들에게 줄 선물을 사러 다니기에 여념이 없었으며 선애 자신도 자신의 물건들을 하나 둘씩 정리해야만 했다.

　미국에 간다는 사실에 마음 속으로 선애는 두려워 했고 더욱 안타까운 것은 식구들과 떨어져서 보고 싶을 때 마음대로 보지 못한다는 사실에 마음이 무거워지곤 했다. 그러나 선애는 굳이 태연하려고 애썼고 앞날에 펼쳐질 자신의 인생을 스스로 축복하면서 오만하려고 노력했다.

　살아오면서 찍어 온 사진들을 정리하면서 선애는 대진의 사진 몇 장을 발견했다. 무척 앳된 얼굴을 하고 찍은 명암판 사진과 홍도에 가서 찍은 사진들이었는데 선애는 이 사진들을 처리할 방법을 몰라서 한참 뚫어지게 사진들을 들여다 보면서 고민에 빠져 있었다.

　'오빠! 대진 오빠!

　나도 미국 가. 대진 오빠가 있는 땅으로 간다구.

　그럼 오빠를 만날 수 있을까?

　그럴 수는 없겠지, 오빠? 이미 나는 다른 남자의 여자이니까 말이야.

　오빠! 그러나 언젠가 한 번은 만나자, 응?

　안녕!

　안녕 오빠!'

　선애는 흐느끼면서 사진들을 찢어버리기 시작했다. 마지막 남은 한 장뿐인 사진을 선애는 더 이상 찢을 수가 없어서 사진을 가슴에 대고 방바닥에 엎드려 흐느껴 울었다.

　며칠 후 진형을 만나 마지막 남은 한 장의 사진을 건네주면서 자기 대신 가지고 있어달라고 부탁했다.

　"삼촌, 이 사진 삼촌이 가지고 있어."

　"선애야! 이젠 대진이 잊어야지."

　"알아. 노력하고 있어. 근데 삼촌 나 정말 결혼했어? 언제 누구하고 했어?”

“선애야!”

“삼촌! 난 정말로 종훈이라는 사람하고 이제부터 살아야 되는 거야?”

“응, 살아야 돼.”

“왜 같이 살아야 돼? 결혼이란 게 같이 사는 거야?”

“선애야! 어떻게 결혼했는지 간에 너는 지금 종훈이라는 남자의 아내가 되었다는 사실이야.”

“그렇다면 삼촌 나 무서워.”

“뭐가?”

“내 마음 속에서 대진 오빠가 영원히 떠나가지 않을까 봐 말이야. 그러면 나는 스스로 종훈이라는 남자한테 죄를 짓는 거잖아?”

“죄보다도 네 스스로가 불행의 길을 가는 거야, 그건.”

“알았어. 대진 오빠를 잊을지 모르지만 앞으로 그 남자의 아내로 살아갈게.”

“선애야! 행복하게 살아야 돼.”

“응, 잘 살게.”

그날 밤 선애는 다시 심한 열에 시달렸고 밤새 식구들은 선애의 헛소리를 들어야만 했다. 아침 일찍 동네 박 의원을 불렀으나 그의 대답은 선애의 허약함 때문이라면서 주사 한 대 놓아주고는 가버렸다.

생각다 못해 선애 아버지는 선애가 건강해질 때까지 몇 달 더 연기해서 미국을 보내자고 하기에 이르렀으나 선애 언니나 선애 어머니의 생각은 달랐다.

“아버지, 어차피 가는 건데 시간 끌어야 우는 시간만 더 많아질 뿐이에요. 선애가 차라리 종훈 씨한테 가 버리면 선애가 나을지도 몰라요, 아버지.”

"언니! 언니는 왜… 나를… 빨리 보낼려구만 그래?"

"그럼 너 안 갈 거야?"

"언니! 언니, 난 아직…. 아직 식구들을 떠나 미국에서 혼자 살아갈 힘도 없구, 그 남자를 남편으로 맞아들일 힘도 없구…. 그러니까 시간을 좀 줘. 나 갈 거야. 안 가지 않아, 가, 흐흐흑……. 그러니까 내가 몸과 마음이 건강해져서 갈게, 응?"

"선애야! 니 마음은 알지만 몸과 마음이 건강해져서 간다는 소리는 그냥 막연한 이야기야. 종훈 씨 옆에 가면 니가 건강해질 수도 있어."

"흐흐흑…. 언니는 내가 불쌍하지도 않아?"

"선애야! 니가 자꾸 이러면 엄마 아버지 마음은 더 아파, 속으로 엄마 아버지는 지금 너보다 천 배 만 배 울고 계셔, 알아?"

"흐흐흑……. 그럼 언니! 엄마! 나 한 달만 더 있다 갈게. 꼭 한 달만 더 흐흐흑…."

듣고 있던 선애 어머니는 무겁고 떨면서 울음 섞인 목소리로 입을 열었다.

"선애야! 흐흐, 어차피 갈 거 흐흐…. 한 달 더 여기 있으면 뭘 하간, 흐흐…. 그냥 예정대로 가라우. 흐흐흑…."

"엄마! 흐흐흑…."

"선애야! 흐흐흑…."

사흘 후 미국으로 가기 위해 공항으로 나왔다. 공항으로 나오면서 선애나 선애 식구들은 한 마디의 말도 없이 각자가 무엇을 생각하는지 무거운 표정으로 입을 굳게 다문 채 숨만 쉬고 있었다.

공항에는 이미 교회의 목사님과 친구들이 나와 있었으나 그들을 보는 순간 선애는 참고 참았던 울음을 터뜨리기 시작했고 한순간에 모든 사람들이 울어 버리는 눈물바다가 되어 버렸다.

목사님은 선애의 손과 머리를 잡고 기도하기 시작했고 서러움과 아쉬움의 눈물은 더욱 더 고통의 시간으로 만들어 갔다.

기도가 끝나자 마자 선애는 엄마 아버지의 손목을 꼭 쥐고는 안 가겠다고 발버둥을 쳤고 애원하는 것이 마치 어린 아이의 보챔과 같았다.

"안 돼 선애야. 빨리 가는 게 좋아. 시간 끌어야 우는 꼴밖에 없어."

선애 언니는 힘을 다해 선애의 손을 떼어 놓았고 탑승구 안으로 밀쳐 넣었다.

"언니-이, 으앙…."

"엄마, 우리 빨리 돌아가요."

선애 언니는 용기있게 선애와 부모님을 떼어 놓는 데 앞장섰고 또 선애를 떠밀어 넣었고, 부모님을 돌려서 집으로 들어왔으나 아버지가 뜻밖에 방에 들어오면서 방바닥에 엎드려 통곡하기 시작했다.

"으흐흐흑…. 나는 자식을 낳아서 여기 저기 다 흩어만 났구나. 하나는 이북에, 하나는 미국에, 흐흐흑…. 이제 앞으로 누가 또 어디로 갈 건고…. 선애야! 부디 잘 살아라, 흐흐흑…."

"아버지! 흐흐흑."

"여보! 우리가 선애를 미국으로 시집 보낸 것이 잘 한 걸까, 못 한 걸까?"

그날부터 선애 부모님은 선애가 미국에 간지 며칠이 되었나를 매일 달력을 보고 짚어 보면서 편지를 기다렸다.

어제 저녁에 도착한 선애는 시부모님께나 친척들에게 먼저 절을 하고는 오늘은 정식 잔치가 있는 날이었다.

팔십 여명의 친척들과 교인들이 박 목사집 뒤뜰에서 거행하는 신행예배를 드렸고 신랑 신부를 위해서 많은 선물과 축하 꽃다발이 들어왔다.

한복을 입고 선애는 인사를 나누었고 하루 종일 찾아오는 축하객들에게 공손히 머리를 숙였고 그들에게 둘러싸여 또한 신부로서의 선을 보여야만 했다.

"어머나 색시가 아주 미인이네."

"색시가 너무 약해 보여서 애기 낳을 거 같지가 않네."

"큰 며느리 아주 잘 얻었네."

"이 집은 둘째 며느리가 큰 며느리 가지고 놀겠네."

"우리 사모님은 복도 많네."

미국에 온 낯설음으로 지난 밤에 선애는 한잠도 못 잤고 지금까지 밥 한 끼 제대로 편하게 먹어 보지 못하여서 손님을 맞이하며 서 있는 이 시간이 선애로서는 죽을 지경이었다.

새 색시도 밥을 먹어야 한다면서 챙겨다 준 사람은 고맙게도 어떤 젊은 여자였는데, 그녀는 자신도 넉달 전에 이곳으로 시집왔고 자신의 이름은 화영이라면서 다음에 시간이 있으면 조용히 앉아서 이야기를 나누고 싶다고 했다.

다시 그날 저녁엔 종훈의 친구들이 모여들었고 또 다시 한판의 잔치를 벌여야 했다.

한복을 입은 선애는 종훈으로부터 한 명 한 명씩 소개를 받았고 선애는 진심으로 그들을 맞이했다.

그날 밤 그들은 마리화나를 피워 가면서 포커를 즐기고 있었다.

"야, 임마 너 혼자 장가 가기냐? 나도 좀 보내주라."

"이 새끼, 훈이 너, 우리 앞에서 까불지 마. 마누라 빼앗아 갈테니까, 해해해……."

"이 자식, 학교는 우리들 중에 제일 늦게 들어와서는 제일 먼저 장가 갔어."

"나는 임마, 니가 이렇게 미인을 한국에서 데리고 올 줄은 몰랐다."

"너는 볼 것이 없는데 말이야, 무슨 복이 터졌냐?"

"야, 이 자식들아, 좀 조용히 해라. 내가 우리 마누라 친구들 다 보고 왔으니까, 한 놈씩 해 줄 테니까 걱정 마라, 하하하……."

다음날 아침이 되어서야 그들은 돌아갔고 선애는 그들 옆에 앉아서 말 한 마디 없이 날을 새었다.

모든 것이 낯설은 선애로서는 빨리 미국을 배워야만 했고, 빨리 미국이라는 사회에 적응해야만 했지만 활달하지 못한 선애의 성격이 자신을 더욱 움츠리게 만들었다.

종훈은 공부하는 것이 그동안 많이 밀렸다면서 밤늦게 집에 오곤 했는데, 그래서 아직 선애와 앉아서 이렇다 할 대화를 나누어 보지 못했다.

낮에 종훈이 없는 사이 선애는 걸어서 시집을 오가면서 집안일을 배웠는데, 특별히 두 밑의 동서들로부터 많이 배우고 있었다.

집안 일은 교회 일과 더불어 무척 많았다. 매일 저녁 찾아오는 손님(그들은 목사들이었음)과 친척들의 방문으로 인하여 준비하는 저녁의 양은 무척 많았으며 더구나 시아버지인 박 목사는 아침이면 대여섯 명분의 점심과 간식을 싸 가지고 일터로 나갔다.

그 일터라는 것은 바로 집을 칠하는 일이었다.

"종훈 씨, 왜 아버님이 페인트 칠을 하세요? 전에 종훈 씨가 그랬잖아요. 페인트 가게를 운영하신다고요."

"그럼 내가 한국에서 그렇게 이야기를 해야지, 페인트 칠하러 다닌다 그러면 니가 이해하겠어?"

"……."

"우리 어머니도 나가서 아버지를 도와드리느라 힘들게 고생하시는데 앞으로 가끔씩 너도 따라나가서 좀 도와드려. 그리고 아침 일찍 가서 아버지 도시락 준비해 드려. 너는 우리 집에 맏며느리야, 니가 다 알아서 좀 해 봐. 그리고 제수씨들한테도 니가 말

며느리로서 그들을 지휘하란 말이야. 그들한테 바보처럼 끌려가지 말고. 내가 보니까 넌 좀 답답해."

"종훈 씨, 나 지금 배우고 있어요. 내가 어떻게 해야 잘 하는 것이고 어떻게 해야 동서들을 지휘하는 건가요? 아직 나는 어머님의 지도를 받아야 돼요, 아직 몰라요. 그리고 모든 일에 용기가 나지 않아요."

"그러니까 내가 답답한 거야. 무조건 열심히 하면 되잖아, 알아서 집안 일을 좀 해봐."

"어머님이 계신데 내가 스스로 나서서 못 해요."

"무슨 말이 그렇게 많아, 하라면 하지."

"네?"

종훈은 큰 소리를 지르고 있었다.

놀라서 종훈을 쳐다보는 순간 종훈의 얼굴은 무섭게 화가 나 있었고 그 모습을 본 선애는 떨고 있었다.

종훈이 학교에 간 다음에도 선애는 머리 속에서 혼돈을 일으켰고 그 혼돈으로 인하여 아무것도 할 수가 없었다.

그것은 하루 아침과 저녁 사이에 두고 사람의 언행이 하늘과 땅을 오가는 일이었다.

그 날 저녁 늦게 들어온 종훈은 또 다시 선애를 향하여 화살을 꽂고 있었다.

"오늘 어머니한테 갔었어?"

"예."

"일 좀 잘 도와 드렸어?"

"잘 했는지 못 했는지 모르지만 나는 열심히 했어요."

"너는 무슨 일이든지 활발하고 용감하게 하지를 못해, 제수씨처럼 말이야. 그러니까 니가 제수씨한테 끌려가는 거라구."

"……."

"내일은 아버지따라 일하는 데 나가서 도와드려"

"……."

"너만 여기서 편하게 살면 미안하잖아."

"……."

그 다음날부터 선애는 시부모님이 일하는 현장으로 따라나가서 거들었으나 그 노동일은 쉬운 일이 아니었다.

삶의 경험이라 생각하고 노력했으나 삼일을 하고 난 뒤에는 몸살을 앓기 시작했다.

그 몸살은 날이 갈수록 나아지는 것이 아니라 점점 더 깊어만 갔고 심한 복통이 겹쳐서 끝내는 정신을 잃고 병원에 실려 가고 말았다.

병원에서 하루를 보낸 뒤 의사가 주는 주사 한 대 맞고 퇴원한 선애는 모든 일에 의욕을 잃어가고 있었다.

때때로 선애는 아파트 단지 안에 있는 어린이 놀이터 그네에 앉아서 엄마의 얼굴을 그리면서 엄마를 불러보곤 했는데 오늘은 더없이 서러워서 울고 또 울었다.

미국 와서의 남편 종훈은 한국에서 본 종훈이 아니었으므로 종훈이만을 믿고 미국이라는 땅으로 온 선애는 홀로 외로움의 밧줄에 매달려 끌려가고 있었다.

그러던 오월의 어느 일요일, 예배가 끝나고 청년회원들이 공원으로 나가 야구시합을 하고 있었고, 어쩔 수 없이 남편 종훈을 따라온 선애는 특별한 대화의 상대가 없어 혼자 벤치에 앉아 있다가 지루한 생각이 들어서 공원을 나와 주위의 주택가를 아무 생각 없이 돌다가 천주교회당을 발견했다.

호기심으로 들어가 의자에 앉은 선애는 고개를 숙이고 조용히 기도하기 시작했으나, 시작하자 마자 울음이 먼저 복받쳐 터져 나와 흐느끼기 시작했다. 그것은 외로움의 절규였고 서러움의 한이었다.

선애가 미국으로 온 지는 한 달 반이 되었는데, 선애는 아직 종훈과의 조용한 대화를 갖지 못했다. 평일은 학교에 가고 주말은 친구들과 밤을 새워가며 포커에 정신이 없었고 일요일이면 겨우 자던 잠에서 깨어 교회에 갔다 와서는 다시 잠 속으로 곯아 떨어지곤 했다.

그럴 때 선애의 한 가지 일은 놀이터 그네에 앉아서 밤하늘을 바라보며 엄마 생각, 식구들 생각, 고향 생각, 친구들 생각에 잠기곤 했는데 그 시간은 선애의 외로움을 달래주는 시간이었다.

그리고 지금 여기, 성당에 앉아 있는 시간 역시 선애에게는 위안의 시간이었다.

그나마의 위로를 받고 어느 정도의 시간이 흘렀는지조차 모른 채 선애는 천천히 성당을 빠져 나와 모퉁이를 돌아가고 있을 무렵 선애는 종훈과 딱 마주쳤다.

선애를 본 종훈은 선애의 뺨을 사정 없이 후려쳤다.

"아악! "

"야! 너 왜 이렇게 사람을 놀라게 만들어, 우리는 니가 유괴 당한 줄 알고 교회 사람들이 다 너를 찾으러 헤매고 있다구. 너, 미국이 어떤 데인 줄 알아? 너 사람들한테 미안하지도 않아? 가! 한국으로 가 버려! 나는 니가 아주 똑똑하고 능력있는 여자인 줄만 알았어. 그런데 뭐야, 똑똑한 것도 아니고, 능력 있어서 집안을 잘 끌어나가는 것도 아니고, 내가 속았어. 결혼 속았다구! 너 미국 올려고 나하고 결혼한 거 내가 다 알아."

순간 선애는 앉았던 땅에서 벌떡 일어나 이성을 잃어 버린 미친 여자처럼 뛰기 시작했다. 엉엉 울면서 누군가를 찾아 헤매는 선애는 미쳐 있었다.

어느 동네인지 사람들이 선애를 보고는 따라오면서 무엇인가 이야기를 건네 왔지만 선애의 귀에는 들려오지 않았고, 그 동네가 새까만 흑인 동네인지조차도 선애는 느끼지 못했다.

그곳은 샌프란시스코에서 가장 무서운 범죄의 소굴이었다.

길을 잃고 누군가를 찾아 헤매는 선애는 마치 엄마를 잃은 아이처럼 울면서 이 골목 저 골목을 헤매었고, 어둠이 점점 선애를 감싸고 있었다.

선애의 뒤에는 한두 명의 흑인이 따라오고 있었으나 선애는 그들조차도 인식하지 못했다.

그런데 갑자기 선애 앞에 거장의 남자가 가로 막고는 선애를 들어 올리다시피 하며 자신의 차로 밀어 넣는 순간 선애는 안간힘을 쓰며 비명소리를 내면서 그 남자의 손에서 빠져 나오려고 하였다. 그러나 그것은 선애의 에너지만 소모하는 결과가 되어 버렸다.

그렇게 해서 차에 타는 순간 선애를 감싸주는 여자가 있었는데 얼굴을 들고 보니 그녀는 교회의 장로님 부인이었다.

"그래, 실컷 울어, 맘껏 울어 버려, 그러면 좀 풀릴 테니까."

"흐흐흑……."

"쯧쯧쯧……. 이렇게 연약한 여자가……. 불쌍하기도 하지, 얼마나 힘들기에 이렇게 쯧쯧쯧…."

"흐흐흑……."

선애는 엄마 품인 양, 그 여집사의 품에 안겨서 목놓아 울었다.

장로님 부부는 선애를 데리고 박 목사 집으로 데리고 들어갔는데 그곳에는 이미 종훈이 와 있었다.

"이것 봐 훈이, 와이프를 이런 식으로 내팽개치고 혼자 여기와 있으면 마음이 편해? 훈이, 어떻게 이럴 수가 있어? 훈이 하나 믿고 결혼해서 미국에 왔는데 와이프한테 이런 식으로 하면 되겠어? 우리는 정말 훈이한테 실망했어."

"장로님, 무슨 일입니까? 우리 훈이가 무엇을 잘못 했습니까? 어떻게 선애를 데리고 들어오셨습니까?"

"사모님, 정말 하나님이 도우셨어요. 이것은요, 훈이가 복이 있는 겁니다. 글쎄 며느님께서 그 무서운 흑인 소굴에서 울면서 헤매고 있었어요. 무슨 일이 있었습니까? 사모님, 왜 며느님께서 그곳을 울면서 헤매고 있었습니까?"

"애야, 너 정말 그랬냐? 무슨 일이냐? 훈이는 아무 말 없던데. 너는 집에 있다고 하길래 집에 있었는 줄 알았지."

"죄송합니다, 어머님."

"이것 봐 훈이, 만약에 우리를 못 만났으면 훈이 와이프는 어떻게 되는 줄 알지? 어떻게 와이프를 이 지경까지 만들 수가 있냐구?"

"죄송합니다, 장로님."

"왜 내가 평소에는 가지 않던 곳을 오늘따라 그곳을 지나가게 되었는지 말이야, 이것은 분명 하나님의 뜻이었어."

"고맙습니다. 윤 장로님."

"사모님, 말 한 마디 없이 얌전하고 착한 며느님 좀 보살펴 주셔야겠어요. 미국에 막 온 사람인데 얼마나 외롭겠어요. 처음에 미국에 오면 얼마나 외롭고 서럽습니까? 우리도 다 겪었지 않았습니까? 그냥 내버려두지 마시고 용기를 좀 주세요. 그리고 훈이, 내가 앞으로 지켜볼 거야. 내가 훈이를 얼마나 똑똑한 청년이라고 생각하는데 이런 일이 있을 수가 있어?"

"아휴 나는요, 사모님. 지금도 생각하면 떨려요. 아니 어떻게 여자가 흑인 범죄소굴에서 겁도 없이 울면서 헤매고 다녀요 오."

"훈아, 빨리 선애 데리고 집에 가거라."

"네, 그럼 가보겠습니다."

종훈은 선애를 데리고 자신의 아파트로 들어오면서 자신이 입고 있던 양복을 벗어 던져 버렸다. 그리고는 이내 바로 눈에 보이는 탁상시계를 날려서 순식간에 박살을 내어 버렸다. 또 다시 책상 위에 있던 자신의 공부하는 책들과 강의를 녹음하는 녹음기를 던져버리기 시작하면서 종훈의 눈빛은 성난 사자같았다.

선애는 말 없이 그 광경을 지켜볼 수밖에 없었고, 박종훈이라는 인간을 알게 되었다. 한참을 던진 후에, 집안의 물건들은 거의 부서져 있었고, 종훈은 방으로 들어가 자기 시작했다.

며칠 후 선애는 언니로부터 반가운 편지를 받았다.
'선애야,
그동안 잘 있었니?
종훈 씨가 잘 해 주겠지?
너는 마음이 착하니까 어디를 가나 대접을 받으리라 믿는다.
네가 미국으로 간 날 우리는 공항에서 돌아와 식구들 모두 방바닥에 주저앉아 엉엉 울었다.
특히 아버지가 많이 우셨는데, 나는 아버지가 그렇게 우시는 것을 내 일생을 통해 처음 보았다. 나도 울었지만 아버지는 통곡을 하셨단다. 나 자신도 무척 놀랐단다.
아마도 아버지에게는 네가 엄청난 존재였나 보다.
선애야,
내가 이 편지를 쓰는 데는 이유가 있다. 이것은 나의 부탁인데, 네가 부모님께 편지할 때는 꼭 좋은 이야기만 써 보내고 조금이라도 나쁜 일이거나 부모님 걱정될 일은 써 보내지 않았으면 좋겠다.
부모님은 너를 떠나 보내고 자나깨나 네 걱정뿐이고 너의 편지만을 기다리고 계신단다. 병 나실까 걱정이다.
선애야,
네가 남기고 간 공간이 이렇게 클 줄은 미처 몰랐다.
부디 종훈 씨 그늘 밑에서 편히 살기를 바란다.
                                        언니가.'

선애는 한참동안 편지를 부둥켜 안고 울었다.
그리고는 언니에게, 부모님께 편지를 쓰려고 책상 앞에 앉았다.

오늘은 학교 수업이 없었으므로 종훈은 대낮 점심시간이 훨씬 지난 이 시간에도 방에서 자고 있었다.

'내가 사랑하는 언니야!

언니야!

불러도 불러도 싫지 않고 그리워지는 언니야!

엄마 아버지가 보고 싶어서 죽을 것만 같다, 언니야!

언니가 보고 싶어서 죽을 것만 같다, 언니야!

동생들이 보고 싶어서 죽을 것만 같다, 언니야!

친구들이 보고 싶어서 죽을 것만 같다, 언니야!

내가 좋아하고 사랑하는 언니야!

나는 오늘도 언니가 행복하게 살기를 기도합니다.

하나님!

나의 소중한 언니를 기억해 주소서.

불쌍한 주님의 딸을 주님 손 안에 있게 하소서.

사랑하는 나의 언니, 오로지 주님의 길 걷게 하소서.

동생 선애.'

'어머니, 아버지께.

그동안도 건강히 잘 계시겠지요.

저는 이곳에서 아주 잘 있습니다. 시부모님께서 무척 사랑해 주시고, 종훈 씨도 제게 너무나 잘 해 주어서 도리어 제가 미안할 정도입니다.

어머니, 아버지. 제 걱정은 조금도 하지 마세요.

저는 어머니 아버지가 더욱 걱정이 됩니다.'

한참을 써 내려가는 도중에 방에서 종훈의 목소리가 들려왔다.

"선애야, 이리 좀 와 봐."

"나 지금 편지 쓰는 중이에요."

"오라면 오지 무슨 말이 많아."

선애는 쓰던 편지를 멈추고 방으로 들어갔다.

"이리 와."

종훈은 선애를 만지기 시작했다.

"지금 몇시인 줄 알아요? 대낮에 남자가 잠이나 자고 여자나 만지고, 젊은 남자가 할 일이 얼마나 많은데 매일 대낮까지 자고 있어요?"

"시끄러!"

"종훈 씨는 나와 결혼한 목적이 뭐예요?"

"너는 왜 나와 결혼했냐?"

"나는 지금까지 미국 와서 종훈 씨 잠자는 것 밖에는 보지 못했어요. 나는 종훈 씨가 제대로 공부하는 것을 보지 못했어요."

"그건 나도 몰라, 이젠 공부하기가 싫어졌어. 지긋지긋해, 공부하는 게 말이야, 이리 와!"

"사랑이 없는 성행위는 짐승들이나 하는 것이에요."

"뭐라구?"

"아악!"

종훈은 선애를 밀쳐서 구석으로 처박아 버렸다. 머리를 벽에 부딪치고 이내 정신을 잃어버린 선애는 우주 공간을 유랑하면서 평안을 만끽하고 있었다. 선애는 그것이 바로 하늘나라일 것이라고 생각했다.

한참 후에 깨어난 선애는 그 자리에서 일어나 트렁크에 옷을 담고 아무 말 없이 담담하게 집을 나왔으나 주머니에는 한 푼의 돈이 없었으므로 갈 곳이 없었다. 한국에서 올 때 가지고 온 돈은 종훈에게 다 주어 버렸다.

버스 탈 비용조차도 선애에게는 없었다. 무작정 버스정류장의 벤치에 앉아 있었으나, 하루 종일 그곳에서 버스를 타는 사람은 하나도 없었다. 선애가 살고 있는 알바니라는 작은 도시는 대낮에도 걸어다니는 사람이 없었다. 어떤 사람들이 살고 있는지조차 선애는 알 수 없었고 지나가는 버스도 한 시간에 한 대가 가는데 버스 안은 항상 텅 비어 있었다.

　어느덧 떨어지는 저녁 해가 서쪽 하늘을 붉게 물들이기 시작하고 있었고, 선애의 마음은 한국에 있는 부모님과 형제에게로 향하고 있었다.

　'엄마!

내 모습을 보면 우리 엄마 많이 울겠지?

엄마!

내가 왜 지금 여기 이렇게 앉아서 오갈 데 없는 처지가 되었을까?

이건 분명 엄마가 원하는 삶이 아니고, 내가 원하는 삶이 아닌데 말이야.

그러나 엄마!

이 모든 고통은 나 혼자로 족해. 난 괜찮아.

나 때문에 엄마 아버지가 울어서는 안 돼.

모든 고통은 나 혼자 감당할 거야.'

　밤이 찾아들면서 외로움과 함께 추위를 이길 수가 없었던 선애는 엉엉 울어 버리고 말았다. 사람 없는 벤치에 누워 잠을 청하고 싶었으나 눈에 들어오는 것은 하늘과 별이었다.

　하늘은 무섭도록 청명했으나 별은 많지가 않았다.

　그 옛날 대진이 말했듯이 마음으로 보아야 많이 볼 수 있다고 했는데 선애는 안타까이 별을 찾으려고 노력했다.

　'대진 오빠!

별이 안 보여.

오빠도 이 미국 땅 안에 있잖아.

오빠,

내가 지금 어디로 가야 될까?

나는 어떻게 해야 될까?

어디 가서 살아야 될까?

오빠,

내가 오빠와 같은 미국 땅 하늘 아래 있다는 것으로 나는 행복해 할 테니까, 오빠가 내 길잡이가 되어 줘 오빠!'

"흐흐흑……."

선애는 그렇게 밤이 새도록 앉아 울었다.

얼굴을 하늘에 들고, 땅에 묻고 울고 있었다.

"선애, 너 지금까지 여기 앉아 있었니?"

종훈이 조용히 곁에 와 앉았다.

"미안하다, 선애야. 들어가자 집으로, 너 찾으러 동네 골목을 얼마나 뒤지고 다녔는지나 알아?"

"아니, 나 안 들어갈래요."

"미안하다고 했잖아, 손이 얼었군."

"돈이 없어서 버스를 못 탔어요, 버스비만이라도 주세요. 나 이젠 집에 들어가는 게 무서워졌어요. 흐흐흑……."

"고집부리지 마, 들어가자. 너 벌써 집 나온 거 두 번째야."

"종훈 씨, 종훈 씨의 참모습이 어떤 것인가요?"

"미안하다고 했잖아. 누가 그러는데 남자는 결혼해서 신혼 초에 여자를 잡아놔야 된다고 그랬어. 그래서 내가 너한테 그랬던 거야."

"뭐, 뭐라구요?"

"여자를 꼼짝 못하게 만들어놔야 된대, 처음부터."

"? …! …? …!"

선애는 더 이상 할 말을 잊었다.

선애를 일으켜 차에 태우고 집에 들어온 시간은 벌써 새벽 다섯 시여서 동이 터오르려고 하고 있었다.

종훈은 집으로 들어와 세상 모르게 잠에 빠졌고 선애는 아예 새벽부터 시댁으로 왔다.

시아버지의 아침 준비와 점심 도시락을 한 보따리 싸서 놓았다. 집안 청소와 빨래를 하고 나면 어느덧 점심 시간이 되었고 또 다시 저녁 준비를 해야만 했다.

한창 준비하는 중에 전화벨이 울렸다.

"여보세요."

"선애 씨, 안녕하세요, 나 화영이라고 하는데 기억하세요?"

"글…쎄요."

"선애 씨 처음 와서 잔치하던 날 잠깐 이야기했지요?"

"아 아, 예. 생각나요. 저처럼 이곳으로 시집오셨다고 했지요?"

"네, 맞아요. 지금 시간 좀 있으세요?"

"네, 있어요."

"그럼 내가 그리고 갈게요, 십분내로요."

"네, 그러세요."

화영은 선애를 차에 태우고 버클리 바닷가에 있는 라운지로 들어갔다.

"여기 참 좋지요?"

"네, 좋아요."

"전에 왔었나요?"

"네, 제가 여기 온 다음날 종훈 씨하고 종훈 씨 친구들하고 왔었어요. 그 때는 밤이었는데 정말로 밤경치가 멋있더군요."

"어떠세요, 종훈 씨가 잘 해 주지요?"

"네."

"나도 여기 온지 구개월 됐어요. 이제 겨우 운전면허 땄어요. 처음에 미국에 왔을 때는 정말로 돌아가고 싶었어요. 그래서 몇 번이나 돌아가려고 했어요. 실제로 이곳으로 시집왔다가 속아서 다시 한국으로 돌아간 여자들 많아요."

"그래요?"

"남자들이 다 속여요. 나도 속아서 결혼했거든요."

"속다니요?"

"글쎄 나는요, 남편이 미국에서 큰 레스토랑을 운영한다고 그 랬어요. 그런데 와서 보니까 레스토랑에서 접시닦이를 하고 있는 거예요. 방 한 칸도 없이 말이에요. 그렇지만 나는 이대로 그냥 한 국으로 돌아갈 수 없었어요. 이 남자한테 복수하려고요."

"복수요?"

"네, 우리 부모한테는 U.C 버클리 졸업했고 지금은 큰 음식점 을 운영한다고 거짓말한 그 이상으로 나는 지금 준비하고 있어요."

"화영 씨, 이왕 결혼했는데 그러한 마음이 있으면 같이 열심 히 살면 되잖아요, 어떻게 복수하겠다는 생각을 하세요?"

"선애 씨는 몰라요. 내가 얼마나 분한지를요. 잠잘 방이 없어 서 음식점 부엌 옆에서 침대 하나 놓고 잤어요."

"……."

"선애 씨, 나는 종훈 씨나 종훈 씨 집안에 대해서 어느 정도는 알고 있어요."

"……."

"선애 씨 내가 교회서 보니까 항상 혼자 앉아 있더라구요. 참 외로워 보였어요. 지난 주에는 선애 씨 혼자 앉아서 눈물을 글썽 이고 있더라구요. 무슨 일인지는 모르지만 많이 외로울 거예요. 하긴 나도 많이 울었어요, 그런데 지금은 안 울어요. 여기서 성공 하기 전에는 절대로 한국에 안 돌아가기로 작정하고 이를 악물고 다짐하니까 눈물이 없어지더라구요."

"그러면 나도 이를 악물면 눈물이 안 나올까요?"

"호호호…. 그건 사람에 따라서겠지요, 나는 좀 독하거든요. 선애 씨가 좀 독해지면 되겠지요, 아마."

"……."

"우리 교회 정영수 씨라고 아시죠?"

"네."

"그 남자도 한국에서 여자를 데리고 왔는데 일주일만에 여자가 속았다면서 한국으로 가 버렸어요."

"그래요?"

"그런데 또 다시 한국 가서 결혼한대요. 또 거짓말하겠지요."

"……."

"사람들은 그것도 모르고 미국이 무조건 좋은 줄만 알아요. 하긴 좋아하는 사람도 있어요. 선애 씨 동서, 수영 엄마 같은 사람은 미국이 너무 좋대요."

"……."

"그 집 동서 수영 엄마 보통여자 아니예요. 세상이 다 알고 있지요. 선애 씨는 그 여자 못 당해요. 언젠가 선애 씨 아파서 교회에 나오지 못한 적이 있었지요?"

"네."

"그때 수영 엄마가 뭐라고 했는지 알아요? 글쎄 선애 씨가 시집 식구들한테나 남편한테 동정받으려고 아픈 척한다고 그러더라구요, 내가 들었어요."

"네?"

선애는 수영 엄마 얼굴을 떠올렸다. 그러지 않아도 엊그제 셋째 며느리인 종혁이 부인이 선애에게 와서 이야기 했었다.

―큰 형님.

―응.

―힘들지 않아요?

―뭐가?

―둘째 형님이요.

―?…….

―어머님이 그러시는데 큰 형님이 둘째 형님한테 시집살이 산대요.

―왜에?

―어머님이 살기는 둘째 형님하고 살면서, 집안 일 부엌 일은 큰 형님이 다 한대요.

―내가 배우는 건데 뭐. 수영 엄마는 음식도 잘 하고, 집안 손님이 와도 아주 상냥하게 대하고, 사교성도 좋아서 아무하고나 이야기를 주고 받고 그래. 그런데 나는 그렇지 못해. 나는 남하고 그렇게 이야기를 못해. 그러니까 나는 부엌에서 일하는 것 밖에 없는 거지, 뭐.

―호호호…. 어머님이 뭐라 그러시는 줄 아세요?

―뭐라 그러시는데에?

―큰 형님이 죽어라고 부엌에서 음식 만들어 놓으면 둘째 형님은 그 음식을 들고 예쁘게 치장하고는 꼬리를 흔들면서 손님들 앞에 갖다 놓는대요.

―이모님들이 큰 형님 많이 칭찬하세요. 그런데 둘째 형님은 그런 것까지도 큰 형님을 질투해요. 큰 형님이 처음에 와서 잔치하고 그럴 때 오는 사람들이 큰 형님만 쳐다보면서 새 색시 좋다고 할 때 자기는 너무 서러워서 밤에 이불 속에서 남편 붙잡고 엉엉 울었다고 나한테 그랬어요. 새 색시가 와서 사람들이 축하해 주는 것은 당연한 건데, 둘째 형님은요, 사람들의 시선이 자기 자신한테 있어야 되는데 그 시선을 형님한테 빼앗긴 것 같은 기분이 든 거예요. 그러니까 둘째 형님이 큰 형님을 질투하고 헐뜯어요.

―나를 헐뜯는다고?

―큰 형님이 교회 반주하기 시작하면서 둘째 형님 성가대 그만

두었어요. 큰 형님이 반주를 하니까 질투가 나서 그러지요.

—…….

—그렇지만요, 형님. 사람들은 다 알고 있어요. 나는 기독교가 어떤 종교인지 모르지만 하나님은 선한 사람 편이래요.

"선애 씨, 뭐 생각해요? 내가 잘못한 말이라도 있나요?"

"아, 아니예요. 화영 씨, 뭘 좀 생각했어요."

"선애 씨, 왠지 선애 씨를 도와 드리고 싶어요. 선애 씨의 눈이 어떤 때는 무척 외로워 보이고 슬퍼 보여요."

"화영 씨, 걱정해 주셔서 고맙습니다. 그렇지만 저 괜찮아요. 저도 얼마든지 자신 있게 살아 나갈 수 있어요. 때로는 외롭기도 하고 서글프기도 하지만, 나는 내 부모님과 형제가 있어요, 그들이 나를 지켜주고 지탱해 주고 있어요. 나의 앞날이 어떻게 될지는 모르지만 나는 여기서 열심히 살 거예요. 화영 씨 말처럼 나도 절대로 실패하고 한국으로 돌아가지 않아요."

지난 여름 종훈이 한국에 와서 서울 여자와 결혼하고 돌아갔다는 소식을 친구인 선희를 통해서 올해 초에야 들을 수 있었던 주희는 그것이 사실이 아닌 헛소문이기를 바랬다.

거짓이라고 스스로 단정하면서 종훈에게 편지를 띄운 지가 넉 달이 지났으나 답장은 끝내 오지 않았다.

그래서 다시 선희 집을 찾아가 확인하기로 마음먹고 집을 나섰으나 자신이 무너져 내릴 것만 같은 생각에 집으로 되돌아 왔으나 또 다시 비장한 마음을 갖고 집을 나섰다.

선희는 지금 종훈의 친구인 영길과 결혼해서 임신 5개월이었다.

"선희야, 나다. 주희."

"그래, 들어온나."

"애기는 잘 있나?"

"그래, 움직인다, 벌써."

"영길 씨는 어디 갔나?"

"내가 시장에 좀 보냈다, 곧 들어 올끼라."

주희는 선희의 방을 여기 저기 살피면서 하나 하나 선희의 수공예품들을 보았다. 옛날에 같이 앉아서 시집 가면 쓰자고 하면서 수예도 놓고 나무판에 조각도 했었다. 그러한 물건들을 선희가 방안 곳곳에 장식해 놓은 것이었다.

주희는 그것들을 바라보면서 더욱 쓸쓸함을 느꼈고, 자신이 초라해지는 것만 같았다.

"주희야, 니 종훈 씨 때문에 왔지? 내 다 안다."

"……."

"와, 영길 씨가 있어야 되나?"

"영길 씨한테 직접 물어보고 싶어서 왔다."

"그래라 그럼, 네 속이 시원하게 말이다."

그때 영길이 양손에 한 보따리씩 찬거리를 들고 들어왔다.

"어, 주희 씨 왔습니까?"

"안녕하셨습니까?"

"잠깐만 계시소, 내가 복숭아 씻어 올게 예."

선희가 일어나 영길을 거들려고 하자 영길은 선희를 말리고 자신이 하겠다고 선희를 몰아내었다.

"주희야, 저 사람 고집이 얼마나 센지 내가 못 당한다."

"니를 위해서 안 그러나."

"주희 씨, 한 번 들어보이소. 요즈음 나는 이 사람 종이 됐습니다, 하하하…. 먹고 싶다는 거 다 사다 주지 않습니까?"

"내가 잘 묵어야 당신 아기가 건강하제."

"그래, 그래 많이 묵어라."

"주희 야가 지금 종훈 씨에 대해서 물어볼 게 있다고 왔답니다."

"영길 씨, 종훈 씨가 정말로 한국에 와서 결혼하고 갔습니까?"

"주희 씨는 모르고 있었습니까?"

"그럼 참말입니까?"

"종훈이 그 여자와 같이 여기 왔었어요. 나하고도 만나서 저녁도 같이 먹었지요."

"그럴 리가 없어 예. 종훈 씨가, 종훈 씨가 그럴 리가 없어 예."

"주희 씨, 진정하세요. 그 자식도 많이 변해 있었어요."

"언제입니까, 그때가?"

"작년 팔월 말에 왔었습니다. 호적 등록한다고요."

"……."

"나는 주희 씨도 알고 있는 줄만 알았어요."

"……."

"주희 씨, 이젠 그 자식 잊어버리세요."

"어떤 여자하고 했습니까?"

"아주 외모가 빼어나더군요. 그리고 부잣집 딸이었고 대학도 서울에서 좋은 대학을 졸업했다 그럽디다."

"종훈 씨가 제 이야기는 안 했습니까?"

"아니, 전혀 없었습니다."

"그래 예?"

주희는 더 이상 할 말이 없어서 고개만 숙이고 있었다.

눈물이 터져 나올 것만 같아 억지로 참으면서 숨을 몰아내고 있었다. 종훈이 언젠가는 자신에게 돌아오리라고 얼마나 굳게 믿고 있었던가.

집으로 돌아온 주희는 이불을 깔고 누워서 그때부터 눈도 뜨지 않았고, 입도 열지 않고, 음식도 먹지 않았다.

주희 부모님은 답답해 하면서 주희를 달래 보았으나 주희는 조금도 요동하지 않았다. 하다 못해 주희 친구인 선희를 불러 들였다.

"선희야, 힘들지만 주희 저 가시나를 달랠 수 있는 사람은 너밖에 없다. 그래서 이렇게 불렀다."

"예, 알겠습니다."

"고맙다, 선희야."

"주희야, 이 가시나야. 부모님 생각도 해야제, 니가 이런다고 종훈 씨가 다시 돌아오나?"

"그래 맞지. 그놈아 이젠 장가 가뿌렀는데 니도 시집 가서 보란 듯이 그놈아보다 잘 살아야제."

"이 문두이 가시나야, 눈이나 좀 떠 봐라."

"서, 선희야, 종훈 씨 안 왔나? 지금 문 여는 소리 났는데 말이다."

"누가 문을 열었다 카노."

"참말로 문 여는 소리 났데이."

"주희야, 니 정신 차리거래이, 이러믄 안 된데이. 부모님이 얼마나 속상하시겠냐, 말이다아."

"아니야, 선희야. 종훈 씨가 오늘 열시에 온다 캤다. 지금 몇 시고?"

"야가 미쳤네, 이젠. 아이고 선희야, 우리 주희 미쳤다 아이가. 아이고 내는 우짤꼬."

"주희야, 정신 차리거래이."

"선희야, 나 좀 일으켜 다오. 나 화장 좀 하게 말이다. 오늘 열시에 온다 캤다 말이다."

"선희야, 우리는 이제 우짜면 좋노? 우리 주희가 저래 돼 버렸으니 말이다."

"주희 어무이, 너무 걱정 마이소. 이러다 낫겠지 예."

"선희야, 종훈 씨 오면 나 어떤 옷을 입을까? 종훈 씨는 파란색을 좋아하는데, 파란 색 원피스 좀 꺼내주라."

"알았다, 내 꺼내 줄 테니까, 정신이나 차리래이."

주희는 한참을 헛소리하고 난 다음에야 힘이 딸려서 잠이 들었다. 원래 작은 체구에 요즈음은 먹지 못한 까닭에 더욱 살이 빠져서 주희의 모습은 형편없이 왜소해 보였고 애처로웠다.

주희가 잠이 들자 문을 열고 나가려는 순간 다시 선희를 불러 세웠다.

"선희야."

"니 벌써 깼나, 좀더 자야지."

"선희야."

"와."

"종훈 씨가 말이다아, 참말로 나를 잊었을까? 믿어지지가 않데이."

"이 바보야, 너를 잊었으니까 다른 여자와 결혼했지 그걸 말이라 카나"

"내가 종훈 씨한테 기다리겠다고 했는데도 말이가?"

"그러니까 와 처음에 종훈 씨가 청혼할 때 거절했나 말이다."

"우리 부모님이 거절했지, 내가 거절한 게 아니다. 그라고 내가 언제까지라도 기다리겠다고 약속했다."

"약속은 너 혼자 했지, 둘이 같이 했나? 주희야, 어찌 되었든 종훈 씨는 다른 여자와 가정을 꾸미고 산다. 더 이상 니가 생각해서도 안 되고, 기다려서도 안 된다."

구름 한 점 없는 푸른 하늘이 태양과 어우러져 땅 위에 있는 모든 물체들이 다이아몬드처럼 빛을 내고 있었다.

선애는 예배 후에 교인들끼리 친교하면서 먹을 점심을 차에 가득 싣고 종훈과 샌프란시스코로 향하면서 꽤나 오래간만에 아름다운 세상을 느낄 수가 있었다.

버클리에서 샌프란시스코로 가기 위하여는 꽤나 긴 다리를 건

너가야만 했는데 건너가는 동안 샌프란시스코의 아름다운 항구가
눈에 들어온다.

　때로는 구름이 잔뜩 낀 항구로, 때로는 비 오는 항구로, 때로는
청명한 항구로 모습을 나타내는 것을 볼 때마다 선애는 아득히 먼
옛날의 추억과 그리움과 사랑을 들추어내게 하는 그것은 분명 샌
프란시스코의 항구가 가지고 있는 특유의 정겨움이었다.

　선애는 주님께 감사의 예배를 드렸고 찬양을 드렸다.

　예배가 끝나고 친교가 이루어지는 동안 둘째 시이모님이 선애
에게 와서 선애의 등을 쓰다듬으면서 이야기했다.

　"시집살이 힘들지?"

　"아니예요, 이모님."

　"훈이가 잘 해주나?"

　"예."

　"질부 알아?"

　"네?"

　"수영 엄마 둘째 아기 가진 거 말이야."

　"그래요?"

　"질부 질투해서 가진 거지, 뭐."

　"질투하면 아기를 갖나요?"

　"여자들은 그렇지."

　"……."

　"아무렇지도 않아?"

　"뭐가요?"

　"수영 엄마는 벌써 둘째 아이를 가졌는데 훈이 색시는 몸이 약
해서 아기도 못 낳겠다고 사람들이 수군대고 있다구."

　"……."

　"아주버님, 형님, 저 좀 잠깐만 봐요."

　"무슨 일이야?"

"할 말이 좀 있어서 그래요."

수영 엄마는 종훈과 선애를 불러 세웠다.

"아주버님, 제가 지금 임신을 했는데 입덧이 아주 심하네요."

"아, 그렇습니까?"

"아주버님, 그래서 드리는 말씀인데, 제가 지금 운전을 도저히 못하겠어요. 그러니까 형님이 제 차를 좀 가지고 가시면 어떨까 해서요. 아침에 교회 올 때는 괜찮았는데 지금은 몸이 아주 좋지가 않아서 그래요. 수영 아빠가 이번 주말에 오기로 했는데 안 왔어요."

"무슨 소리야아, 나는 아직 운전면허도 없어. 그리고 고속도로는 한 번도 운전을 안 해 봤어."

"운전면허 없어도 형님 운전하실 줄 알잖아요."

"동네 골목길이나 할 줄 알지, 아직 고속도로는 못 해."

"호호호…. 형님, 아주버님이 형님 뒤를 따라가면 괜찮을 거예요. 아주버님, 부탁드려요."

"할 수 없지 뭐, 선애 니가 한 번 해봐."

"아니, 난 못해요."

"천천히 가면 되잖아."

"사고 나면 어떻게 해요. 다리 건너가는 것도 무서운데…."

"아주버님, 아주버님이 형님 뒤를 따라 가세요."

"에이, 몰라요 나는. 사고 나서 죽으면 죽는 거지요, 뭐 저까짓거."

"뭐라고요? 저까짓거?"

선애는 치를 떨면서 간신히 몸을 지탱하고 있었다.

그때 옆에서 듣고 있던 종훈의 사촌 여동생 혜옥이 정색을 하면서 끼어 들었다.

"오빠! 오빠, 어쩌면 그럴 수가 있어? 어떻게 언니 보고 운전을 하라고 그래? 어떻게 죽으라고 말을 함부로 해? 나는 여태까지 오빠가 착하기만한 줄 알았어, 그런데 이제 보니까 그게 아니네."

"야, 그럼 나 보고 어떻게 하라는 거야?"

"운전을 하게 하면 안 되지. 올케 언니, 큰 올케 언니한테 그렇게 질투하지 말아 예. 큰 올케 언니가 말 안 하고 가만히 있으니까 언니가 깔보는 것 같애."

"무슨 말을 그렇게 해요, 아가씨."

"그럼 종훈이 오빠와 싸움시키려고 그러는 거예요?"

"혜옥 아가씨, 함부로 말하지 말아요."

이렇게 해서 옥신각신 말싸움이 벌어졌고, 그것으로 인하여 박목사 집안의 큰 며느리와 둘째 며느리가 도마 위에 올려져서 칼질을 당해야 했다.

그리고는 어른들의 의견에 따라 선애는 운전하지 않았고 박현희 집사가 선애를 데리고 자신의 집으로 왔다.

"선애야, 여기서 좀 푹 쉬고 가. 너 요즈음 보니까 매일 아픈 것 같애."

"집사님, 저요, 다른 데로 가 버릴까 봐요."

"어엉? 그게 무슨 소리니?"

"저 아주 힘들어요, 집사님."

선애는 벌써 눈물을 글썽이고 있었다.

"선애야, 훈이가 너를 구박하니?"

"……."

"말해 봐, 무슨 일이 있었니?"

"흐흐흑…."

"선애야, 그런 소리 함부로 하는 거 아니야. 아무리 힘들어도 여자는 참고 살아야 돼. 너는 가정교육도 제대로 받은 아이라고 생각하는데 고작 생각이 거기까지냐? 울지만 말구 말을 해봐. 너는 아직도 그렇게 눈물이 많구나."

"나 차라리 죽어 버리고 싶어요."

"선애야, 너 이제 결혼한 지 얼마나 되었다고 그래. 너 겨우 그 정도 밖에 안 되니? 선애야, 너는 그래도 행복한 거란다. 처음 미국에 오면 얼마나 낯설고 서러운 줄이나 알아? 너는 정말 복에 겨운 소리를 하고 있구나. 신랑 있겠다, 시부모님이 생활비 줘서 넉넉하게 살아 가겠다, 너처럼 사는 사람이 어디 있니?"

"네? 무슨 생활비요."

"너 생활비 말이야."

"생활비를 누가 줘요?"

"응? 너 시부모님이 생활비 안 준단 말이야?"

"생활비를 주시다니요? 그동안 내가 한국에서 가지고 온 돈으로 방값 내고 먹고 살았어요. 그런데 이젠 다 떨어지고 없어서 지난 주에도 장보러 못 갔어요. 그냥 시댁에 가서 얻어 먹었어요."

"어머나 그랬어? 나는 지금까지 시부모님이 생활비를 주신 줄 알았지. 너의 시어머님이 분명히 훈이가 졸업할 때까지 생활비를 주신다고 하셨는데, 웬일이니?"

"집사님, 제가 지금 생활비 때문에 이러는 게 아니예요."

"그럼 뭐 때문에 그러니?"

"힘들어요, 너무 힘들어요."

"선애야, 그러니까 문제는 말이야, 니가 빨리 아기를 가져야 돼. 수영 엄마는 벌써 둘째 아기 가졌잖아. 그리고 말이야아, 누가 그러는데 혁이 색시도 임신했다 그러더라. 그런데 너만 아기를 못 가지면 시댁에서 뭐라 그러겠어?"

"……."

사계절의 차이가 별로 두드러지게 나타나지 않는 이곳은 하늘이 항상 청명하고 많은 종류의 꽃들이 사계절 피어 있다.

오늘 시부모님을 따라 페인팅을 하러 갔던 선애는 그 집주인의 허락을 받아 장미꽃을 한 아름 따올 수가 있었다.

저녁을 차려서 식구들끼리 앉아서 먹고는 설거지를 다 끝낼 때까지도 종훈은 학교에서 돌아오지 않았기에 기다리다가 혼자 집으로 와서 장미꽃을 꽃병에 꽂고 있었다. 그때 종훈이 만취해서 문을 열고 들어오면서 문 옆에 있던 신발장을 발로 걷어찼다.

"왜 이래요, 종훈 씨!"

"야, 너 뭐야? 니가 내 색시냐? 후후후….."

"많이 취했네요, 누가 운전을 해 주었나요?"

"그거 니가 알아서 뭐해."

"나한테 불만이 뭐예요?"

"불만? 후후후……. 망쳤다구, 너 때문에 다 망쳐 버렸어. 지난 학기, 이번 학기 두 학기를 망쳐 버렸어, 알기나 알아?"

"그게 왜 나 때문인가요? 내가 여기 와서 보니까 종훈 씨 공부 안 하고 잠만 잤어요. 그래서 나도 속으로 놀랜 사실이에요. 내가 한국에 있을 때 종훈 씨가 분명히 그랬어요, 잠도 못 자고 공부만 하다가 몸까지 버렸다고요. 그러면 종훈 씨가 바뀐 건가요, 아니면 나한테 거짓말한 건가요?"

"시끄러! 난 니가 꼴보기 싫어. 어쨌든 나는 이제 학교 못 다니게 되었어. 학교에서 나가라고 그런단 말이야. 결혼 잘못 하는 바람에 내가 이렇게 망쳐지고 있다구."

"그럼 나 집 나갈게요. 종훈 씨가 그렇게 내 꼴보기 싫다니 나도 살고 싶지 않아요. 나도 종훈 씨 싫어요."

선애는 종훈의 술주정을 등 뒤로 들으면서 문밖을 나와 놀이터 그네를 찾아갔다.

'엄마! 흐흐흑….

엄마! 보고 싶어.

엄마! 이렇게 가슴이 저리도록 슬플 때는 어떻게 해야 돼?

엄마! 이렇게 외로울 때는 어떻게 해야 돼?

엄마! 이래도 나는 엄마한테 잘 있다고 편지 써야지?

엄마! 사람들은 내가 미국 가서 잘 살고 있는 줄 알겠지?'

밤새 오돌오돌 떨면서 선애는 그곳에 앉아 있었고, 하늘의 별들이 하나씩 꺼져 가고 있을 무렵 자리에서 일어나 집으로 돌아왔다.

집안의 살림도구는 다 내던져져 있었고, 어젯밤 꽃병에 꽂아 놓은 장미꽃은 한쪽 구석에 내팽개쳐져서 처참히 죽어가고 있는 모습을 보고 선애는 또 한 번 떨었다.

며칠 후 시아버지가 세운 신학교 졸업식장에 선애는 한복을 곱게 차려 입고 앉아 있었다. 신학교 졸업생이라야 시어머니, 시누이, 시외삼촌, 시외숙모, 네 사람이었는데 그들은 검은 가운과 학사모를 쓰고 단위에 앉아 있었다.

처음에는 명예 신학박사였다는 시아버지 학장은 어느새 두 개의 박사학위를 가졌다고 한인 신문지에 졸업식 광고와 더불어 한 면 진체에 실었던 끼닭인지 많은 사람들이 참석했다.

그 손님들은 곳곳에서 온 목사들이었는데 모두들 시아버지 박 목사를 무척이나 부러워 했고 시아버지에게 아첨도 거리낌 없이 하고 있었다.

그 속에서 시아버지는 만족해 했고, 자신이 이루어 놓은 명예를 스스로 만끽하고 있었다. 그리고 며느리인 선애는 그 위대한 박 목사의 며느리로서 우아함과 위풍이라는 허세를, 미소를 머금고 부리는 것에 대해 선애는 자신마저도 경멸하고 있었다.

며칠 전에 구입한 박사 가운이 마음에 들지 않아 시아버지는 재봉을 할 줄 아는 셋째 며느리를 불러 자신의 몸에 맞게 고치게 하고는 오늘 비로소 입었다. 그리고는 행복해 하면서 학장이라는 명예에 스스로 쾌감을 맛보고 있었다.

엄청난 비용을 들여 준비한 연회장은 시아버지 박 목사의 개인 홍보장이었으며 큰 며느리인 선애는 시어머니와 같이 그의 뒤를 따르는 참모였고 위선과 가증의 옷을 입고 그 행사를 치루어내는 선애로서는 소름이 끼치도록 힘든 일이었다.

졸업식을 끝낸 바로 그날 저녁 뜻밖에 둘째 이모의 자살 소동이 벌어졌다. 이유는 석달 전에 시집보낸 딸 선미가 보따리를 싸고 다른 남자와 도망을 갔다. 선미는 결혼하기 전에 사귀던 남자가 있었는데, 그들은 주위에서도 다 아는 사실이었고 서로가 무척이나 좋아했다.

그러나 그 남자는 학벌도 없었고, 경제력도 없는 아주 가난한 집안의 남자였다. 이년동안을 그렇게 사귀어 오던 어느 날 선미에게 느닷없는 혼처 자리가 생겼는데 신랑감은 U.C 버클리 대학을 졸업하고 대학원까지 나온 재원이었다. 더구나 신랑의 집안은 일찍 이민을 와서 자리잡고 살아오는 집안이었고 샌프란시스코 지역에서는 모르는 사람이 없을 정도로 훌륭한 집안의 아들이었다.

맞선을 보고 난 후 신랑의 집안에서는 선미를 좋게 받아들였고 이내 결혼을 제의해 왔다. 이모는 황당해 하면서도 주님의 축복이라면서 선미에게 결혼할 것을 권유했으나 선미는 아무런 대답도 없이 계속 사귀어 오던 현준을 만나면서 지내고 있었다.

그러나 이모는 끈질기게 선미를 달래어 보기도 하고, 야단치기도 하였으나 선미는 계속 아무 대답이 없었다.

결국은 종훈의 엄마와 선미의 외삼촌들이 찾아가 선미를 나무라면서 현준과의 사이를 정리할 것을 명했다.

"야, 이 철 없는 가시나야. 성빈이 같은 남자가 또 어디 있다고 싫다 카나."

"……."

"그래 선미야, 어른들 말이 맞데이. 성빈이는 솔직히 말해서 니한테는 과분한 총각이라, 알겠나? 야, 생각해 보래이, 이 가시나야. 인물 잘 났겠다, 학벌 좋겠다, 부잣집 아들이겠다, 야야 그 사람들이 돌았지, 니가 어데가 좋아서 결혼하자 카노."

"누부요. 신랑 쪽에다 결혼식 날짜 잡자고 연락하이소. 현준이 이놈에 자식 다 때려쳐라 고마."

"외삼촌, 현준이는 나를 사랑하고 있다구요. 나도 현준이 사랑하고요."

"사랑은 무슨 얼어 죽을 사랑이고."

"외삼촌은 외숙모하고 사랑도 없이 그냥 결혼했어요? 아니잖아요."

"시끄럽다 고마. 니, 현준이하고 살아봐야 고생 밖에 하는 게 없데이. 아무런 득이 없단 말이다, 이 가시나야. 니 어무이, 청상과부로 한평생 고생하면서 살아왔는데 어무이를 봐서라도 니는 성빈이한테 시집가야 된데이, 알겠나?"

"그렇제 선미야, 니 어무이 울리지 마래이."

그들의 충고에 선미도 기가 꺾이고 말았다.

결국 선미는 현준에게 모든 사실을 이야기 했고 작별을 고했으나 그 후로부터 현준은 선미 학교로 찾아오기 시작했다.

그러한 현준을 뿌리칠 수 없어 선미는 다시 현준을 만나기 시작했으나, 선미와 성빈의 결혼 준비는 진행되어 가고 있었다.

"선미야, 너 정말 나 버리고 성빈이한테 갈래?"

"현준아, 나는 선택권이 없어, 가야 돼. 이젠 나를 놓아줘."

"안 돼, 나 절대로 너 포기 안 해."

그러나 결혼식은 예정대로 치루어졌고 선미는 눈물을 흘리면서 마침내 시집갔다. 선미 어머니는 너무나 기쁜 나머지 감격의 눈물을 흘리면서 즐거워 했다. 선미는 남편 성빈과 태평양 바다가 내려다보이는 아담한 아파트를 얻어 살기 시작했으나 어느 날부터인가 현준이 선미의 아파트를 맴돌기 시작했다.

성빈이 직장에 나가고 없는 틈을 타서 현준은 선미를 찾아들기 시작했고 그들의 만남은 다시 이어지고 있었다. 결국 그들은 생각 끝에 다른 곳으로 가서 같이 살 것을 합의했고 선미는 성빈에게 쪽지 한 장을 남기고 옷을 챙겨 들고 집을 나왔다.

'성빈 씨 보세요.

미안합니다.

모든 책임은 제가 지겠습니다.

현준과 나는 떨어질 수 없는 관계임을 확인했습니다.

세상 끝에라도 가서 같이 살겠습니다.

이 방법 밖에는 없었습니다.

용서해 주시기 바랍니다.

죄가 있다면 현준을 사랑하는 죄겠지요.

성빈 씨,

사랑하는 여자 만나서 행복하게 살기를 바라겠습니다.

선미.'

"흐흐흑…. 우짤꼬 언니, 나 창피해서 어떻게 여기서 살아."

"야야, 선미 그 가시나가 했지, 니가 했나? 창피하긴 뭣이 창피해."

"언니, 아무래도 나도 여기를 떠나야겠어."

"가면 어디로 갈라고, 진정하고 잘 생각해 보래이."

선애는 그 광경을 보고 생각에 잠겼다. 자신도 도망을 가면 선애 부모님은 땅을 치고 울면서 죽겠다고 할 것을 머리 속에 그려 보았다.

'선미 씨, 사랑을 선택하고 떠났으니 그 사랑을 위해 승리하면서 살아가세요.'

"악! 주희야! 어무이! 주, 주희 좀 보이소."

주희 언니 은희의 비명소리에 온 집안 식구들이 몰려들었다.

"아이고 야, 야가 와 이라노, 잉? 와 옷을 다 벗어 던져삐고 발광을 하는가 말이다. 퍼떡 옷 입히거래이, 은희야. 이년이 미쳤구마, 아이고 이를 우짤꼬 잉?"

주희 어머니는 통곡을 하기 시작했고, 벌거벗고 날뛰는 딸의 모습을 본 주희 아버지는 가슴이 무너져 내리는 것만 같았다.

옛날에 종훈이 찾아와서 청혼을 할 때 승낙을 해 주었더라면 지금 자신의 딸 주희는 미국 가서 행복하게 살고 있으리라는 생각에 주희 아버지는 후회하면서 주희가 불쌍해지기 시작했다.

실오라기 하나 걸치지 않은 주희는 식구들을 완강히 거부하면서 밖으로 나가려고 안간힘을 쓰고 있었다.

"주희야, 옷 입거래이, 이게 무슨 망신이고, 엉? 창피하지도 않나?"

"어무이요! 아부지요! 종훈 씨가 저기 와 있어 예. 나 종훈 씨따라 갈래 예, 종훈 씨! 아부지요, 좀 보이소. 저기 종훈 씨가 와 있지 않습니까?"

주희의 발광에 식구들은 망연자실했고, 하는 수 없이 주희 아버지는 주희가 더 이상 옷을 벗지 못하게 밧줄로 주희의 손발을 묶어 버렸다. 혹시라도 빠져 나갈까 봐 방문까지 잠그어 놓았다.

이따금씩 문을 열고 보면 주희는 눈에 초점을 잃고는 손발이 묶인 채로 종훈만을 부르고 있었다.

며칠 동안을 밥을 제대로 먹지 못한 주희였지만 주희가 발광할 때는 밥을 굶은 사람이 아니었다.

손발이 묶인 채로 악을 쓰면서 방바닥을 구르는 모습은 여자의 모습이 아니었고, 사람의 모습이 아니었다.

옆집에서 들을까 걱정이 되어 주희 아버지는 주희의 입까지 틀어막게 되었다. 저러다가 딸 하나 죽이겠다는 동네 사람들의 말에 주희 아버지마저도 방문을 잠그고 방안에 들어 앉았으나 다시 동네 어른들이 찾아와서 주희를 병원에 입원시켜야 된다고 주희 아버지에게 권고를 했다.

그렇게 해서 대구에 있는 동산병원에 입원을 했으나 주희의 발작은 여전했다. 친구인 선희가 찾아와서 주희를 불러 보았으나 주희는 선희를 알아보지 못했다.

"주희야, 내가 누군지 알아?"

"아주머이 예, 저기 종훈 씨가 와 있어 예. 저기 안 보입니까? 호호호. 히히히….”

주희는 손을 들어 손가락질을 하면서 바깥 쪽을 가리켰다.

"종훈 씨! 내가 곧 갈게 예, 화장 좀 하고 예."

"주희 어무이요. 상사병은 못 고친다 캅니다."

"그라믄 우리 주희는 어째 되는 기가?"

"할 수 없어 예, 종훈 씨를 부르는 수밖에요."

"어이? 그라믄 났나? 훈이가 오면 우리 주희가 났는가 말이다. ”

"어무이, 종훈 씨 왔는데 문 좀 열어 주이소. 밖에 와 있지 않습니까. 종훈 씨! 기다리시소."

"주희 어무이, 내가 종훈 씨한테 연락을 하겠심더. 가정이고 뭐고 이젠 할 수 없어 예, 주희를 살리기 위해서는 말이 예."

선애는 지금 다이아몬드 해변가 바위 위에 앉아서 바로 발밑에서 검푸른 파도가 마치 선애를 삼킬 듯이 덤벼드는 파도를 내려다보고 있었다.

오늘은 토요일이라서 교회에서 이곳으로 소풍을 온 날이어서 선애는 어쩔 수 없이 목사 며느리로서, 집안의 화목을 남에게 보이기 위하여, 종훈과의 불화도 밖에 나와서는 위선으로 치장해야만 했기에 세상에 둘도 없는 잉꼬부부임을 보여 주어야만 했다.

평상시 말이 없는 선애는 미국에 와서부터는 더욱 움츠러들면서 대화의 상대를 찾지 못했고 어디를 가나 수영 엄마의 기세에 눌려 입을 열려고 하지 않았다.

혼자서 바닷가 모퉁이를 돌아 인적이 드문 곳을 찾아 이곳 바위 위에 앉은 선애는 수평선 넘어를 바라보면서 그 노래를 불렀다.

"얼어-붙은 달 그-림자, 물결-위에-차고 한겨-울에 거세엔 파도……."

선애가 앉은 바위는 처음에는 발목까지 찰랑거리는 정도였으나 지금은 그 바위가 외로운 섬이 되어 버렸다.

발 밑의 파도는 마치 선애를 부르고 있는 것 같았고, 선애는 그 파도를 따라 물 속으로 뛰어내렸다.

"엄마!"

엄마를 외치는 소리는 물 속에서 사라지면서 선애의 몸은 죽음을 향해서 파득거리는 물 속의 선녀가 되었다.

지난 날의 짧았던 그리고 행복했었던 삶을 감사하며 노래하기 위하여 뭉게뭉게 피어나는 구름 속을 올라가고 있었다.

지난 날에 가지고 있었던 행복의 열쇠를 되찾기 위하여, 구름을 휘감고 올라가던 선녀는 다시 깊은 낭떠러지로 떨어지면서 태고적 골짜기로 한 없이 빠져 들어가고 있었다.

"선애야! 선애야!"

선애를 부르는 목소리는 아주 옛날, 옛날 선애가 아장걸음을 시작할 때 선애를 찾는 엄마의 그 소리였다.

"선애야!"

"엄마! 엄마!"

"선애야, 정신 들어? 여기 어딘지 알겠어?"

"엄마!"

"선애야 내가 누군지 알겠어?"

선애는 조용히 눈을 뜨고 있었다. 하얀 천장과 벽이 눈에 들어

왔다.

"여기 지금 병원이야 선애야."

"……"

"너 무슨 일 있었는지 알겠어? 하마터면 큰 일날 뻔했어."

"……"

"왜 그런 짓을 했어, 너."

"……"

"미안해, 선애야. 내가 그동안 너에게 너무 심했던 거 같애."

"……"

"미안해, 이제 생각해 보니 나는 너와 한 번도 같이 앉아서 대화해 본 적이 없었어. 그리고 괜히 너만 보면 짜증부터 내고 화부터 냈어. 사실 나는 참 불안했어. 니가 우리 집에 와서 잘 융화하면서 살아 나갈 수 있을지 말이야. 그리고 니가 우리 집안에 대해 흉볼까 봐 걱정도 많이 했구 말이야. 그래서 내 신경이 곤두서 있었던 것 같애. 생각해 보면 내가 너였더라도 자살하고 싶었을 거야. 나 하나만 믿고 온 너에게 내가 너무 심하게 그랬어."

"종훈 씨."

"응."

"내가 종훈 씨 공부하는 데 짐이 되고 싶지 않아요. 나 때문에 공부 망쳐 버렸다고 했지요?"

"미안해, 내가 잘못 했어"

"아니요, 무슨 일이 있어도 종훈 씨 대학은 졸업해야 돼요. 그러니까 좀 쉬운 학교로 옮겨 가서 열심히 공부하세요. 어차피 여기 버클리 학교 못 다니는 거니까요. 그리고 나는 내 갈 길 가겠어요."

"그게 무슨 소리야?"

"화영 씨 말대로 나도 이대로, 이 꼴로 한국에 절대로 못 돌아가요. 나로 인해서 내 가족이, 특히 내 부모님의 가슴에 못 박고 싶지 않아요. 그러니까 나는 나대로 살아갈 길을 찾겠어요. 나는 로스앤젤레스로 떠나겠어요. 거기는 한국 사람들이 많이 살고 있으니까 뭔가 일을 찾으면 살 수 있겠지요."

선애는 잠시 화영의 얼굴을 떠올렸다. 몇 달 전에 선애에게 마음 굳게 먹고 독하게 살아야 한다며 격려해 주었던 그녀는 지금 남편과 별거하면서 이혼 수속을 하고 있는 중이었다.

"선애야, 그럼 같이 가자, 나 거기 가서 열심히 공부할게."

"······."

"너와 내가 떨어져서 살 수는 없어."

"왜요?"

"다른 사람들의 눈이 있고, 또 너의 부모님이나 나의 부모님이 그것을 원하지 않으실 거야."

선애가 로스앤젤레스로 온 때는 구월 초순, 운전면허를 받은 다음날 작은 승용차 두 대에 짐을 가득 싣고 각각 차를 몰고 멕시칸들이 살고 있는 가난한 작은 동네로 이사 왔다.

캘리포니아 주립대학의 새 학기가 시작되면서 새로운 마음으로 공부하겠노라고 다짐했던 종훈은 여전히 포커를 즐기면서 빠져 들어가고 있었고, 잠자는 시간만이 유일한 그의 낙이었다.

비가 억수로 쏟아지던 어느 날, 오후 두 시가 넘어서도 잠에 취해 자고 있는 종훈의 얼굴을 바라보던 선애는 허탈한 마음으로 희망을 잃은 채 차를 몰고 롱비취 바닷가를 향했다.

밖은 장대 같은 비가 쏟아져 내렸고 비구름이 시커멓게 하늘을 가려서 밤으로 착각할 정도였다. 그 빗속을 달리면서 선애는 죽으면 죽으리라는 오기는 도리어 어떤 쾌감을 불러 일으켰다.

바닷가에 내린 선애는 비에 젖은 생쥐가 된 채 그냥 편하게 앉아 있었다. 그리고 집에 오기 전에 모래사장에 글을 새겼다.

'나, 김선애. 꺾이지 않고 쓰러지지 않으리.'

이곳으로 이사온 뒤로 비싼 방값과 생활비는 선애를 점점 궁핍으로 몰아 넣었다. 돈벌이가 없는 선애와 종훈으로서는 감당할 수가 없었고 선애는 태어나서 비로소 돈의 가치를 깨달았다.

일자리를 찾고 있었던 가운데 마침내 선애는 신문사에 취직이 되어 첫출근을 하던 날 남편 종훈은 선애를 붙잡아 세웠다.

"선애야, 너 어떻게 두 시간이 넘게 버스를 타고 직장을 다니겠다고 그러니?"

"그럼 어떻게 해요, 그렇게라도 다녀야지요. 가만 있으면 돈이 생겨요, 쌀이 생겨요?"

"내가 우리 어머니한테 생활비 좀 보내달라 그랬으니까 곧 돈이 올 거야."

"어쩌다 오는 생활비는 우리한테 큰 도움이 안 돼요. 그것은 임시 변통일 뿐이에요. 우리 스스로가 우리의 생활을 해결하지 않으면 안 된다구요."

"그러면 헌 차라도 하나 산 다음에 직장에 다녀."

"당장 쌀도 못 사 먹는 판국에 헌 차를 어떻게 사요. 그것도 돈을 벌어야 살 수 있잖아요."

"시끄러, 너는 내가 하라는 대로만 하면 되는 거야. 직장 집어치워."

종훈의 반대로 선애는 직장을 다닐 수가 없게 되었고 돈 걱정, 밥 걱정으로 한 남자의 청승맞은 여편네가 되어가고 있었다.

종훈이 부모님께 부탁한 생활비는 아파트 비용을 지불할 수 있는 액수뿐이었으므로 배는 여전히 고팠다.

그러던 중에 종훈의 막내 동생 종경이로부터 놀러오겠다는 연락을 받았다. 끼니조차도 해결하지 못하는 선애로서는 그것은 너무나도 큰 일이었다.

가난에 찌들어 밥도 제대로 먹지 못하는 큰 형수의 모습을 막내인 종경이에게까지 보여주고 싶지가 않았다. 생각 끝에 선애는 종훈에게 한 가지 제안을 했다.

"종훈 씨, 그래도 큰 형 집이라고 놀러 오겠다는데 어떻게 가만 있겠어요? 밥 한 끼 못 먹여주고 용돈 한 푼 못 주는 무능한 형이 되면 안 되잖아요."

"그럼 어디 가서 돈이라도 좀 빌려올까?"

"아니요. 돈을 빌려서까지 할 수는 없구요. 내 의견에 찬성만 해 준다면 해결할 수 있는데……."

"그게 뭔데?"

"저기요, 반지요."

"반지? 무슨 반지?"

"결혼반지요, 우리 그거 팔아요. 나 그거 없어도 되고, 또 나중에 돈이 생기면 다시 사면 되잖아요."

"그래도 괜찮겠어?"

"괜찮아요, 시동생이 나에게는 더 중요하니까요."

선애는 결혼반지를 들고 종훈과 같이 보석상에 나와서 값을 물어 보고 있었다.

"아주머니, 이 반지 팔려고 하는데 얼마나 받을 수 있을까요?"

"어디 봅시다."

보석상으로 성공을 해서 부자가 되어 로스앤젤레스 한인사회에서 유명인사가 된 여자였다. 그 여자는 반지를 보고 종훈과 선애를 번갈아 보면서 웃음을 띠고 있었다.

"결혼반지예요?"

"네, 저희들의 결혼반지예요."

"그런데 왜 파실려고 합니까?"

"급하게 돈 쓸 일이 생겨서 그래요, 얼마나 갑니까?"

"그냥 가지고 계세요."

"왜요? 저희는 돈이 필요해서 그래요."

"이 반지, 저희가 살 수 없어요."

"왜요？"

"이 반지는 다이아반지라고 할 수가 없어요. 돈 가치는 한 푼도 없어요."

"네? …? …?"

선애는 무거운 마음으로 종훈과 한 마디 말 없이 집으로 돌아와서 깊이 보관해 두었던 결혼 예물이었던 진주 목걸이를 꺼내 보았다.

뜻밖에도 그 진주는 칠해 놓은 진주색이 벗겨지면서 하얀 유리로 되어가고 있었다.

"어떻게 된 거예요, 종훈 씨!"

"내가 어떻게 알아, 내가 한국 갈 때 어머니가 주시길래 가지고 간 것 뿐이야."

"그러니까 결혼 예물은 다 가짜였군요?"

"……."

"하긴, 우리들의 생활이 더 중요하지, 그까짓 예물이 없으면 어때요."

그로부터 며칠 후 선애는 몸살이 나면서 앓기 시작했고, 시동생 종경에게 다음 기회에 오라고 연락을 해놓았다. 주일날 교회 가서 반주를 하지 못한 탓에 그날 저녁 목사님과 장로님이 쌀 한 포대를 사가지고 심방을 왔다. 종훈은 그것으로 밥을 지어 누워 있는 선애에게 먹으라고 권했다.

비록 간장에 찍어 먹는 밥상이었으나, 윤이 잘잘 흐르면서 빛을 내는 밥을 보는 것은 실로 오래간만에 보는 것이었고, 그 귀한 쌀밥을 목구멍으로 삼키는 순간 선애는 '흑!' 하면서 감격과 슬품을 삼켰고 서러움에 뼈저린 눈물을 흘리고 말았다. 굶주린 자의 쌀 한 톨은 삶과 죽음을 오가게 하는 것임을 선애는 깨달으면서 인간이란 무엇인가를 생각했다.

"왜 울어?"

"흐흐흑……."

"듣기 싫다! 제발 좀 울지 마라. 무슨 눈물이 그렇게 많냐, 너는?"

"종훈 씨, 나는 쌀이 이렇게 귀한 것인 줄 몰랐어요. 나 정말 몰랐어요."

"아따, 그만 좀 해라. 내가 무능한 사람이 되잖냐?"

"종훈 씨, 내가 나으면 나 일할 수 있게 해줘요. 나 배고픈 거 싫어요. 우리 한국 타운으로 다시 이사 가요, 거기 가서 내가 피아노 레슨하면 우리 잘 살 수 있어요. 여기는 한국 사람이 하나도 없잖아요."

"그래, 그렇게 하자."

그들은 넉달 만에 다시 한국 사람들이 모여 사는 곳으로 이사를 오게 되었고, 선애의 피아노 레슨도 시작되었다. 최소한의 아파트 비용과 먹을 것을 사다 먹을 수 있기 시작하면서 선애에게 본격적인 돈벌이가 시작되었다.

그것은 오전에 초등학교에 나가 선생을 보조하는 일이었고 그 일이 끝나면 다시 피아노 레슨을 하기 시작했는데 그러한 선애의 돈벌이로 종훈은 아무런 걱정 없이 학교를 다닐 수가 있었다.

그러나 종훈의 학교생활은 공부보다는 한국 학생회를 움직이면서 한국의 반정부 시위에 앞장을 섰고, 운동시합이 있을 때는 선수로서 앞장을 섰고, 캠핑을 갈 때는 리더로서 앞장을 섰으며 주말에는 학생들과 같이 라스베가스로 포커를 하러 가곤 했다.

그럴 때마다 선애는 종훈에게 용돈을 주었고, 격려금을 주었고,

최고의 운동도구를 사주었다.

그러던 어느 날 종훈은 선희로부터 두툼한 장문의 편지를 받았는데 그 내용은 종훈이 미국으로 온 후부터 주희가 살아 왔던 이야기와 지금은 종훈이만을 기다리다가 상사병에 걸려서 대구 동산병원에 입원해 있으며 애처로이 종훈만을 부르면서 죽어가고 있으니 꼭 한 번만이라도 한국에 와서 주희를 만나 달라는 내용이었다.

종훈은 그 편지를 읽고 당황한 나머지 자신도 어쩔 줄을 몰라 그 편지를 선애에게 보여주었다.

그리고는 며칠 후에 또 다시 간곡하게 한국으로 와 줄 것을 애원하는 편지를 거듭 받았다.

이러한 사실을 알고 난 선애는 심한 충격과 함께 고통의 눈물을 흘려야만 했다. 그것은 종훈의 문제가 아니라 선애의 문제였다. 종훈은 종훈이 대로 고민을 해야 했고, 선애는 선애 대로 하루하루를 비애와 죄책감에 사로잡혀 지내야 했다.

"선애야, 그런데 나는 솔직히 이해를 못 하겠어. 어떻게 상사병이 났는지 말이야."

"……"

"선애, 미안해. 난 어떻게 해야 되겠니?"

"……"

"주희가 죽어간다는데……."

"가세요."

"뭐라고?"

"가서 살려 놓으세요."

"너 울어?"

"……"

"나 때문에 또 우는구나."

"……"

선애는 문을 열고 나가 집 앞에 있는 잔디밭에 앉아서 하늘을 올려다보았다. 가슴 밑바닥에서부터 넘쳐 올라오는 뜨거운 눈물을 강물처럼 쏟아내고 있었다.

"선애, 울지 마, 미안해."

"뭐가요?"

"너는 미국 와서 지금까지 나 때문에 울고만 살았어."

"방으로 들어가세요, 혼자 있게 해줘요."

"언제까지 여기서 울고만 있을래?"

"내가 울고 싶을 때까지요, 들어가세요, 제발."

"알았어."

종훈은 더 이상 선애를 건드리고 싶지 않았다.

'종훈 씨,

내가 종훈 씨 때문에 속상해서 우는 게 아니예요.

용서해 주세요.

내 가슴이 울부짖는 것은 주희 씨 사랑에 내 자신이 부끄러워서 울고 있어요.

어떤 여자는 오로지 한 남자만을 가슴에 새기고 기다림 속에서 살아가는데, 어떤 여자는 오만과 자존심으로 고귀한 사랑을 짓밟아 버렸어요.

너무나도 쉽고 간단하게 사랑을 내던졌어요.

그것이 너무나도 부끄러워서, 아니 나는 부끄러워 할 자격도 없고 울 자격도 없는 추한 여자예요.

종훈 씨를 향한 주희 씨의 사랑이 저를 이렇게 비천하고 고통의 질곡으로 던져 버리고 있어요.

대진 오빠!

나는 오빠를 부를 자격조차도 없는 여자야.

오빠!

내가 용서를 빌기에는 너무나도 더럽고 추하지?

오빠!

흐흐흑…. 나는 이제부터 어떻게 해야 돼?

나 살아 나갈 자신이 없어 오빠!'

뜬 눈으로 밤을 보낸 선애는 아침 일찍 종훈을 깨워 꼭꼭 휘감아 잡아 매놓은 돈주머니를 풀어 비행기 값과 여비를 주면서 주희에게 갈 것을 권했다.

"선애야!"

"가서 주희 씨 꼭 살리세요. 그리고 같이 행복하게 사세요."

"무슨 소리야!"

"우리의 결혼은 서로가 처음부터 잘못된 결혼이었어요. 종훈 씨의 여자는 주희 씨예요. 오해하지 마세요. 나는 지금 질투가 나서 이런 소리하는 거 아니예요. 마음 속에 간직한 사랑하는 사람을 못 보고 산다는 것은 삶 자체가 고통이에요."

"그래도 그런 소리 함부로 하지 마. 그리고 너는 지금 내 아이를 갖고 있잖아."

"종훈 씨 아이, 내가 잘 키울게요. 주희 씨한테 가세요."

"안 돼, 못 가."

"종훈 씨, 종훈 씨가 안 가면 나는 매일 매일을 죄인의 몸으로 살아갈 수밖에 없어요, 주희 씨 때문에 내가 편하게 살지 못해요. 종훈 씨, 나 좋은 일할 수 있게 해 주세요. 사실 따지고 보면 종훈 씨는 나를 사랑하지 않아요. 나 역시 종훈 씨를 사랑하지 않구요. 우리는 서로가 희생양이었어요."

"결혼 생활이 꼭 서로 사랑해야만 되는 게 아닌 것 같아. 그냥 결혼했으니까 살아가는 부부도 많아. 나는 선애가 필요해."

"그렇지만 지금 종훈 씨한테 사랑을 필요로 하는 여자가 나타났잖아요, 그 여자는 애타게 종훈 씨를 기다리고 있어요. 그런데도 종훈 씨는 그 여자를 외면할래요?"

"가더라도 지금은 안 가. 내가 좀 더 떳떳하게 갈 거야."

"그 때가 언제인데요? 성공해서 가겠다구요? 종훈 씨의 성공이라는 게 뭔데요? 그러다가 주희 씨 죽으면 어떻게 책임질래요?"

"저러다가 낫겠지, 설마 죽기야 하겠니?"

비행기가 십분 후면 김포공항에 도착한다는 기내 방송에 대진은 가슴이 뛰면서 흥분되기 시작했다. 스무 시간을 비행기 안에서 보내고 온 긴 여정에 지루함과 피곤이 대진을 지치게 했으나 그리웠던 서울 땅에 다시 돌아왔다는 사실이 대진에게 설레임과 환희로 다가왔다.

서울은 지금 한창 장마철이어서 곳곳에서 수해 피해가 일어나고 있다는 텔레비전 뉴스는 그리 대진의 마음을 즐겁게 하지 못했다.

수해와는 아랑곳하지 않고 김포공항은 떠나는 사람, 보내는 사람, 들어오는 사람, 마중 나온 사람으로 북적대고 있었고, 높은 습도로 인하여 대진은 숨이 꽉꽉 막혀 오는 것을 느꼈다.

공항 출구를 빠져 나오는 순간 영욱이 대진을 외쳐 불렀다.

"야, 대진아!"

"어, 그래 영욱아, 오래간만이다. 잘 있었냐?"

"야, 너 살이 많이 쪘다. 미국 음식은 확실히 영양이 많은가 보다."

"하하하…. 얌마, 놀리지 마라. 그래 연수원에 들어가 있는 기분이 어때?"

"응, 아직 안 들어갔어."

영욱은 지금 사법고시에 합격하고 사법연수원에 들어갈 대기를 하고 있는 중이었다.

몇 년 전 영욱이 처음 고시공부를 시작할 때 대진은 선애와 함께 영욱이 공부하고 있는 청평 유원지 방갈로를 찾아 갔었다.

그때 대진은 영욱에게 한국으로 돌아오면 선애와 결혼하겠노라고 이야기 했었다. 그리고 미국으로 가는 날 공항에서 영욱에게 선애를 가끔씩 찾아봐달라는 부탁을 했었다.

공항을 빠져 나와 제2한강교를 지나면서 신촌 입구로 들어오자 대진은 기사 아저씨에게 신촌에서 세워줄 것을 요청했다.

"기사 아저씨, 가시다가요, 신촌 네거리에서 좀 세워 주세요."

"너……, 대진아. 아니야 그냥 우리 집으로 먼저 가자."

"야, 임마. 좀 봐주라. 같이 가자, 선애 집에 같이 들어가면 되잖아."

"아, 아니야. 임마, 내 말대로 해."

"왜 갑자기 네 얼굴이 귀신처럼 되어가냐?"

"기사 아저씨, 죄송합니다. 그냥 명륜동으로 가 주세요. 아, 아니 저기요, 무교동으로 가 주세요."

"이 짜식이, 너 뭐야?"

"야, 그래 어떠냐? 미국이란 데가?"

"휴, 말 마라, 골 아프다. 박사학위 받겠다고 청운의 꿈을 안고 미국으로 온 유학생들이 말이야, 하나같이 다 박사공부 포기하고 생선가게, 야채가게, 세탁소, 구두 수선가게 사장님이시다. 그런데 그건 차라리 양반인 거야. 앞치마 두르고 음식점에서 접시닦이 하는 사람들이 허다해. 당장 먹고 살래니까 처음에는 물론 공부하면서 일을 하지. 그러다가 다들 나중에는 아예 공부 다 때려치우고 돈벌이에 나서는 거야."

"하하하……. 그래 넌 뭐 하냐?"

"야, 난들 별 수 있냐? 먹고 살려면 말이야. 나는 형들 밑에서 꼼짝도 못한다."

"그래 뭘 하는데? 나는 필라델피아에서 선물가게 하고 있어.

백인 여자 종업원 쓰고 하는데 그런 대로 괜찮아. 집은 뉴저지에 있어, 뉴저지에서 필라델피아로 가는 데는 다리 하나만 건너가면 돼. 우리 집에서 한 이삼십 분 걸려."

"그러니까 너는 먼저 가신 형님들 덕분에 편하게 사는구나."

"그런 셈이지."

밖에는 계속 비가 내리고 있었고 저녁 퇴근시간이 되면서 교통은 점점 마비상태가 되어가고 있었다.

아현동 고개를 기어가다시피 하고 있지만 노련한 운전사의 손놀림은 미꾸라지처럼 사이사이를 빠져 나가고 있었다.

대진은 손바닥으로 유리 창문을 문지르고는 고갯길의 상점들을 하나 하나 짚어 보았다. 그 옛날 선애를 만나러 얼마나 많은 나날들을 이 고개를 넘나들었던가.

대진은 선애가 무척 그리웠다.

차는 어느덧 광화문 네거리에서 정차를 했고, 영욱은 대진을 무교동의 뒷골목으로 데리고 조용한 막걸리 집을 찾아 들어갔다.

"야, 대진이 너 오늘 영 삐딱해."

"얌마, 삐딱하기는 니가 삐딱하다. 너 왜 나를 신촌에서 못 내리게 했어, 엉?"

"아주머니, 여기 막걸리요 그만 할 때까지 갖다 주세요. 안주는 알아서 갖다 주시구요."

"아쭈 너, 붙었다 이거지이? 판검사 되신다, 이거지?"

"시끄럽다, 술이나 마셔."

"막걸리 하도 오랫동안 안 마셔서 마실 수 있을지 모르겠다."

"옛날 호랑이 실력 발휘 한 번 해봐라."

막걸리 항아리는 이내 나왔고, 하나 둘씩 상 위에는 안주로 채워지고 있었으며 오래간만에 만난 죽마고우의 정담은 막걸리와 어우러져 붉고 탐스럽게 피어나고 있었다.

"야, 영욱아. 너 그런데 왜 아까 나 선애 집에 못 가게 했어?"

"야, 임마. 너 한국에 왜 왔냐? 날 보러 일부러 온 것은 아닐 테고 말이야."

"야, 이자식아. 겸사 겸사지, 뭘 물어, 묻긴?"

"자, 마시자. 코가 삐뚤어지게 마시자구."

"야, 너 왜 내가 묻는 말에는 대답을 안 하고 엉뚱한 이야기만 하냐?"

"대진아, 너 정말 선애 소식 몰라?"

"뭐얼? 영욱아…… 뭐야, 이야기해 봐."

영욱은 계속 아무 말 없이 막걸리를 꿀꺽꿀꺽 삼켰다.

"영욱아, 뭐야, 선애가 어떻게 됐어?"

"후-. 선애 씨 여기 없어."

"응? 뭐야? 어디 있어, 그럼."

"미국에 있어."

"뭐-어? 미국? 미국 어디? 왜? 언제 갔는데? 야 임마, 속 시원히 좀 말해 보라구우."

대진은 영욱에게 화를 내면서 얼굴이 화끈거렸다.

"야 임마, 선애 씨 시집갔다구우. 이 멍청아!"

영욱도 되받아서 화를 내면서 소리를 지르고 있었다.

"? …? …?"

"선애 시집갔어, 알아 들었어. 이젠?"

"뭐, 뭐라구? 너, 너 지금 뭐라 그랬냐?"

"또 다시 말해 줘? 선애 시집갔어."

순간 대진은 쉬던 숨을 멈추고 영욱을 노려보았다.

그리고는 영욱의 멱살을 움켜 쥐었다.

"이 자식, 너 똑바로 알고 말하는 거야?"

"응, 틀림없어 대진아."

대진은 한참동안 영욱을 노려본 뒤에 고개를 숙이고 바깥으로 나가고 있었다.

"영욱아, 내 짐은 네가 좀 가지고 집으로 먼저 들어가, 나는 나중에 들어갈게."

"야, 잠깐만. 너 지금 어디 가는 거야?"

"어디긴 어디냐, 선애 집이지."

대진의 목소리는 한 풀이 꺾이면서 흔들리고 있었다.

"거기 가서 뭐하게? 대진아, 냉정하게 생각해."

"뭘?"

"네가 왜 지금 선애 씨 집에를 가냐? 거기 가서 선애 씨 부모님한테 뭐라고 할 건데?"

"붙잡지 마, 나 가서 확인해 보는 거야."

"꼭 확인하고 싶으면 진형이 만나보면 되잖아?"

"그럼 영욱아, 진형이한테 전화해서 이리로 나오라고 해줘."

"알았어, 내가 전화하고 올게."

영욱이 전화하러 바깥에 나간 사이 대진은 그 자리에서 마셨던 술과 음식을 토해 버렸다. 세상의 모든 것이 거꾸로 뒤집어진 것만 같았고 다리가 후들후들 떨리면서 몸을 지탱할 수가 없었다.

"대진아, 지금 진형이 집에 없어. 조금 있다가 다시 전화해 볼게. 그런데 너 지금 괜찮냐? 너 왜 이래 임마. 우리 집으로 일단 들어가자."

대진은 그 후부터 아무 말도 하지 않았고, 영욱의 집에서 하룻밤을 초조하게 보낸 대진은 다음날 선애와 항상 만나곤 했던 이대 앞의 맥심다방에서 진형을 만나 선애가 시집갔다는 사실을 확인했다.

진형은 대진에게 그동안 선애가 겪었던, 그리고 고통스러워 했던 일들을 낱낱이 이야기해 주었고, 선애가 얼마나 대진의 허상을 찾아 헤매었는지를 털어놓았다.

그런 선애에게 진형은 대진을 잊으라고 권고했고, 선애는 부모를 위해, 가족을 위해, 자신의 삶을 희생하면서 원하지 않았던 결혼을 했던 것임을 대진에게 말해 주었다.

"대진아, 선애 원망하지 마, 생각하면 불쌍한 아이야."

"응, 안 해. 내 잘못이지 뭐. 내가 처음에 미국 가서 빨리 선애에게 편지를 했어야 했는데 말이야, 내가 선애였더라도 화가 났을 거야. 아니 따귀라도 갈겨 버렸을 거야."

"선애가 너를 버릴 아이는 아니야. 착한 아이야."

"알아, 너무나 착한 아이였지."

"진형아, 선애 전화번호라도 좀 주라. 내가 전화라도 한 번 해보게 말이야. 그리고 나, 내일 다시 미국으로 돌아갈 거야."

"뭐? 벌써 간다구? 너 어제 왔다면서 내일 간다구?"

"응, 내가 여기 있을 필요가 없잖냐? 이젠."

"대진아! 야 임마."

"……."

"야 임마, 너 정말이야? 정말 내일 갈래?"

"응, 오늘이라도 돌아가고 싶은데 오늘은 이미 늦었으니까 할수 없이 내일 가야지 뭐."

"……."

"진형아, 나는 솔직히 선애 때문에 서울에 왔어. 선애와 약혼하려고 왔거든, 일이 잘 되면 결혼이라도 하고 갈려고 했어. 부모님의 허락도 받았고 해서 말이야."

"대진아!"

"……."

"너희들의 운명이 꼭 연주하는 거 같다."

"선애 행복하게 살고 있니?"

"글쎄, 행복을 비는 마음이지. 그리고 이거, 이거 말이야. 선애가 언젠가 너를 만나면 전해 주라고 했어."

"이게 뭔데?"

"나도 몰라, 니 사진도 같이 넣었다고 하더라."

손가락을 떨면서 뜯은 누런 봉투 안에는 대진의 사진과 함께 선애의 일기가 있었고, 그 일기장 속에 끼워서 말린 물망초 꽃잎도 들어 있었다.

'선애야! 선애야!'

대진은 속으로 한 없이 선애를 불렀다.

복받쳐 오르는 감정을 참아낼 수가 없어 대진은 오열을 토했다.

"진형아, 잘 있어 나 갈게."

"대진아, 너 정말 이런 식으로 갈 거야?"

"응, 그리고 친구들한테 나 서울에 왔었다고 이야기하지 마."

"언제 또 올 거야?"

"이젠 한국에 안 와, 올 이유가 없지 뭐."

"대진아, 나는 솔직히 너희들의 사랑이 그렇게까지 진심이었는지 몰랐어. 내가 할 말이 없다. 너에게 고개를 들 수가 없구나."

"진형아, 잘 있어."

"대진아, 너희들의 사랑을 내가 기억하고 있을게."

다음날 일찍 대진은 친구인 영욱도 모르게 김포공항을 떠났다, 선애가 로스앤젤레스에서 살고 있는 전화번호를 간직하고서.

여름방학을 맞이하면서 종훈은 특별히 할 일이 없었던 관계로 버클리 집에 다녀오겠다면서 짐을 챙기고 있었다. 주희가 죽어간다는 소식을 들은 것이 벌써 두 달이 되었는데도 종훈은 그 사실을 잊었는지 아니면 잊으려고 버클리 집에 간다는 것인지 알 수 없는 선애로서는 종훈을 무조건 한국으로 보낼 결심을 하고 있는 것이다.

"종훈 씨, 종훈 씨 때문에 한 여자가 죽어가는데 어떻게 이렇게 외면을 하고 살아가나요? 종훈 씨는 사람이 아닌가요?"

"그럼 내가 어떻게 해야 되냐?"

"'어떻게'라는 말은 필요 없어요. 무조건 가세요. 가서 주희 씨 곁에 있어 주세요. 한 생명 살린다 생각하고 가세요."

"너 다음달이 산달인데도 나더러 가라구?"

"종훈 씨, 나는 죽으러 병원에 가는 게 아니라 생명을 낳으러 가는 거예요. 애기 낳으면 내가 낳지, 종훈 씨가 애기 낳는 거 아니잖아요."

"그래도 나의 도움이 필요하지."

"나 지금까지 미국 와서 종훈 씨가 나를 도와준 적 한 번도 없어요."

"……."

"그래서 이젠 종훈 씨로부터 어떤 도움도 바라지 않아요."

"미안하다, 이 다음에 다 갚을게."

"후후후…. 우습네요. 종훈 씨한테 그런 소릴 다 듣다니."

"어쨌든 제가 서울행 비행기 예약할게요. 주희 씨가 불쌍하지도 않아요?"

"그래. 그럼 내가 빨리 갔다 올게."

서울행 비행기는 자리가 항상 만원이었기에 일주일 후에나 예약을 할 수 있었고, 선애가 준비해 주는 주희의 선물과 짐가방을 들고 종훈은 다시 서울행 비행기에 몸을 실었다.

남편 종훈을 배웅하고 돌아오는 길에 왠지 선애는 쏟아지는 눈물을 주체할 수 없어 운전하던 차를 옆으로 빼서 세우고는 운전대에 머리를 의지하고 슬프디 슬프게 흐느꼈다.

'주희 씨!

주희 씨는 나를 얼굴을 들고 다닐 수 없게 부끄럽게 만들었어요.

주희 씨는 나를 하늘을 볼 수 없도록 부끄럽게 만들었어요.

나는 앞으로 살아갈 자신이 없어요.

나는 어떻게 살아가야 하나요.
정말 부끄러워요, 더러웠던 나의 사랑이……'

한국으로 종훈이 떠난 지 벌써 한 달이 되어가고 있었으나 종
훈으로부터는 아직 아무 소식을 받지 못했다. 여느 때와 마찬가
지로 오전에는 동네의 초등학생들의 피아노 레슨이 있고 오후에
는 다시 출장지도를 여러 명 하고 나면 벌써 하루해가 또 서쪽으
로 내려 앉으려고 하고 있었다.
만삭의 몸으로, 얼굴은 기미로 꽉 채우고는 돈을 벌겠다고 출
장 레슨을 하러 들어가면 선애가 안쓰러워 보였던지 레슨은 대강
만 하고 앉아서 밥이나 먹고 가라며 학생의 어머니는 선애의 등
을 두드리면서 말하곤 했다.
출산 일이 가까워지면서 손발이 많이 부어올랐고 선애를 더욱
힘들게 한 것은 팔과 다리에 수시로 쥐가 일어나는 것이었다.
또한 아침마다 코피를 쏟는 일 역시 힘든 일이었다.
그럴 때마다 선애는 엄마가 한 없이 그리웠고 혼자서 '엄마'
를 외쳐댔다. 엄마를 부르면 부를수록 선애의 그리움과 외로움은
더해만 갔고, 신경이 쇠약해지면서 선애는 밤마다 꾸는 악몽에 시
달려야 했다.
깊고 험준한 밀림 속에서 앞서 가는 주희를 날아가다시피 따라
가는 선애는 주희를 놓치지 않기 위해 주희를 외치면서 불렀으나
아무리 큰 소리로 불러도 목소리는 나오지 않고 발버둥치면서 잠
에서 깨어난 선애는 땀에 흠뻑 젖어 있었다.

여름방학 기간이었기에 아침 일찍부터 피아노 레슨을 시작한 선
애는 허리와 배에 통증을 약간 느꼈으나 선애는 그것이 산기인지
도 모른 채 계속 한 시간 한 시간씩 벌써 네 명째 하고 있었다.
여섯 명의 학생들을 끝내고 나자 본격적인 통증이 시작되었고

그때서야 선애는 알아차릴 수가 있었다. 옆집에 사는 한국 여자인 은주 엄마에게 알리고 병원까지 운전을 부탁했다.

"미세스. 박, 괜찮아? 남편이 없으니 혼자서 큰 일이네."

"남편이 있다고 뭐가 도움이 되나요, 제가 아기 낳는 거지요, 고맙습니다. 조심해서 돌아가세요."

"정말 혼자 괜찮겠어?"

"걱정하지 마세요, 제가 아픈 것도 아니고 죽는 것도 아닌데요, 뭐. 진통하다가 때가 되면 나오겠지요, 뭐."

"그럼, 나 집에 가도 되겠어?"

"아이 당연하지요, 고맙습니다."

혼자 집으로 가는 것을 미안해 하며 머뭇거리는 은주 엄마를 떠밀어 보내놓고 입원 수속을 하면서 밀려오는 진통을 이를 악물고 맞이하고 있었다.

옆방에서 들려오는 백인 여자의 칼날 같은 비명소리에 유리 창문이 깨질 것 같아 신경을 곤두세우면서 진통의 간격은 더욱 잦아져 왔다.

진통이 올수록 마지막 남은 한 방울의 땀까지 쏟아내며 선애는 입을 다물고 이를 갈았다. 순간순간 진통이 멎으면 정신이 몽롱해졌고 아무것도 의식하지 못했다.

"미세스. 박, 힘을 주세요, 힘을 줘야 돼요. 의사 선생님, 이 분은 지금 전혀 힘을 주지 못하고 있어요."

"미세스. 박, 내가 누군지 알겠어요? 정신을 차리고 눈을 한 번 떠보세요."

선애의 상황을 알아차린 의사는 척추 마취를 하고 아기를 빼내었다.

그러나 아기를 분만한 후에도 선애는 깨어나지 못했고 심한 고열로 인하여 중환자실로 옮겨졌다. 몸을 추스리느라 남들은 삼일이면 퇴원하는 것을 선애는 일주일만에 퇴원할 수 있었다.

"미세스. 박, 오늘은 퇴원하는 날인데 누가 데리러 올 사람 없나요?"

"네, 없어요."

"그럼 어떻게 집에 갈 겁니까?"

"닥터 리를 좀 불러 주시겠어요?"

닥터 리는 한국인으로서 이곳 병원에서 신생아를 담당하는 소아과 의사였다.

선애는 닥터 리에게 집에까지 데려다달라고 부탁하자 그는 선뜻 대답해 주었다. 아기 옷이 없어 얇은 병원 보자기에 싸가지고 선애는 집으로 들어왔다. 텅 빈 집에는 아무도 반겨주는 사람이 없었고, 세상으로 탄생했어도 누구 하나 축복해 주는 사람 없이 쓸쓸하게 선애의 딸, 나나는 태어났다. 버클리 시부모님께 전화를 했으나, 교회 노인회 모임이 있다면서 캐나다 여행 중이었다.

혼자서 아기 뒷바라지와 기저귀 빠는 것은 선애를 지치게 만들었고 단 한 시간도 쉴 수가 없었다. 선애가 먹는 밥은 쉬어 터진 김치를 찌개로 만들어 겨우 입에 대려 하나, 모래알 같은 밥은 목구멍에서 넘어가지 않았다. 먹던 숟가락을 내던지고 선애는 엉엉 울었다.

모유를 아기에게 먹이기로 했으나 한 방울의 모유는 나오지가 않았고 그로 인해 나나 역시 울어야만 했다.

"그래 나나야! 차라리 우리 실컷 울자, 너 배고프지? 나도 배가 고파 죽을 지경이라구. 아직 난 너를 낳고도 미역국 한 사발 못 먹었다구. 그래 울어, 실컷 울어, 울다 너랑 나랑 죽지 뭐."

선애는 그렇게 우는 아기를 바라만 보았다. 울다 지쳐 점점 사라져 가는 아기의 울음소리를 들으면서 선애는 다시 자신의 젖을 물렸으나 아기는 빈 젖을 빨다 지쳐서 잠이 들었다.

선애는 잠든 나나를 들여다보면서 울었고, 외로움에 몸부림치면서 또 울었다.

전화벨 소리에 놀래 잠이 깬 선애는 힘들게 무겁고 지친 몸을 일으켜 계속 울려대는 벨 소리와는 상대적으로 귀찮은 듯이 수화기를 들고는 목소리를 내는 것조차 귀찮아 그냥 가만히 있으면서 저쪽에서 먼저 대답해 오기를 기다렸다. 그쪽 역시 아무 대답 없이 한참을 있다가 비로소 대화가 오갔다.

　"……."

　"여보세요, 누구세요?"

　"선애니?"

　"네?? 아! 아악!"

　선애는 들었던 수화기를 떨어뜨리고 손을 떨고 있었다.

　많이 들었던 목소리, 그것은 분명 대진의 목소리였는데, 혹시나 착각이 아닌가 생각하면서 다시 정신을 차리고 방바닥에 떨어진 수화기를 들었으나 전화는 끊기고 말았다.

　가슴이 뛰기 시작했지만 선애는 아기를 낳은 후유증에서 오는 환청현상일 것이라고 단정했다. 배가 고팠지만 입맛이 없어 밥알을 입에 넣기 싫었기에 선애는 끓여 놓은 보리차 주전자를 들어 입에 대고 꿀꺽꿀꺽 넘어가는 물소리를 자신이 들으면서, 일부러 더욱 큰 소리를 만들면서 마셔 버렸다. 주전자를 놓고 큰 숨을 들이쉬는 순간 다시 전화벨 소리가 들렸고 이내 목소리를 가다듬는 수화기를 들었다.

　"헬로우. 여보세요."

　"선애야!"

　선애는 다시 '억!' 하면서 쉬던 숨을 잠시 멈췄다

　"선애야! 나 대진이야."

　"……."

　"잘 있었니?"

　"……."

　"선애야!"

"……."

"지금 말하기가 곤란하면 내가 나중에 다시 전화할게."

떨리는 몸으로 말보다 눈물이 먼저 앞서서 흐느끼는 선애는 혀가 돌아가지 않았다.

"오, 오빠!"

"너 우는구나."

"오빠! 흐흐흑……."

"왜 울어, 울지 마. 너 지금 이야기할 수 있어? 아니면……."

"아니야, 해."

"혼자 있니?"

"응."

"그동안 어떻게 지냈니? 아, 아니 미안하구나. 이렇게 물어 보는 게 아닌데……."

"오빠! 어떻게 내 전화번호를 알았어?"

"으응. 사실은 한국에 다녀왔거든, 진형이한테 네 전화번호 받았어."

"……그랬어요? 볼 일이 있어서 갔었나요?"

"볼 일이 있었지."

"오빠! 그동안 잘 지냈어?"

"무슨 볼 일이 있었냐고 안 물어봐?"

"……."

"선애야! 진형이한테서 네가 어떻게 결혼했고 어떻게 지내다가 갔는지 다 들었어. 나는 그 말 듣고 그 다음날 다시 미국으로 돌아왔어, 왜냐하면 갑자기 볼 일이 없어졌거든."

"오빠!"

"나, 너와 약혼하기 위해서 갔는데……."

"오빠! 그만, 그만해, 흐흐흑…. 아! 오빠!"

선애는 몸부림치면서 통곡했다.

"오빠! 전화하지 마, 이젠. 흐흐흑….."

선애는 전화를 끊고 흐느끼면서 방바닥을 뒹굴었다. 그 후로부터 대진의 말이 선애의 뇌리에서 맴돌면서 약혼하기 위해서 갔었다는 말은 가슴을 후려치면서 선애를 괴롭혔다.

며칠 후 선애는 다시 대진으로부터의 전화를 받았다.

"선애야! 나야."

"오빠! 나는 오빠한테 너무나 큰 죄를 지었어."

"선애야! 어디서 살든 나는 네가 행복하기만 하면 돼."

"맘에 있지도 않은 말을 억지로 하지 마. 나는 오빠 목소리로도 진실인지 거짓인지 알아."

"진심이야, 난. 너의 행복만을 빌어."

"내가, 오빠가 지금 전화한 이유를 말해 볼까?"

"그래, 보고 싶어서 전화했어. 보고 싶어서, 선애야!"

"오빠! 난 사람도 아니야, 나 같은 여자 잊어버려. 나는 이제부터 하늘은 안 쳐다보고 살 거야. 아니 못 쳐다보구 살지."

"선애야, 자학하지 마. 내 잘못도 있잖아."

"흐흐흑……. 오빠! 내가 오빠에게 무엇을 어떻게 해야 할까?"

"선애야! 미안해 내가 이젠 전화 안 할게."

"오, 오빠! 잠깐만. 오빠! 난 오빠한테 죄인이야, 그러니까 나 같은 여자 잊어버리고 좋은 여자와 결혼해. 나 그 말 밖에 할 말이 없어. 앞으로 나는 그 죄 값 치르면서 살게. 오빠! 안녕!"

여름방학이 끝날 무렵 종훈은 한국에서 돌아왔다.

태어난 지 삼주 된 나나를 안고, 입을 굳게 다물고 딸의 얼굴을 뚫어지도록 들여다 보고는 내려 놓았다.

"종훈 씨, 주희 씨 어떻게 됐어요? 궁금해요."

"……"

"종훈 씨!"

"……."

"종훈 씨!"

"주희… 죽었어."

"예? 뭐라 그랬어요? 지금? 언제요?"

"……. 내가 가니까 이미 죽었어. 그 소리를 듣는 순간 나도 많이 울었어. 그 집 식구들이 왜 우냐면서 난 울 자격도 없고 당장 나가라 그러기에 무릎 꿇고 그냥 빌었어. 주희가 나 때문에 죽었다니까 그냥 무릎 꿇고 울면서 빌었어."

"어떻게 죽었대요?"

"동네 사람들이 그러는데 내 이름만을 부르면서 힘 없이 죽어 갔대."

종훈은 말하는 것조차 괴로워 하면서 두 손 안에 얼굴을 묻고 눈물을 흘렸다.

"그러면 주희 산소에라도 가서 사죄하겠다 그랬더니 시체를 화장시켜서 가루를 강물에 뿌렸대. 처녀가 상사병으로 죽으면 무덤을 안 만든다나? 난 정말 충격이었어, 어떻게 이런 일이 나한테 일어났을까 하고 말이야. 진심으로 그 집 식구들한테 용서를 빌었지만 내 얼굴 보기도 싫다면서 쳐다보지도 않았어. 그렇지만 나는 그대로 돌아올 수가 없었어. 그 집에서 언제까지고 나를 용서할 때까지 있을 수밖에 없었어. 그래서 이제야 오게 된 거야."

"그럼 용서해 주던가요?"

"응. 두 달 동안 난 그 집에서 죄인으로 지내다 온 거야. 그리고 주희가 뿌려진 강에 꽃도 뿌려주고 왔어. 주희가 좋아했던 백합꽃으로 말이야. 선애야, 니 얼굴이 왜 그렇게 됐니? 왜 이렇게 뼈만 남았니? 혼자 고생 많이 했구나."

선애는 종훈의 말을 뒤로 하고 문을 열고 밖으로 나왔다. 하늘을 보려다가 자신이 죄인임을 깨닫고는 금방 고개를 숙였다. 흐르는 눈물은 밤이 지나고 날이 새도록 그치지 않았다.

'오빠!

주희 씨 죽었어.

한 남자만을 사랑하면서 기다리다가 기다림에 지쳐서 죽었어.

주희 씨는 자신의 생명을 바쳐 가면서 한 남자를 그토록 사랑했어. 그런데 나는 너무나도 쉽게 사랑을 버린 여자라구.

오빠!

날 용서하지 마.

앞으로 나는 죽을 때까지 주희 씨의 종이 돼서 살아갈 거야.'

여느 때와 같이 대진은 저녁 여덟시가 되자 가게 문을 닫고 뒷정리를 마치고는 필라델피아 시내 한인들이 밀집해 있는 한 술집으로 들어갔다. 며칠 전에 선애에게 전화했을 때 죄값 치르면서 살겠노라는 선애의 말이 아직도 대진의 귓전에서 맴돌면서 대진의 가슴을 아프게 했다.

선애의 성격은 온화하고 지나치게 순해서 대진은 때로는 그러한 선애가 불만이었다. 남이 달라면 무엇이든지 다 주었고, 남이 슬퍼하면 이유도 모르고 같이 슬퍼했고, 남이 하라면 싫어도 했던 선애에게 대진은 수도 없이 화를 내면서 야무지고 당찬 여자가 되라고 했었다. 친구 진형이 역시 그런 종류의 사람이었기에 피는 못 속인다면서 놀리기도 했었다.

분명 선애는 결혼을 거절하겠다는 말을 부모님께 드리지 못했고 본의 아니게 일이 되어가는 대로 하니 미국에까지 오게 된 것이다.

그런데 어느 날 대진이 나타났으니 그것 또한 얼마나 죄책감을 안고 살 것인가를 생각하니 대진은 선애가 불쌍해서 견딜 수가 없었고, 선애가 보고 싶어서 견딜 수가 없었다.

술집 한 구석에서 조용히 술을 마시던 대진은 카운터 앞으로 몸을 약간 비틀거리면서 천천히 걸어갔다.

　"주인 아주머니, 저 장거리 전화 한 통만 쓸까요? 요금은 여기 있습니다."

　주인 여자는 돈과 대진을 몇 번 번갈아보더니 고개를 끄떡였다.

　"예, 예, 쓰세요."

　시계를 보니 서부는 지금 밤 한 시가 되어오는 시각이었다.

　번호를 누르고 두 번째 벨소리가 날 때 선애의 목소리가 들려왔다.

　"선애야! 너는 말하기 곤란할 테니까 내 말만 듣고 있어."

　"오빠! 괜찮아, 나 지금 혼자 있어. 오빠, 왜 말소리가 좀 이상해. 거기 어디야?"

　"으 응, 여기, 술집이야. 술 한 잔 마셨어. 너무나 괴로워서, 선애야."

　"……."

　"선애야!"

　"……."

　"선애야! 너 행복하니?"

　"오빠! 제발! 제발, 흐흐흑…."

　"선애야! 울지 마. 니 눈에서 눈물 나오면, 내 눈에서는 피눈물이 난다구."

　"오빠! 날 저주하면서 살아. 난 오빠한테 속죄 받을 길이 없어."

　"선애야! 미안해, 내가 자꾸 널 울리고 있으니 말이야. 니가 행복하게 사는 게 나한테는 제일 중요한 일이야. 다른 생각하지 말구 행복하게 살아줘. 알았지, 선애야."

　"흐흐흑…. 오빠!"

　대진은 전화를 끊고 술값을 치르고는 선애의 우는 모습을 머리속에 그리면서 집으로 돌아왔다. 그리고는 서울에 있는 진형에게 전화를 걸었다.

"진형아, 나 대진이다."

"응, 어쩐 일이냐? 별 일 없지?"

"별 일 있다. 야, 진형아! 나, 니 조카 데리고 올란다."

"뭐, 뭐야? 야, 임마 너 지금 니 정신이냐?"

"선애는 나 없이 못 살아, 내가 알아."

"이놈의 새끼, 너 정말 아직까지 선애 울릴래? 처음부터 선애 울린 건 너였어. 이 자식아. 그런데 아직도 더 울릴래? 너 정말 이젠 가만 안 놔둬, 나 화나게 하지 마. 나쁜 놈의 자식."

진형은 부서질 듯이 수화기를 내려 놓았다.

어떻게 보면 진형의 말이 옳은지도 몰랐다. 대진이 선애를 데리고 오면 선애는 그것 때문에 또 다른 눈물을 흘릴 것이라고, 그것이 선애라고 대진은 생각했다.

한국을 다녀온 후로 다시 새 학기가 시작되었다. 종훈은 그리 공부에 관심이 없었고, 몇몇 친구들과 가데나에 있는 카지노에 가곤 하면서 선애 모르게 은행에 예금해 놓은 돈을 빼가기 시작했다. 그 돈은 선애가 중고차라도 사겠다며 열심히 피아노 레슨해서 모아놓고 있는 돈이라는 것을 종훈도 알고 있었다.

선애에게서 용돈을 받아 쓰는 종훈으로서는 미안한 마음이었지만 잃어버린 돈을 찾기 위해서는 어쩔 수 없었다. 그러다보니 은행의 예금이 거의 바닥이 났고 결국 그 사실을 선애가 알게 되었다.

얼굴이 하얘지면서 선애는 그 자리에서 은행으로 달려갔다.

나머지 예금된 돈이라도 찾아서 더 이상 종훈에게 뺏기지 않기 위해서였으나 은행으로 들어가는 순간 선애는 정신을 잃고 쓰러졌다. 선애가 눈을 떠 보니 그곳은 병원이었고 종훈이 옆에 서 있었다. 선애의 팔에는 링거 바늘이 꽂혀 있었다.

"왜 내가 이런 주사를 맞아?"

"선애야, 너 빈혈이 아주 심하대, 심각할 정도래."

"종훈 씨, 종훈 씨는 지금까지 아무리 학생이라지만 밖에 나가서 단 일불도 벌어온 적이 없어요. 학생이라도 종훈 씨처럼 전혀 한 시간도 일 안 하고 학교 다니는 학생, 나, 미국에서 아직 못 봤어요. 아닌가요? 말해 보세요. 종훈 씨 빼놓고 누가 단 한 시간도 일 안 하는 학생 있는가를 말이에요. 그래도 나는 지금까지 종훈 씨한테 단 한 시간이라도 일하라는 말 해본 적이 없어요. 왜냐하면 내가 돈을 벌어서 생활을 꾸려 나가기 때문이에요. 그 게 무슨 뜻인지 알아요? 만에 하나라도 종훈 씨에게 상처가 되고 종훈 씨 마음이 상할까 봐요. 자칫 나를 종훈 씨 앞에서 내세울까 봐서요. 종훈 씨 알아요? 나 먹고 싶은 거, 입고 싶은 거, 사고 싶은 거, 먹어 본 적 없고, 입어 본 적 없고, 사 본 적 없어요. 그래도 나는 종훈 씨 용돈 모자랄까 봐 항상 조마조마하게 살아왔어요. 조금이라도 더 학생들을 모으기 위해서, 종훈 씨 편하게 차 가지고 학교 다니게 하기 위해서, 내가 중고차라도 하나 살려고 모아 놓은 돈이었는데 어떻게 그 돈을 가지고 노름을 할 수가 있어요?"

"앞으로 내가 일하면 되잖아."

"일하는 게 문제가 아니라 종훈 씨의 마음가짐이 문제예요."

"시끄러워, 내가 일해서 갚아주면 되잖아."

선애는 팔에 꽂은 주사 바늘을 빼어 버리고 만류하는 간호원들을 제치고 집으로 와 버렸다. 왜 그런지 딸 나나가 가엾고 불쌍해서 나나를 안고 엉엉 울었다.

차를 사겠다는 희망이 산산조각이 나 버렸지만 다음날 아침 종훈이 학교 갈 때 안쓰러운 마음에 종훈의 지갑에 충분한 용돈을 넣어 주었다. 그리고 어떠한 일이 있어도 다시는 종훈에게 자신을 내세우지 않기로 마음먹었다.

그 일이 있은 후 종훈은 한동안 뜸해졌다가 다시 카지노를 찾기 시작하면서 밤을 새우고 들어오기가 일쑤였다.

"종훈 씨, 원하는 거 다 해 드릴 테니까 카지노는 다니지 마세요. 부탁이에요."

"조금만 기다려 줘. 내가 잃은 돈만 찾으면 안 할게."

"그 돈 내가 찾아줄게요, 제발 카지노는 가지 말아요."

종훈을 잡고 애원하는 선애를 뿌리치고 나가면서 한 마디 더 했다.

"어젯밤 꿈이 아주 좋았어. 금방 돌아올게."

금방 돌아오겠다던 종훈은 자정이 되어도 돌아오지 않았고 선애는 나나를 등에 업고 밖에 나가 초조하게 종훈을 기다렸으나 새벽이 되도록 돌아오지 않았다. 그리고 그것이 어느덧 기다림의 일과가 되어버렸기에 수많은 날들을 나나를 업고 밖에서 떨면서 선애 역시 세월을 보냈다.

그나마 하나의 희망은 종훈이 학교를 졸업하고 유능한 사회인이 되면 종훈의 생활도 바뀌리라는 그것이었기에 나나를 보면서 행복할 수 있었고, 나나를 보면서 웃을 수 있었다.

선애의 그러한 바쁜 생활도 어느덧 또 다시 십이월 마지막 달로 들어서고 있었다. 십이월이라 해도 선애가 사는 로스앤젤레스의 기후는 섭씨 25도의 높은 기온이었기에 거리는 산타클로스와 크리스마스 캐럴이 크리스마스를 알리기에 여념이 없었지만 그러한 것들을 느끼기에는 너무나 초라했다.

그러던 어느 날 선애에게 낯선 여자가 찾아왔다.

"김선애 언니인가요?"

"누구세요?"

"네에, 안녕하세요. 저- 윤대진 씨 아시지요?"

"네?"

"윤대진 씨는 저의 육촌 오빠예요, 저는 문옥이라고 해요."

"그, 그러세요? 그런데……."

"좀 들어가도 돼요?"

"아, 예예 미처 생각을 못 했군요, 들어오세요."

"커피 좋아하세요?"

"예, 감사합니다."

선애가 부엌으로 가서 커피를 준비하는 동안 문옥은 집안을 두리번거리면서 살폈고 누워서 놀고 있는 딸 나나를 보고는 얼른 가서 일으켜 안았다.

"어머나! 어쩌면 이렇게 애기가 예뻐요?"

"감사합니다."

"언니 얼굴 꼭 닮았네요."

선애는 커피와 과일을 테이블 위에 가져다주면서 문옥에게 권했다.

"그런데 어떻게 알고 오셨어요?"

"네에, 저는요. 대진 오빠 근처에서 살아요. 저의 친척들이 거의 모여 살거든요. 그런데 저는 여기 남가주 대학에 다니고 있어요. 요전 추수감사절 방학 때 집으로 돌아갔었는데 대진 오빠가 언니 이야기를 하더군요. 오빠가 언니와의 관계를 다 이야기해 주면서 언니와 찍은 사진들도 보여주었어요. 그리고 이거, 이걸 언니에게 전해 주라고 했어요."

선애는 문옥이 전해 주는 쪽지를 받아 우물쭈물하고 있었다.

"어서 읽어 보세요."

"고마워요."

'나의 선애에게.

분명 나는 너의 육체를 차지하지 못했다.

그러나 분명 나는 너의 마음은 차지했다고 믿는다.

이것은 너무나도 중요한 말이기에 문옥이를 통해서 너에게 전해 주는 것이다.

하고 싶은 말이 있거나 도움이 필요하면 언제든지 문옥이에게
이야기해라.
문옥이 네 사진을 보고 너에게 홀딱 반했단다.
주저하지 말고 힘든 일 있으면 문옥이에게 이야기해.
나의 선애!
사랑한다
너의 사진과 네가 준 물망초 꽃잎은 상자 안에 넣어서 열쇠로
잠궈 두었다.
나는 그것을 내가 죽을 때 내 관 속에 넣어 달라고 할 것이다.
나의 선애!
영원히 사랑해.'

"흐흐흑….'"
"언니, 울지 말아요."
"문옥 씨! 나는 대진 오빠에게 너무나 큰 죄를 지었기에, 울 자
격조차도 없지만, 정말 하루하루 살아가기가 힘들어요. 숨을 쉴
때마다 산소가 내 폐 속으로 들어가서 가시로 변해서 나를 마구
찔러요. 숨쉬는 것조차 힘들어요. 이것이 죄인들이 살아가는 삶
이라는 것을 깨달았어요."
"오빠는 언니 원망 안 해요. 도리어 오빠 잘못이라 그랬는 걸
요?"
"문옥 씨! 어떻게 하면 내가 죄 값을 치르면서 살아갈 수 있을
까요?"
"언니! 내가 볼 때는 누구의 잘못도 아니예요. 나는 언니와 오
빠가 부러운 걸요. 어떻게 그런 깊은 사랑을 하나요?"
"문옥 씨, 깊은 사랑이라구요? 네, 맞아요. 오빠는 깊은 사랑
을 나에게 주었어요. 그런데 그 깊은 사랑을 나는 처절하게 짓밟
아 버렸어요."

"언니, 이번 크리스마스 때 저는 다시 동부로 돌아가는데 오빠에게 전해 줄 말은 없나요? 언니, 나 언니 동무가 되어 주고 싶어요. 그리고 대진 오빠가 원하는 일이고요."

"문옥 씨, 정말 고마워요. 그러나 저는 앞으로 혼자 살아가겠어요. 내 목숨이 붙어 있는 날까지 속죄 받으면서 살게요."

선애는 문옥에게 대진에게 줄 편지를 건네주면서 문옥의 손을 꼭 잡고, 문옥의 눈을 통하여 대진을 보고 있었다.

대진은 한창 조카들과 크리스마스 장식을 하고 있다가 문옥이 들어오는 바람에 손을 멈추고 문옥과 방으로 들어갔다.

"오빠, 여기 오니까 비로소 크리스마스가 실감이 나는 것 같애. 그쪽 캘리포니아는 날씨는 더운데 말이야. 여기저기 산타클로스가 서 있는 것을 보면 정말 우스워. 와! 눈이 점점 더 많이 오고 있네."

"문옥아, 선애 어떻게 살고 있니?"

"오빠, 그 언니 고생 많이 하면서 살더라. 한국 타운에서 살고 있는데 내가 사진에서 본 그 언니 얼굴이 아니야."

"왜? 어디가 어떤데?"

"아직 남편이 학생이니까 물론 가난한 살림이겠지만, 그 언니의 모습에서는 가난 이상의 초라하고 궁색한 것을 볼 수가 있었어. 얼굴은 온통 기미가 껴서 새까맣고……."

"됐다, 문옥아, 그만해."

대진은 창문을 열고 주머니에서 담배를 꺼내 불을 붙였다.

바깥은 더욱더 탐스럽게 눈이 내리고 있었고, 옛날 선애와 연대 캠퍼스 안에서 눈이 펑펑 쏟아질 때 얼굴을 서로 하늘로 향하고 누가 더 많이 눈을 얼굴에 쌓았는지 내기하면서 하얀 눈썹을 서로 쳐다보면서 한 없이 웃었고 눈 뭉치를 만들어서 서로를 향해 던졌었다. 그때 대진은 선애가 맞으면 아플까 봐 아주 연하게 만들어 선애에게 던졌었던 것을 기억하면서 대진은 입가에 미소를 띄우고 있었다.

"오빠, 뭘 그리 생각해?"

"으응, 옛날에 같이 놀던 생각하고 있었어."

"오빠, 그런데 말이야, 그 언니를 보니까 너무 가여워 보여서 내 마음이 아팠지만 한 가지 부러운 게 있었어."

"그 게 뭔데?"

"그 언니 눈빛이 말이야, 얼마나 청순해 보였고 아름다웠는지 몰라. 오빠 그 언니 눈빛에 반했던 거지, 그렇지?"

"선애는 눈빛만 청순한 아이가 아니야. 마음도 청순한 아이였어."

"이거 봐 오빠, 언니가 오빠한테 전해 주라고 했어."

대진은 선애가 보내온 하얀 봉투를 보는 순간 가슴이 두근거렸고 손가락이 무뎌지면서 빨리 펴서 읽을 수가 없었다.

'대진 오빠!

나는 더 이상 오빠를 부를 자격도 없고

오빠를 볼 자격은 더더욱 없어요.

오빠!

지켜 보세요, 저를 용서하지 말고 지켜 보세요.

내가 어떻게 죄 값을 치르고 사는지를 말이에요.

지금에 와서 나의 한 가지 소원이 있다면

나 이 다음에 죽어서 오빠 옆에라도 묻히고 싶어요.

오빠는 내가 준 물망초 꽃잎을 관 속에 넣어 가겠다고 했어요.

그렇다면 나는 오빠 옆에 묻힐 자격은 있는지 궁금하군요.

그것도 안 된다면 멀리서라도, 오빠의 무덤이 보일 수 있는 곳에라도 묻힐 수 있게 해 주세요.

그 희망만으로 나는 더 이상 울지 않고 그때를 기다리며 흘러내리는 눈물을 그냥 가슴에 묻고 살아 갈게요.

윤대진 씨!

사랑했습니다.

뜨겁도록 사랑했습니다.

사랑했습니다.

사랑했습니다.'

다음해 봄이 지나고 초여름이 시작될 무렵 종훈은 대학을 졸업했다.

그러나 생각과는 달리 꿈에 부풀었던 취직은 되지가 않았다.

경제학과를 졸업한 종훈은 은행이나 금융기관에 취직시험을 보았으나 그 어느 한 곳도 되지가 않았다. 그 큰 이유는 종훈이 학교 다니면서 한 번도 일해 본 경험이 없었던 것이 제일 큰 요인이 되었다. '경험'을 제일 중요시 하는 미국 사회에서는 종훈의 결과는 당연한 것이었다.

그러면서 취직자리 구하러 나간다면서 종훈은 다시 카지노를 찾아다녔고 다시 선애는 마음을 졸여야만 했다.

"종훈 씨, 우리 식구의 희망은 종훈 씨예요. 나는 그런 희망이 있었기 때문에 지금까지 살아 왔어요. 종훈 씨는 우리 식구의 중심이에요."

"그런 소리 마라, 내가 무슨 낙에 사냐?"

"종훈 씨가 이러면 우리는 무슨 낙에 살아요?"

"나 같은 놈한테 희망 걸지 마."

"그게 남편으로서, 아빠로서 할 소리예요? 겨우 종훈 씨 그 정도였나요? 누가 그러는데 미국에서는 경제학과 졸업생은 개도 안 주워간대요. 그러니까 우선 아무 데라도 일을 하면서 뭔가 다시 생각을 해봐야 될 것 같아요."

"나 모든 게 자신이 없어져."

종훈은 점차로 백수건달이 되어가고 있었다.

선애는 가르치는 학생이 늘어나면서 조금의 쉴 시간도 없이 바빠졌고 돈을 번다는, 그리고 한 푼이라도 모아야 된다는 신념으로 하루하루를 살아갔고, 다시 다음해에 둘째 아이를 낳았다. 그러한 이유로 선애는 친정 어머니께 방문비자를 내어서 삼개월간 미국에서 머무를 수 있게 했다.

둘째 아이가 아들이라면서 친정 어머니는 무척 기뻐했으나 종훈은 무슨 이유에서인지 장모의 그러한 모습을 싫어했다.

"하나님 감사합니다, 귀한 아들을 주셔서."

"장모님, 왜 그렇게 좋아하세요? 선애가 이번에도 딸을 낳았더라면 어떻게 하실라고 했어요? 그럼 싫어했겠네요?"

"이왕이면 아들을 낳았으니 얼마나 좋나."

"그런 말씀하지 마세요, 아들이라고 해서 이 아이가 좋다면 장모님이 데리고 한국으로 가세요. 나는 이 아이한테 정이 없으니까요?"

"뭐라고? 그게 무슨 소리야, 왜 정이 없어?"

"어쨌든 저는 이 아이 싫어요."

"이것 봐, 내가 아들 낳았다고 좋아하는 게 그렇게 잘못인가?"

"나는 장모님이 좋아하는 게 싫습니다."

"정말 이상한 사람이구만."

"데리고 가세요, 한국으로……."

"뭐야?"

선애와 갓난아기를 사이에 두고 장모와 사위의 싸움판은 선애를 더 이상 참지 못하게 만들었다.

선애는 일어나서 울부짖으면서 그들의 싸움을 말렸고 발악하면서 정신을 잃어버렸다.

"선애야, 나 더 이상 여기 있기 싫으니 내가 돌아가겠다."

"엄마, 왜 이런 일이 일어났을까요? 나나 아빠가 왜 저럴까요?"

"애기 엄마는 애기를 낳고 잘 먹어야 되는데 너는 나 때문에 아무것도 먹지도 못하고 이렇게 누워서 울기만 하니 내가 차라리 너를 안 보는 게 낫겠구나."

"엄마, 밥이 안 넘어가. 엄마가 가 버리면 나 더 많이 울 거야. 나도 이해할 수 없어, 어떻게 일이 이렇게 되었는지 말이에요."

선애 어머니는 선애가 아기를 낳고 퇴원한 지 이틀 만에 한국으로 돌아갔다.

그렇게 해서 선애는 둘째 아이 역시 미역국 한 번 제대로 못 먹어 보고 산후를 보냈다.

둘째 아이 정민이가 백일이 되어갈 무렵 종훈은 선애에게 뜻밖의 제안을 해왔다.

"우리 샌프란시스코로 돌아가자. 거기 가서 취직해서 다니고 저녁에는 대학원에 등록해서 컴퓨터 공부를 다시 해야 되겠어."

"거기 가면 내가 일을 할 수가 없잖아요."

"내가 취직을 하면 되잖아. 나 거기 가면 정말 열심히 살게, 응?"

갑작스런 종훈의 제안에 선애는 선뜻 대답을 하지 못했다.

그 이유는 샌프란시스코로 돌아가면 지금만큼의 수입을 가질 수가 없었기 때문이었으나, 더욱 중요한 문제가 종훈의 앞날 문제였기 때문에 더 이상 머뭇거릴 수가 없었다.

그러나 이사비용이 없었던 종훈은 선애의 생명과도 같은 피아노를 팔기로 결정하고 신문에 광고를 내보냈다.

광고를 보고 사러 온 사람은 음악대학의 교수였는데 그는 한참을 이리저리 살피고 돈을 지불했다.

피아노가 그 교수에 의해 실려 나가던 순간 선애는 복받쳐 오르는 눈물을 참을 수가 없어 화장실에 들어가서 수돗물을 틀어놓고 엉엉 울어 버렸다. 그날 저녁 선애는 미국에 와서 처음으로 술을 마셨다.

"선애야, 미안해. 내가 이 다음에 돈 벌면 피아노부터 살게."

"흥, 미안해? 그게 어떤 피아노인지 알지?"

"이제 그만 마셔라."

"봐 이거, 그 피아노 자기 어머니가 나한테 사 주신 거야. 제일 좋은 피아노, 스타인웨이 말야? 흥, 이젠 자기 어머니가 남긴 물건은 하나도 없어."

"어머니 이야기는 하지 마."

"왜, 가슴 아파?"

선애 시어머님은 다섯달 전에 급성 간암으로 돌아가셨다.

그때 젊은 나이에 갑자기 돌아가신 어머니를 보면서 모든 식구들은 너무나 큰 충격을 받았고 선애 역시 많이 울었었다.

지금도 앞으로 처절하게 죽음을 향해서 한 고개 한 고개 넘어가시던 시어머니를 머리 속에 그리면 '인간의 죽음'이라는 단어는 인생에 있어서 절망의 끝이었다. 선애의 시어머니도 마지막 숨을 거두기 직전 하느님께 살려달라고, 평상시에는 낼 수 없는 포효를 하고 돌아가셨다.

그리고 두 눈을 부릅뜨고 있는 시어머니의 눈을 선애는 두 손으로 조용히 감겨 드리고 자신의 뺨을 시어머니의 얼굴에 갖다대고 한참을 울었었다.

"나는 사실 주희 죽고, 어머니 돌아가시고 하니까, 지금은 모든 것이 허탈하기만 해."

"그래서 이렇게 백수건달로 사나요?"

"그래서 샌프란시스코로 돌아가겠다는 거야."

"네, 알았습니다. 돌아가야지요, 돌아갑시다. 또 다시 정처 없이 떠나자구요, 호호호…. 그게 내 팔자지요."

"안 되겠다, 너 술 그만 마셔."

"흥."

그날 밤 선애는 밤새 혼자서 주절주절 자신도 모르는 소리를 했고 그렇게 날을 맞이했다.

샌프란시스코로 돌아간다는 결정을 하자 선애는 더 이상의 삶에 의욕이나 용기가 나지 않아 하던 모든 일을 그만두고 짐정리만 하고 있었다.

그러던 날 문옥에게서 전화가 걸려 왔다.

"문옥 씨, 그동안 잘 있었어요? 네, 아 그러세요……. 그런데 나는 이번 토요일 날 다시 샌프란시스코로 돌아가요……. 모르겠어요……. 네……. 네, 없어요. 내가 오빠에게 무슨 할 말이 있겠어요……. 고마워요……. 내 운명인 걸요……. 네, 안녕히 계세요."

문옥은 이번 여름방학 때 다시 동부로 돌아가니 대진에게 전할 말이 없는가를 물어 왔다.

샌프란시스코로 다시 이사온 선애는 처음 석달은 피아노를 팔아 온 돈으로 아파트 비용과 생활비를 충당할 수 있었으나 그 다음은 감당할 길이 없어 여러 방면으로 취직자리를 알아보았으나 선애가 일할 곳은 결코 없었다. 그때까지도 종훈은 일자리를 못 구했고, 저녁에 대학원을 등록하여 다시 공부를 시작했다.

이곳은 한인들이 많이 살지 않아서 피아노 레슨을 하려고 해도 학생들을 모으는 것이 여간 힘든 문제가 아니었다.

가끔씩 시누이가 쌀 포대를 사가지고 왔는데 그것만이 선애 식구의 식량이었다.

갈수록 선애의 모습은 시들어 갔고 웃음이라는 단어는 선애를 어색하게 만들어 가던 어느 일요일, 선애는 종훈을 학교 도서관으로 보내고 나나와 정민을 데리고 교회 예배에 참석했다.

그들의 모습은 지나다가 들어온 나그네 같았으며, 떠돌다가 들어온 거지처럼 그 어느 누구에게도 관심 밖의 사람들이 되어 버렸던 가운데, 동서인 수영 엄마의 화려하고 의기양양한 모습에 선애는 더욱더 움츠러들었고, 선애의 존재는 차츰 사라져 갔다.

예배가 끝나고 예배당을 나와 계단을 내려오는 도중 심한 빈혈로 인해 선애는 그만 정신을 잃고 말았다.

한참 후에 눈을 떠 보니 선애는 친교실의 한 구석에 누워 있었고 주위에는 많은 사람들이 모여 있었다.

"이봐 올케, 이제 좀 정신이 드나?"

시누이는 선애가 불쌍하다며 흐느끼기 시작했다.

"울지 말거래이, 니 와 우나?"

"외숙모, 불쌍해서 그래요. 우리 올케 불쌍하고 가여워서 어떻게 해요."

"울지 마라, 이게 다 엄마가 없어서 안 그러나. 엄마가 살아 있었더라면 훈이도 이래 살지는 않을 거 아이가."

눈물이 앞을 가로막아 눈을 뜰 수가 없었던 선애는 그렇게 눈을 감고 누워 있을 수밖에 없었는데 그때 누군가가 와서 선애의 손을 꼭 쥐는 사람이 있었다.

"선애 씨, 미세스 박. 힘내세요."

그것은 윤숙의 목소리였다.

종훈이 결혼하기 전 윤숙이 무척 종훈을 좋아했고 목숨을 바쳐 사랑하겠노라면서 결혼하자고 애원했었다면서 윤숙과의 관계를 종훈은 선애에게 이야기해 준 적이 있었다.

선애는 감고 있던 눈을 뜨고 윤숙을 올려다 보았다.

"윤숙 씨, 고마워요."

"선애 씨 같은 사람이 복을 받지 않으면 누가 받겠어요. 힘내고 일어나세요."

윤숙은 결혼해서 두 아이를 가진 엄마가 되었다.

그리고 남부럽지 않게 행복하게 살아가고 있었다. 그러한 윤숙을 선애는 무척이나 부러워 했다.

쓰러진 후로 선애는 더 이상 교회에 나가지 않았다.

가끔씩 시이모님들과 교인들이 다녀갔는데 그들은 올 때마다 쌀 한 포씩을 사가지고 왔다.

아껴서 먹으면 몇 달은 먹을 수 있는 양이었기에, 선애는 그것만 생각해도 배가 불렀고 종훈이 앞에서 자랑스러웠다.

한 번은 외숙모님이 다녀가면서 선애에게 이십달러짜리 지폐 한 장을 손에 쥐어 주었는데, 그 돈을 보고 선애는 너무나 고맙고 감격스러워서 눈물을 흘렸다.

십달러는 종훈에게 차에 기름 넣으라고 주었고, 나머지 십달러는 마켓에 가서 반찬거리를 사왔다. 그리고는 마음 속으로 외숙모님께 언젠가는 몇십배로 갚겠다고 다짐하면서 진심으로 고마워했다.

그러나 선애가 당장 해결해야 할 문제는 다달이 들어가는 아파트 비용이었는데 아무리 궁리를 해도 해결할 수가 없었다.

생각다 못해 선애는 시아버지에게 사정 이야기를 하여 시아버지의 아파트로 들어가 살 수 있게 해 달라고 애원했고, 시아버지는 승낙해 주었다. 시아버지는 열 세대가 살 수 있는 아파트를 가지고 있었으므로 쉽게 승낙을 해 주었다. 그 허락을 받아낸 선애는 하늘을 날을 듯이 기뻤지만 그러한 선애를 종훈은 비난하고 있었다.

"아버지는 왜 찾아가서 그런 치사한 부탁을 하냐?"

"종훈 씨 아버지인데 왜 그런 생각을 하세요?"

"그 영감 나는 보기 싫어. 아버지라고 부르고 싶지도 않다구."

"종훈 씨, 우리는 살아가는 데 급한 사람들이에요. 아파트 값 걱정 안 하고 사는 게 우리한테는 얼마나 큰 일인데요. 우리가 거기 들어가서 살면 방값도 안 내고, 먹는 비용도 안 들어가요, 나는 지금 내 속의 자존심을 내세울 때가 아니라구요. 나는 우리 애들하고 먹고 살아야 돼요. 밖에 나가서 동냥이라도 해야 될 처지라구요."

"그만 해!"

"나는 지금 잠잘 곳이 생겼기 때문에 누가 뭐라고 해도 좋아요. 날아갈 것같이 기뻐요."

"가고 싶으면 너 혼자 가."

"그럴게요, 애들은 밥을 먹여야 되니까 애들 데리고 들어가겠어요."

선애는 어렵게 시아버지의 아파트 이층으로 이사했다.

처음에는 들어오지 않겠다던 종훈도 할 수 없었던지 결국 선애를 따라 들어왔다.

새벽부터 일어나 아래층에 사는 시아버지의 아파트로 내려가 일꾼들의 점심과 간식을 준비했고, 저녁 늦게 일을 끝내고 들어온 시아버지의 페인트 장비를 정리하고 깨끗하게 씻어놓고 밤늦게가 되어서야 이층으로 올라오곤 했으나 그것은 아무리 힘들어도 아무 문제가 되지 않았다. 나나와 정민에게 공밥을 얻어 먹일 수 있고 하늘을 가려주고 잠을 잘 수 있는 곳이라면 무엇이든지 할 수 있었기 때문이었다.

오늘은 시아버지 박 목사의 결혼식이 있는 날이다. 지난 주에 시어머니의 일주기 추도예배가 행해졌고, 일주일 후인 오늘 그는 결혼식을 올리고 있었다.

작년에 시어머니가 돌아가신 후 한 달 후에 시아버지는 어느 여자를 알게 되었고, 그녀를 사귄 지 한 달 후부터는 결혼을 하겠다고 서두르고 있었다. 이러한 사실을 알게 된 친척들이 시아버지를 찾아와 공박을 하기 시작했다.

"형부, 언니 죽은 지 이제 겨우 두 달이 지났어요. 어떻게 형부가 그럴 수가 있습니까? 남부끄럽지도 않습니까? 목사로서의 체통을 지켜야지요. 아니 이거는 목사로서가 아니라 인간으로서 말입니다. 적어도, 최소한도로 말입니다. 언니 일주기 추모는 끝나고 결혼을 하든, 동거를 하든 마음대로 하시라구요."

"죽은 사람은 죽은 거고, 산 사람은 살아야제."

"누가 형부더러 살지 말라 캤습니까? 사람의 도리를 지켜라, 이 말씀입니다."

"형부, 목사 대접받고 싶으면, 아니 인간 대접받고 싶으면 기다리시소. 일주기 추모예배 끝날 때까지."

"자형이요, 망신 당하고 싶지 않으면 기다리시소. 그렇지 않으면 우리가 가만 있지 않을 낍니다."

그들이 왔다 간 며칠 후에는 종훈의 고모와 고모부가 찾아왔다.

"오빠, 오빠가 재가하려면 자식들에게 좀 살게 해 주고 재가하이소. 훈이만 보더라도 지금 얼마나 힘들게 살아갑니까? 훈이 색시, 한국에서 귀한 딸 데려다가 저래 고생만 하지 않습니까? 아이 낳고 밥도 제대로 못 먹으니 저래 삐쩍 마르고 망가지고 있으니 말입니다."

"훈이가 취직하면 해결이 될끼라. 저들이 살아가야제, 내가 우찌 하노. 자식들 다 필요 없데이, 내도 자식들 덕볼 생각도 없고."

"형님, 그래도 우리 한국 사람들의 전통과 풍습은 그렇지가 않습니데이."

"여기가 지금 한국이가? 여기는 미국이라, 미국식대로 해야제."

고모와 고모부는 고개를 흔들면서 더 이상 말을 하지 못하고 돌아갔다.

그리고 시아버지는 시어머니의 일주기 추모가 끝나기를 기다리고 있었다. 그러나 그것은 오로지 형식에 불과한 것이었고 그들이 같이 살기 시작한 것은 선애가 로스앤젤레스에서 이사 오면서부터 이미 시작되었다.

시아버지의 결혼식이 점점 가까워 오던 어느 날 시누이 희경이 선애를 찾아 왔다.

"올케, 아버지 결혼식인데 그래도 우리 자식들이 가만 있을 수는 없는 노릇이지."

"……."

"사실은 장남인 훈이가 아버지 결혼식도 해 드려야 하는데 그럴 처지도 못 되니까 우리 남매들이 조금씩 돈을 모아서 하는 수밖에 없지 뭐, 안 그래?"

"……."

"무슨 말 좀 해봐라."

"……."

"올케 화났어?"

"아니요, 저는 잘 모르니까 형님이 알아서 하세요. 결정하는 대로 따라갈게요."

"그라믄, 한 사람 앞에 삼백 달러씩 내기로 하자. 그러면 우리 다섯이서 천 오백 달러가 되니까 그 돈으로 잔치하고 선물 하나 살 수 있으니까 말이야."

"네, 알겠어요."

"올케 삼백 달러 있나?"

"마련해야지요."

"그래 그럼, 마련해 봐."

시누이가 왔다 간 후로 선애는 식구들과 한 마디 말이 없이 넋이 나간 사람처럼 앉아 있었다. 자신의 형편을 무참히도 방관해 버리는 시누이가 원망스럽기도 했고, 돈 한 푼을 벌어오지 못하는 남편이 원망스럽기도 했고, 무엇을 위해서 살아 나가는지 자신을 원망하면서 배고파 보채는 정민의 울음도 아랑곳하지 않고 앉아 있었다.

"정민이가 울고 있잖아, 손을 좀 써봐."

선애는 종훈을 쳐다보면서 아무런 관심도 없는 듯이 입을 열었다.

"종훈 씨 아들이야, 왜 나보구만 돌보라 그래?"

"왜 그러니, 무슨 일 있어?"

"지겨워, 지겨워서 그래."

"왜 지겨운데?"

"종훈 씨, 어디 가서 삼백 달러만 좀 구해 가지고 와요. 나는 내 주머니에 단돈 삼 달러도 없으니까."

"갑자기 무슨 삼백 달러야?"

"아버님 결혼하시는데 자식들이 삼백 달러씩 내기로 했다구요."

"누가 그랬어?"

"오늘 낮에 형님이 왔다 갔어요."

"누나가 내라고 했어?"

"…네."

그것을 위해 며칠 동안을 선애는 고민하면서 마지막 결단을 내리고 있었다. 그것은 선애가 한국에서 떠나올 때 어머니가 선애에게 깊이 간직하고 있으라고 하시면서 해 준 세 돈짜리 순금 가락지를 파는 것이었다. 그 가락지만 팔면 삼백 달러는 쉽게 해결할 수 있는 액수였다. 반지를 팔러 나가던 날 선애는 그것을 한참 동안 가슴에 대고, 머리를 힘 없이 벽에 기대고 앉아 있었다.

'엄마!

어쩔 수 없었어. 이 방법 밖에는 돈을 마련할 길이 없었어.

엄마!

나 칭찬해 줘요, 야단치지 말고 말이야.

나 이렇게 모질게 살아 나가고 있다구.

엄마!

엄마가 보고 싶으면 나는 이제 어떻게 해야 될까?

엄마가 그리울 때는 이 가락지를 꺼내곤 했는데 말이야.'

5남매가 모은 천오백 달러로 지금 잔치는 성대하게 치루어지고 있었다. 한창 부엌에서 열심히 음식을 차리는 선애에게 종훈이 다가왔다.
　"우리, 집에 가자, 선애야. 에이, 더러워서 못 있겠다."
　"왜 이래요, 남이 듣겠어요."
　"집에 가자, 빨리, 가자구."
　"이게 무슨 행동이에요."
　"구역질나서 여기 못 있겠다."
　"종훈 씨, 정말 무례하군요."
　"야, 저게 목사냐?"
　"종훈 씨, 조용하세요. 종훈 씨 스스로 집안 망신시킬래요?"
　"저것 좀 보라구, 저 영감 노는 꼴을 말이야."
　종훈은 선애의 팔을 끌어 당겨 부엌을 빠져 나와 연회장의 시아버지를 가리켰다. 시아버지는 만족스럽게 행복해 하면서 축하객들에게 인사를 하고 있었다.
　"흥, 돈 받고 졸업장 팔아서 새 여자 데리고 잘 살라 그래. 나는 이제부터 아버지라고 부르지도 않을 테니까."
　"종훈 씨, 종훈 씨는 이 집 장손이에요, 어떻게 그런 소리를 해요? 맏아들의 도리가 있어요."
　"장손? 저 인간한테 장손이 어디 있냐?"
　"나 지금 바빠요."
　선애는 더 이상 종훈을 상대하지 않았고 부엌으로 다시 들어왔다.
　시간이 흐르면서 하나 둘씩 손님들은 빠져 나가기 시작할 무렵 갑자기 연회장에서 어떤 노인의 고함소리가 들려왔다.
　그 노인은 올해 구십이세인 외할머니였다.
　"그래, 박 목사! 박 목사가 장가를 갔다구?"
　"죄송합니다, 장모님. 벌써 가서 인사를 드려야 했는데 인사를 못 드렸습니다.”

“이보래이, 내 딸이 죽고 없다지만 나를 이래 섭섭하게 만들어 놓는다 말이가?

“죄송합니다.”

“죄송해? 이보래이 박 목사, 나한테 와서 한 마디라도 했더라면 내가 이렇게까지 섭섭하지 않데이, 아이고 내 딸 불쌍해서 우짤꼬. 오오….”

“고정하십시오, 장모님. 잘못 했습니데이.”

“그라고 장가 간 준이도 밥 먹고 살고, 혁이도 밥은 먹고 살지만, 훈이 저것이 취직이 안 돼 저래 고생하는데 재가하더라도 모른 척하면 안 된데이, 나나 어매이 저 어린 것이 아이 낳고 살겠다고 저렇게 삐쩍 말라 가면서 고생하는데 내가 참말로 안타깝고 불쌍해서 못 보겠데이, 저것이 얼마나 착한 며느리인데, 아이고 하나님 이이이…….”

“알겠습니다, 장모님.”

시아버지는 외할머니를 달래느라 안절부절하면서 이마의 땀을 닦아내었고, 여러 이모들과 외삼촌이 할머니를 위로하면서 집으로 모셔갔다.

마지막으로 남아 있었던 축하객들은 수근덕대면서 고개를 숙이고 서 있는 선애를 바라보았다. 갑자기 서러움이 복받쳐 선애는 부엌으로 들어가 한 구석에 머리를 대고 울었다.

새 어머니가 들어온 지 삼일 째 되던 날, 여느 날과 마찬가지로 선애는 아래층과 윗층을 오르내리면서 집안 일을 했고 시집의 일을 하고 있었다.

그러나 문을 열려는 순간 문은 열리지 않았고 열쇠를 가져다가 넣었으나 열쇠는 들어가지 않았다. 잠시 후 안에서 새 어머니가 문을 열었다.

"어, 왔어?"

"문이 왜 안 열려요?"

"으응, 내가 자물쇠를 바꾸었어."

"네?…?"

그동안은 가끔씩 시아버지가 선애에게 차에 기름이라도 넣으라면서 용돈을 주었는데 이제는 그것조차 없게 되자, 하는 수 없이 종훈을 달래어 시아버지의 페인트칠이라도 따라 나가서 하면 우리가 밥이라도 먹고 살 수 있을 것이라고 이야기했으나 종훈은 더욱더 완강하게 아버지에게 맞서고 있었다.

"더러워서 저 인간 꼴도 보기 싫고, 그 더러운 돈 받기도 싫어."

"안타까운 건 우리예요, 아버님이 아니라구요. 아버님이 그러셨어요, 나와서 페인트칠하면 일당주시겠다고요."

"하고 싶으면 네가 가서 해, 나는 안 해."

"종훈 씨, 어제 정민이 소아과에 갔었는데 뭐라 그러는지 알아요? 아이가 정상적으로 자라지 못한데요. 그러면서 아이의 옷을 벗겨 나에게 보여주더라구요. 아기가 발가벗겨진 순간 나도 놀랬어요. 흐흐흑…. 나는 정민이가 그렇게 앙상하게 살가죽만 씌워져 있었는지 나도 정말 몰랐어요. 잘못하면 영양실조에 걸린다고 의사가 말했어요. 내가 제대로 먹이지 못해서 그랬어요, 나는 그 순간 얼마나 울었는지 몰라요, 얼마나 정민이한테 죄책감을 느꼈는지 몰라요. 며칠 있으면 정민이 돌인데, 잔치는 못할 망정 정민이 첫돌기념 사진이라도 한 장 찍어 주고 싶어요. 그런데 돈이 없잖아요."

선애는 또 다시 정민을 안고 가슴 아프게 울었다.

그러나 결국 정민의 기념 사진은 찍어 주지 못했고 필름을 사다가 방안에서 사진기로 한국에 계신 친정 어머니가 보내온 아기의 한복을 입히고 찍어 주었다.

날이 갈수록 종훈은 가난이라는 것에 무뎌지고 있었고, 아버지와의 관계는 더욱 나빠지고 있었다.

하는 수 없이 선애는 날을 잡아 시아버지가 살고 있는 아래층 아파트의 문을 두드리고 들어가서 두 분 앞에 무릎 꿇고 앉았다.

"아버님, 나나 아범 취직할 때까지만 좀 도와주세요. 취직이 곧 될 거예요."

"내가 그만큼 페인트칠이라도 나와서 하라니까 왜 안 해?"

"저도 매일 독촉하고 있는데 말을 안 들어요. 그것 때문에 많이 싸워요."

"그거 참 야단났구만."

"아버님, 그럼 저라도 나가서 하겠어요."

"네가 무슨 일을 할 수 있겠어."

"아버님, 애들이 불쌍해서 그래요."

"나나 엄마, 우리 나이가 몇 살인데 젊은 사람들이 나이 많은 우리한테 기댈라 그래?"

"기대지 않아요. 나나 아빠 취직될 때까지만 좀……."

"나나 엄마, 그리고 말이야, 이제부터는 방값을 내고 살아야지. 그동안은 아버님 혼자 계셨으니까 그렇다 치고 이제부터는 내야지, 안 그래?"

"네? 방값이요?…!…?"

선애는 새로 들어온 여자의 무서운 말에 치를 떨면서 더 이상의 말을 못하고 이층으로 올라왔다.

"너 왜 울었냐? 얼굴이 왜 그래? 무슨 일 있었어?"

"아버님께 내려가서 도와 달라고 부탁했더니 도리어 방 값 내라고 하시더군요."

"야, 이 거지 같은 년아! 누가 너더러 구걸하라 그랬어? 그게 내 아버지인 줄 알아?"

"뭐, 뭐라구요? 살아갈려구, 악착같이 살아갈려구 나는 이렇게 죽을 힘을 다해 애를 쓰는데 나한테 욕을 해요?"

"그래 이 병신아! 거기는 왜 찾아가!"

"병신? 그래요, 나 병신이면 종훈 씨는 뭐예요. 남자가 밖에 나가서 돈 한 푼 못 벌어 오는 건 병신 아닌가요?"

"……."

"악!"

"이게 어디서 대들어, 나가 죽어!"

순간 종훈은 주먹으로 선애의 얼굴을 때렸으나 그것을 피하려던 선애는 잘못 맞아 귀를 맞았다.

어디서 흘러나오는지 귀 주위는 벌써 뻘겋게 피로 덮였고, 그 피는 다시 선애의 얼굴을 타고 목으로 내려가 옷깃을 적시고 있었다.

그것을 본 종훈은 겁을 먹고 눈이 커지고 있었다.

"선애야, 벼, 병원에 가자, 피가 많이 나와."

"나 만지지 말아요. 병원에 안 가. 피가 많이 나온다구요? 나는 괜찮아요, 차라리 잘 된 일이지. 피라도 보니까 속이 다 시원하네. 하하하……. 호호호……. 정말 기분이 좋네요."

"이러면 안 돼, 빨리 일어나."

"놔-아. 이 손 놔!"

피 흘리면서 발악하는 선애를 보고 나나와 정민은 울기 시작했고 선애도 그들을 잡고 울기 시작했다.

선애를 억지로 등에 업고 병원으로 들어온 종훈은 초조하게 의사가 오기만을 기다리고 있었다.

피를 많이 흘려 옷이 많이 물들여져 있었으나 선애는 아랑곳하지 않고 입을 굳게 다물고 있었다.

의사가 들어와 선애의 표정을 보면서 피를 닦아내었다.

"무슨 일이 있었는지 나한테 말해 줄 수 없어요?"

"……."

"누구한테 맞았지요?"

"……."

"남편이 때렸나요?"

"……."

"내가 경찰 불러 줄까요?"

"경찰을 부르면 어떻게 되나요?"

"감옥에 가지요."

"그럼 어느 정도 감옥에 있나요?"

"역시 남편한테 맞았군요?"

"……."

"경찰 부를까요?"

"아니요."

"그냥 지나가 버리면, 당신 남편 다음에 또 당신을 때릴 수 있어요. 중요한 판단이에요."

"아니요, 안 부를래요."

의사는 선애의 귀를 다섯 바늘이나 꿰매면서 계속 경찰 부르기를 종용했으나 선애는 고맙다고 인사하고 그냥 집으로 돌아왔다.

그 날 밤 뜬눈으로 울면서 밤을 지새운 선애는 친정 어머니가 해준 금가락지를 팔러 거리로 나갔다. 시가보다 절반 값으로 팔 수밖에 없었지만 급한 선애로서는 어쩔 수 없는 상황이었다.

그것을 팔아 선애는 정민과 나나의 우유와 치즈를 사가지고 들어왔다.

그것을 본 종훈은 미안한 마음이 들어 내일부터 아버지를 따라 일을 가겠다고 선애에게 약속했다.

억지로 떠밀어서 종훈을 일터로 보낸 선애는 한국에 계신 부모님께 잘 살고 있다는 편지를 쓰고 있는 도중 전화벨이 울렸다.

"여보세요."

"선애야!"

"아!"

"선애야, 여보세요!"

선애는 잠시 호흡을 정리하고 난 다음에야 대답을 할 수 있었다.

"오빠! 나 선애야."

뜻밖에 대진의 목소리를 듣고 너무나 반가워서 자신도 모르게 반가움의 울음을 터뜨렸다.

"선애, 너 울어? 왜 울어 응?"

"흐흐흑……."

"선애야! 무슨 일이야, 응?

"아니야, 아무 것도 아니야. 그냥 반가워서 그랬어, 오빠."

"선애야, 너 지난번에 나한테 그랬지. 내 목소리 하나만으로도 나의 모든 것을 알 수 있다고 말이야. 나도 그래. 나도 너의 목소리 하나만으로 모든 걸 알 수 있다구."

"오빠! 제발 묻지 말아줘."

"선애야, 너 말 못 해? 말 못 하겠어. 응?"

대진은 수화기가 터질 정도로 선애에게 고함을 지르고 있었다.

"오빠! 오빠가 이렇게 해 주는 것만으로도 나는 충분히 지탱해 나갈 수 있어. 오빠는 나에게 정말 고마운 사람이야. 오빠! 나는 지금 모진 죄 값을 치르고 있으니까 오빠는 즐거워 해야 돼."

대진은 또 다시 수화기가 터질 정도로 한숨을 쉬었다.

"선애야! 힘들어? 살기 힘들면 주저하지 말고 나한테 와. 니가 오기만 하면 그 다음 처리는 내가 알아서 할게. 응? 선애야!"

"오빠! 그런 소리 하지 마, 절대로. 나는 오빠한테 갈 자격도 없거니와, 또 죄 짓는 일을 해서는 안 돼. 내가 지난 번에 그랬지, 내가 이 다음에 죽으면 오빠 곁에 묻히게 해달라고 말이야. 내가 지금 바라는 것은 그것 밖에 없어."

"나도 알아, 내가 오라고 해서 니가 올 여자가 아니지. 그렇지만 선애야, 나는 네가 어떻게 살아가는지만 알고 싶어. 그리고 내가 힘이 되어주고 싶단 말이야. 그러니까 무슨 일이든지 나한테 말해 줄 수 없어?"

"없어. 오빠는 오빠 삶이 더 중요해. 나 때문에 더 이상 오빠가 희생되어서는 안 된다구."

"희생이 아니야, 사랑이지. 나는 너를 사랑해, 그 뿐이야."

"오빠! 이런 전화하려거든 더 이상 전화하지 마."

냉정하게 전화를 끊어 버린 선애는 가슴이 아파 견딜 수가 없어 무릎 꿇고 기도를 드렸다.

'오! 하나님 도와주세요. 주님께서 원하시는 삶을 살겠나이다.'

야간에는 학교에 가고 주간에는 일자리를 구하러 다녔지만 좀처럼 일자리는 구해지지가 않았고 생활은 말이 아니었다.

"종훈 씨, 꼭 종훈 씨가 원하는 일자리만 찾지 말고 임시라도 마켓이나 햄버거 가게에서라도 일을 하세요. 그러면서 또 종훈 씨 일자리를 구하면 되잖아요."

"아니야, 처음 직업을 제대로 구해야 된다구."

"그러니까 임시라 그랬잖아요."

"임사라도 못 해. 그런 일은 하기 싫어. 내가 처음 미국에 와서 남의 집 페인트칠하러 다녔는데 얼마나 서러웠는 줄 알아? 그런 일은 두 번 다시 하기 싫어."

종훈의 고집은 남달랐다. 그러한 남편에게 선애는 더 이상 기대를 포기하고 말았다. 안타까운 것은 선애 역시 일자리를 구할 수가 없었다. 마켓이나 햄버거 가게의 일자리도 알아보았으나 그들은 한결같이 선애가 제대로 일할 수 있을 것 같지가 않다는 주장이었다.

그러던 어느 날 우연히 신문광고를 보게 되었는데 그것은 나이트클럽에서 피아노 치는 사람을 구한다는 내용이었다.

그 광고를 본 선애는 그 날로 그 나이트클럽을 찾아갔다.

"어서 오세요."

"저어……."

"네, 어떻게 오셨어요?"

"신문광고 보고 찾아 왔어요."

"어떤 광고요?"

"피아노 치는 사람을 구하신다기에 왔어요."

"피아노 칠 줄 아세요?"

"어떤 종류의 음악을 쳐야 되나요?"

"모든 노래는 다 칠 줄 알아야 되는데요."

"유행가요?"

"잠깐만 기다리세요, 우리 매니저 불러 올게요."

조금 기다리고 있으니 주인 남자는 매니저라는 사람을 데리고 왔다. 그 매니저는 '양 선생님'이라고 불려졌고, 그를 본 순간 선애는 왠지 주눅이 들어 그의 눈치만을 살피고 있었다.

"미혼이신가요?"

"아니요, 결혼했어요."

"이런 데서 일 안 해 보셨어요?"

"네. 저는 클래식 피아노를 전공했어요. 유행가는 잘 못 쳐요. 그렇지만 배우면 금방 칠 수 있을 것 같아요."

"남편께서 이런 일을 허락했나요?"

"아직 말은 안 했어요. 그러나 문제 없어요. 피아노 치는 일인데요, 뭐."

"우리 나라 가요나 외국 가요를 칠 수 있어야 되는데요."

"저 얼마든지 시간만 좀 주시면 칠 수 있어요."

"그러면 내일 한 번 더 와 보세요."

"예, 알겠습니다."

그 날 저녁 집에 와서도 선애는 그 일을 종훈에게 이야기하지 않았다. 그리고 다음 날 또 다시 나이트클럽을 찾아갔다. 양 선생은 무뚝뚝하게 선애에게 악보를 건네주면서 피아노 앞에 앉으라고 권했다.

그 악보는 한 뼘 정도 두께의 악보 책이었는데, 그것은 악보가 제대로 그려져 있지도 않았고 선애로서는 처음 보는 악보였다.

읽을 수조차 없었던 선애는 눈 앞이 깜깜해지면서 아무 것도 볼 수가 없었다.

"자, '봄날은 간다' 한 번 쳐보세요."

"네? 그게…… 뭔데요?"

양 선생은 선애의 물음에 놀란 토끼처럼 선애를 빤히 쳐다보고 있었다.

"봄날은 간다 모르세요?"

"모르겠는데요."

"그럼 '댄서의 순정' 한 번 쳐보세요."

"'댄서의 순정'이요?"

"그것도 모르세요?"

"양 선생님, 제게 시간을 좀 주시면 빨리 배울게요. 죄송합니다. 저 할 수 있어요, 양 선생님."

선애는 무조건 양 선생이라는 사람에게 매달리기로 작정했다.

"양 선생님! 부탁드려요, 저는 애들이 둘이나 있어요, 애들이 굶고 있어요. 월급은 다른 사람의 절반만 주시면 돼요. 아니, 그냥 밥만이라도 먹을 수 있는 돈이면 돼요."

선애는 울면서 처절하게 애원을 하고 있었다.

술집 주인과 양 선생은 선애를 보다 못해 가여운 생각이 들어 다른 제안을 했다

"그러면 아주머니 다른 일을 드릴게요"

"어떤 일이요?"

"손님을 받으실 수 있나요?"

"네? 손님이라니요."

"손님 접대 말입니다."

"그럼, 술 따르는 일인가요?"

"하하하……. 꼭 그렇게 만은 생각하지 마시고……."

"죄송합니다. 안녕히 계세요."

"차라리 그 거라도 해서 밥을 먹는 게 낫지 않을까요?"

선애는 집에 돌아오면서 자신이 술집에 들어가서 밥까지 구걸한 거지였다는, 밥 한 그릇 먹기 위해서 인간으로서 가장 밑바닥에서 천하게 놀았던 자신의 행동을 바라보면서 자신을 비웃고 있었다.

'대진 오빠!

나 이렇게 살고 있어.

내 죄 값을 이렇게 치르고 있다구.

아직 멀었다구요?

네, 알아요.

피하지 않고 다 받아 들일게요.

그것은 내가 평생 지고 가야 할 나의 멍에라고 믿겠어요.

질곡의 가시밭길은 나의 길이에요.'

집에 오는 길에 선애는 버클리에 있는 바닷가로 갔다.

이곳 바닷가는 모래사장이 아닌 바윗돌로 쌓여진 바닷가였기에 바닷물이 계속 철썩 철썩 바윗돌을 때리면서 묵묵히 밤을 지키고 있었다. 멀리 정면으로는 금문교의 불빛이 외롭게 빛을 내고 있었다.

이곳은 선애가 외로울 때면 찾아오는 곳이었고, 고향이 그리우면 찾아오는 곳이었고, 부모님이 보고 싶으면 찾아오는 곳이었다.

항상 바람이 많이 불어 선애는 항상 오돌오돌 떨면서 앉아 있었고 그 찬 바람이 선애의 머리를 아프게 하곤 했으나, 그래도 선애의 마음을 달래 줄 수 있는 곳은 여기였다.

밤이 늦게 되어서야 서러움을 털고 일어난 선애는 집으로 들어

오는 순간 잔뜩 화가 나서 씩씩거리는 종훈을 보았다.

"너 어디 갔다 이제 오는 거야. 아이들 놔두고 어딜 돌아다니다가 이제 들어와, 엉?"

"왜요? 내가 무슨 그렇게 필요한 사람이라고."

"뭐야? 나가, 들어오지 마!"

종훈은 문 밖에서 선애를 밀쳐 버렸고, 선애는 이층에서 계단을 굴러 바닥으로 떨어졌다. 선애는 이내 정신을 잃었고, 이것을 목격한 일층의 흑인이 경찰에 신고를 했다.

선애는 들것에 실려 병원으로 옮겨졌고 경찰에 의해서 조사를 받아야만 했다. 그때 선애는 자신이 실수해서 굴러 떨어졌다고 완강히 주장했고 남편이 도리어 도와주었다고 경찰에 진술했다.

그렇게 해야 종훈이 경찰에 붙들려가지 않기 때문이었다.

그것은 종훈을 사랑해서가 아니라 종훈이 붙들려 감으로 해서 집안은 정말로 풍지박산이 되어 버릴 것을 염려했기 때문이었다.

가정을 지켜야만 했던 선애로서는 그것이 최선의 방법이라고 생각했다.

선애의 왼쪽 발은 시커멓게 멍이 들어 무섭게 부어 오르고 있었고 그로 인해 삼주 동안 걷지 못했다.

시아버지의 천대로 선애는 더 이상 그곳에서 살 수 없는 처지가 되자 하는 수 없이 선애는 종훈의 작은 외삼촌이 살고 있는 산호세로 이사를 했다.

산호세라는 도시는 버클리에서 약 오십마일 남쪽에 위치한 곳이었는데 전자산업이 발달한 도시였다. 이곳으로 오는 한국인들은 거의가 다 전자공장 조립공으로 취직이 되었고 일자리를 구하기가 그리 어려운 곳이 아니었다.

이곳에서 종훈의 작은 외삼촌은 그의 누나와 같이 마켓을 운영하고 있었지만, 아직은 그의 생활도 넉넉하지 못한 터여서 방 두 개짜리 아파트에서 다섯 식구가 살고 있었다.

그 외삼촌은 첫 번째 결혼에 실패하고 두 번째 부인을 한국에서 데리고 왔다. 재혼을 했음에도 불구하고 외삼촌은 첫째 부인을 못 잊고 살아가고 있었다. 그의 첫 번째 부인은 현재 백인 남자와 결혼해서 벌써 그녀의 아들이 다섯 살이 되었고, 외삼촌은 이제 막 두 돌과 한 돌의 아들과 딸을 두었다.

그러한 살림에도 불구하고 종훈의 외삼촌은 종훈이 어렵게 살아가는 것이 안타까워 자신의 집으로 들어와 살면서 약간씩 마켓일을 도우면서 직장을 구하라면서 선뜻 제의를 해왔다.

그렇게 해서 외삼촌 댁으로 이사를 들어온 선애는 마켓의 뒷일을 다해 주었고 집안일을 마다하지 않고 도와주면서 숙식을 해결했다.

그러나 그것은 결코 편하게 먹는 밥이 아니었고, 외숙모 앞에서 숨소리도 제대로 못내는 눈칫밥이었다.

그러던 어느 날 갑자기 외숙모가 선애에게 물었다.

"혹시 방에서 내 금목걸이 못 봤어?"

"못 봤는데요."

"금목걸이가 없어졌어."

"?……"

"분명히 화장대 위에 있었는데……."

"외숙모님 방에는 아무도 안 들어가요, 외숙모님. 제가 잘 찾아볼게요."

"응, 찾아봐."

선애는 며칠 동안을 찾았으나 금목걸이는 나오지 않았고, 외숙모는 매일 선애에게 찾았는가를 물어왔다. 결국 선애는 찾지 못했고 외숙모 앞에서 더욱 숨을 죽여야만 했다.

그러던 어느 날 밥을 먹으면서 선애는 무심코 물었다.

"외숙모님, 금목걸이 아직 못 찾았지요?"

"응, 못 찾았어."

"뭐? 니 목걸이 말이가?"

"예, 괜찮아 예."

"니 목걸이 장롱 안에 안 있나?"

"그래 예?"

"니, 헛소리하지 말거래이."

"알아 예."

당황하면서 외삼촌의 눈치를 살피고 있는 외숙모의 의도를 그제서야 선애는 알아 차릴 수가 있었다.

"니, 수작부리지 말거래이, 쓸 데 없이. 가만 안 놔둘끼라."

외삼촌은 외숙모에게 조금의 정이라든가 사랑이 없었던 고로 외숙모는 그것에 대한 불만으로 남편 몰래 패물을 사 모으고 있었다.

그리고는 목에, 손가락에, 귀에, 팔목에 주렁주렁 달고 다니는 것이 그녀의 남편에 대한 불만을 위로 받는 것이었다.

언젠가 선애는 외숙모에게 무슨 패물을 이렇게 많이 샀냐고 물었을 때 외숙모는 뚱하게 대답했다.

"내가 그럼, 남편한테 인정을 받나, 사랑을 받나 나한테 눈길한 번 안 주는데 내가 무슨 재미로 죽어라 일만 하고 사는가 말이다."

외숙모는 마켓에서 나오는 돈을 조금씩 남편 몰래 빼어내 패물을 사 모으고 있었는데, 엄청난 돈을 지불하고 사는 것을 선애는 여러 번 보았으나 그것은 외삼촌에게 절대적인 비밀이었다.

선애가 더 이상 외삼촌 집에 머물 수 없게 되자 한국에 계신 친정 부모님께 전화를 걸어 미국에 오는 준비를 하려면 돈도 조금씩 미국으로 가져다 놓아야 된다면서 인편으로 보내라는 말과 함께 초청장을 보내겠노라고 말씀드렸다.

그렇게 해서 온 돈으로 선애는 아파트를 얻었고 피아노 한 대를 구입해서 학생들 피아노 레슨을 시작했으나, 종훈은 여전히 일자리를 구하지 못했다.

그러던 어느 날 친구의 소개로 한국 사람이 운영하는 조그만 무역회사에 취직을 하게 되었다.

그 회사는 직원이라야 사장과 그의 아들까지 합쳐서 네 명뿐이었으나 선애는 그것도 너무나 고마웠고, 종훈이 출근하는 첫날은 감격의 눈물을 흘렸다.

선애는 준비해 놓았던 종훈의 새 양복과 새 와이셔츠, 새 넥타이, 새 양말을 종훈에게 신켰고, 종훈에게 양복을 입히면서 가슴까지 두근거렸다.

마치 이제는 인생의 무거웠던 짐이 사라진 것만 같았고 하늘 문이 열린 것만 같았다. 이제는 세상을 다른 사람들과 같이 공유하면서 숨을 쉴 수 있다는 자신감을 갖자, 선애는 모든 것이 감격의 눈물로 변해 뜨거운 강물처럼 흘러 내리고 있었다.

그리고는 오로지 시장에 가서 반찬거리를 사는 것도 종훈만을 위하여 사 왔다. 선애는 먹고 싶어도 그것을 먹지 않았고, 아이들에게까지도 주지 않았다. 그리고 종훈의 밥상은 항상 혼자 먹게 차려 주곤 했다.

어쩌다가 생선이라도 사서 상에 올려 줄 때는 종훈이 빨리 먹고 출근하기를 기다렸다가 그가 먹으면서 빼낸 가시에 붙은 고기 조각을 아이들과 셋이서 뜯어 먹었는데 그것으로도 선애는 만족스럽게 밥을 먹을 수 있었다.

이주일에 한 번씩 봉급을 주는 그 회사는 아직 안정된 회사가 아니었기에 종훈의 봉급도 무척 적은 액수였지만 종훈이 출근하고 나서부터 선애를 설레게 한 것은 봉급날이었다.

선애는 매일 달력을 보면서 하루하루를 세어 나갔다.

그것은 선애가 미국에 와서, 아니 선애가 결혼한 이후로 6년만에 남편으로부터 받는 월급으로 생활을 꾸려 나간다는 꿈 같은 사실이었다.

어느덧 봉급을 타는 금요일, 그 날은 아침부터 남편 종훈을 기다렸는데 그 날은 무척이나 해가 길었고 시간이 가지 않았다.

일찍 아이들과 저녁을 먹고 종훈의 밥상을 차려 놓은 선애는 시계만을 보면서 종훈을 기다리고 있었으나, 그 날 따라 종훈은 다른 때와 같은 시간에 들어오지 않았고, 자정도 넘어가고 있었으나 끝내 종훈은 들어오지 않았다.

다음날 토요일 아침이 되어서야 들어온 종훈의 모습은 초췌해 있었고 마치 죄를 짓고 들어오는 죄인 같았다.

"종훈 씨, 어떻게 된 일이에요."

"……."

"종훈 씨 무슨 일이에요, 말해 보세요."

"……."

"종훈 씨, 나를 똑바로 보세요, 죄지었어요?"

선애는 종훈의 대답이 무서워 벌써부터 가슴이 뛰면서 숨이 탁탁 막혀 오는 것을 느꼈다.

선애의 목소리는 점점 커지면서 울부짖기 시작하였고 몸을 지탱할 수가 없어 비틀거렸다.

"종훈 씨!"

"……."

"월급봉투 주세요."

"……."

"종훈 씨!"

"없어."

"네?"

"없다구."

"왜에? 왜 없어요?"

"다 썼어."

"뭐라구요? 뭐라 그랬어요, 지금?"

"……."

종훈은 천천히 방으로 들어가고 있었다.

"이것 봐요, 방에 못 들어가. 어디다가 다 쓰고 들어왔어요?"

"어젯밤에 포커하는 데 갔었어. 한 시간만 하고 오려고 했는데 잘 되지가 않아서 하다 보니까 다 잃어 버렸어. 그리고 다음 주까지 갚아야 할 돈이 있어."

"?……."

"미안하다."

"……."

"친구를 오랜만에 만났는데 그놈하고 같이 갔었어."

"……."

"미안해, 선애."

"당신은 개군요. 이제 보니 사람이 아니고 개예요. 지금까지 나는 개하고 살았어요."

"말 조심해, 이년아!"

"악!"

종훈은 거실에 있던 테이블을 들어 엎었고, 다시 탁상시계를 던졌다. 운이 나쁘게도 그 탁상시계는 선애의 얼굴에 맞고 땅에 떨어져 박살이 났다.

"아! 아야! 엄마 아-!"

순식간에 선애의 눈 주위가 시커멓게 살이 죽으면서 부어오르고 있었다.

"네 나이가 서른살이나 되었는데도 아직 결혼을 안 하겠다면 나는 마음 놓고 죽을 수가 없다. 내 나이 오십에 너를 낳았는데 나는 너에게 할 수 있는 것은 다 해 주고 죽고 싶다."

"아버님, 그런 말씀 마세요, 아직도 아버님은 한창이신데요."

"그렇지가 않아, 대진아."

"죄송합니다, 아버님."

"왜, 미경이하고 결혼하고 싶은 생각이 없는 거냐? 싫은 이유가 뭐야?"

"아니요, 아버님. 싫은 게 아닙니다."

"그럼 왜 결혼을 안 해?"

"아버님, 조금만 더 시간을 주십시오."

"너 아직도 선애라는 여자를 못 잊어서 그러는 거냐?"

"……."

"못난 놈."

"죄송합니다, 아버님."

한국에서 여학교 교장이셨던 대진의 아버지는 요즈음 부쩍 대진의 결혼을 재촉하고 있었다. 그래서 아버지의 곁을 떠나려고 시카고로 가려는 마음까지 먹고 있었다. 시카고에는 육촌 형님이 살고 계시는데 그 형님은 한국에서 선애를 보아왔기에 선애를 잘 알고 있었다. 그러나 육촌 형님의 반대로 대진은 그만두이야만 했다.

미경이라는 여자는 아버지 제자의 딸이었는데 미국에 와서 은행에 근무하면서 그녀의 언니와 같이 살고 있었다.

아버지는 가끔씩 미경을 불러 식구들과 같이 저녁식사도 하곤 하면서 대진이 관심을 가져줄 것을 기대하고 있었다.

어떤 때는 아버지의 성화에 미경과 만나 밖에서 저녁을 먹기도 했는데 대진은 그러한 미경에게 어떤 호기심이나 매력을 갖지 못했다. 그것은 미경이 여자로서 남보다 못한 것이 아니라 대진 자신의 문제였다.

"대진 씨는 제가 보니까 그리 성격이 밝지 못한 사람 같아요."

"제가요? 제가 그래 보입니까?"

"네, 어딘가 화나 있는 사람같아요."

"후후후…."

"왜 웃어요?"

"아, 아닙니다. 미경 씨는 누군가를 지독하게 사랑해 본 적 있습니까? 지독하게 말이에요. 나이가 스물여덟이면 남자를 사귀어 본 적도 있을 텐데 말입니다."

"사귀어 본 적이야 물론 있지요. 그러나 대진 씨 말대로 지독하게 사랑해 본 적은 없어요."

"그래요?"

"그럼 사랑이 뭔지 아직 모르겠군요?"

대진은 담배를 입에 갖다 물고는 불을 붙이면서 건방진 태도로 이야기하고 있었다.

"그럼 대진 씨는 지독하게 사랑해 본 경험이 있다는 말씀이군요?"

"후……."

담배 연기를 폐 깊숙이 넣었다가 뱉으면서 고개를 끄떡였다.

요즈음 들어 부쩍 대진의 집을 드나드는 미경은 점점 더 세련되어가고 있었고, 그러한 미경을 대진 아버지는 항상 반갑게 딸처럼 맞이해 주었다.

저녁에 친구를 만나 술 한 잔 마시고 늦게 집으로 들어오는 대진을 불러 앉혀 놓고 대진의 아버지는 또 다시 미경과의 결혼을 재촉했고 대진은 그러겠노라고 대답했다.

방으로 들어온 대진은 외로움이 엄습해 오면서 공포감을 느끼기 시작했다. 아직도 선애를 잊지 못하고 선애를 그리워하는 그것은 대진을 어떤 앞날의 두려움과 공포로 몰아 넣고 있었다.

며칠 전 선애에게 전화를 걸었을 때 남자의 목소리가 들려오는 바람에 대진은 얼른 수화기를 놓아 버렸다.

그리고는 자신을 비웃었다.

'그래 선애야! 나는 너를 가질 자격이 없었어. 바로 그 거였어.'

대진은 지금 다시 수화기를 들었다.

"선애야!"

"오빠!"

"내가 오래간만에 전화하지?"

"……."

"우리 선애, 보고 싶어서 미칠 것 같다."

"오빠 술 마셨구나."

"응, 마셨어. 선애야! 나아, 나 이젠 개 한 마리 갖다 길러야 되겠다. 아버님께서 자꾸만 독촉하신다."

"그게 무슨 소리야?"

"후후후……. 개, 개 말이야, 개. 내가 영원히 데리고 살 개."

"오빠! 무슨 말을 그렇게 해, 취소해 그 말. 오빠 인격 문제야."

"후후후……. 그러냐? 내 인격이 그렇지, 뭐."

"오빠! 그러지 마."

"그런데 선애야! 무서워, 결혼하려구 마음 먹으니까 두려워져, 자신이 없어."

"……."

"선애야."

"……."

"선애, 듣고 있는 거야?"

"……."

선애는 이미 수화기를 놓았다. 대진은 자신이 죽어도 선애 곁을 떠나지 못할 것이라는 생각을 하면서 괴로워 했다.

며칠 후 일요일이었던 그 날은 하루 종일 비가 힘 없이 내리고 있었고, 가게에서 대진은 별로 손님이 없었던 관계로 한달 동안의 지출과 수입에 대한 장부를 정리하고 있었다. 저녁 시간 가게 문을 닫을 즈음 미경이 찾아왔다.

"아니, 이 시간에 여긴 웬일이십니까? 우리 아버님께 가야지."

"나 오늘은 대진 씨에게 저녁 좀 얻어 먹고 싶어서 왔어요."

"그러십니까?"

"사 주실 거지요?"

"사 드려야지요, 안 그러면 아버님께 꾸중 듣습니다."

"그럼 아버님께 꾸중 들을까 봐 사 주는 거예요? 아무렇게나, 어쨌든 고마워요."

"잠깐만 기다려 주십시오, 거의 끝나 갑니다."

"걱정하지 마세요, 얼마든지 기다릴 테니까요."

미경은 대진의 맞은편 의자에 앉아서 일에 몰두해 있는 대진을 바라다보고 있었다.

잠시 후 그들은 한국 음식점으로 들어가 낙지전골을 주문했고, 곁들여 소주도 한 병 주문했다.

"아─. 오늘은 미경 씨 덕분에 기분 좋은 저녁이 되겠습니다."

"정말 그렇게 생각하세요?"

"제가 왜 거짓말을 합니까?"

"대진 씨, 마음 속에 아직 내가 끼어 들어갈 자리가 없다는 정도는 알고 있어요."

"후후후……. 무슨 말을 하려고 그러십니까?"

"사실 대진 씨 부모님이나 저의 어머니만 서로 좋아서 그러시지 대진 씨나 저는 아직 부모님이 생각하신 것만큼 서로 가까이 있지는 않잖아요."

"미경 씨, 미경 씨는 제가 봐도 모자랄 데 없는 여자라고 생각합니다. 그런데 문제는 제가 과연 미경 씨와 결혼할 자격이 있는지, 그것을 모르겠습니다."

"대진 씨! 솔직해 보세요, 이유가 그 거였어요?"

"예, 그 거였습니다."

그들은 서로 술잔을 주고 받으면서 이야기하고 있었고 미경은 얼굴이 발그레져서 대진의 눈으로부터 자신의 눈을 떼지 않았다.

"대진 씨, 만약에 제가 충분히 자격을 준다면 어떻게 하시겠어요?"

"그렇다면 고마운 일이지요."

"대진 씨 마음 속에 제가 자리잡고 들어 갈 틈을 저에게도 주세요. 조금의 틈만 주시면, 제가 들어가서 얼마든지 대진 씨의 모든 것을 제가 장악할 수 있거든요. 대진 씨가 누군가를 지독하게 사랑했던 그 마음을 제가 다시 회생시키겠어요. 나를 통해서 대진 씨의 죽었던 사랑을 살려 놓겠어요."

"자신 있습니까?"

"네, 자신 있어요."

"그러시다면 저를 맡길 테니까 한 번 해 보세요."

요즈음 대진과 미경은 부쩍 가까워졌고, 대진의 부모님은 대진의 결혼을 준비하고 있었다.

미경이 퇴근하면 대진의 가게 들르는 것이 어느덧 일과가 되어가면서 미경의 모습에서는 행복과 웃음이 충만해지고 있었다.

"대진 씨 우리 결혼하면 애기 몇 명 낳을까요?"

"나는 딸 하나만 있으면 돼."

"왜요?"

"그럼 몇이나 낳으려고 그래?"

"아들은 필요 없어요? 나는 아들이 더 갖고 싶은데……."

새 색시가 되려는 미경은 모든 것을 대진과 상의해서 결혼 준비를 해 나가고 있었다. 침대 시트 색깔에서부터 반찬 그릇의 색깔이며, 시시콜콜한 쓰레기통을 사는 것까지도 모양과 색깔을 대진에게 물어 왔으며, 대진은 그것을 신부가 되려는 여자의 희망과 행복이라는 것을 알았기에 그러한 미경의 모습을 지켜보고 있었다. 그러한 모습을 보면서 대진은 머리 속에서 선애를 떠올리고 있었다.

'저 여자가 선애였더라면, 선애였더라면……. 선애도 저랬을까? 선애도 결혼할 때 저렇게 행복했었을까…….'

대진은 마지막으로 선애에게 전화를 걸었다.

"여보세요?"

"오빠구나."

선애는 벌써 대진임을 알아차리고 반가워 했다.

"선애야!"

"또 무슨 이야기를 할려구 그래. 오늘은 술 안 마셨네?"

"응, 오늘은 안 마셨어."

"무슨 일이야?"

"선애야!"

"왜에."

"나아, 선애야. 나아, 결혼해. 다음주 토요일에. 그래서어, 그래서 이렇게 전화하는 거야."

"……."

"선애야!"

"오빠! 잘 했어. 당연히 해야지. 그래야 나도 살아."

"선애야!"

"응?"

"잘 있어."

"응."

"너 행복하게 살아야 돼 알았지?"

"응."

"너 아프지 말고……. 알았지?"

"응."

"언젠가는 우리 만날 수 있겠지?"

"응."

"이 다음에 너랑 나랑 늙으면 만나자."

"응."

"늙어도 넌 나를 알아볼 수 있지?"

"응."

"선애야!"

"응?"

"또 한 가지는 내가 이 다음에 딸을 낳으면 니 이름에서 한 글
자를 따서 이름 지을 거야. 괜찮지?"

"응."

"그래, 잘 있어 선애야!"

"응."

"끊을게."

"응."

대진은 그 옛날에 자신이 미국 올 때 공항에서 선애에게 전화
를 걸어 마지막 작별하면서 대답만 하고 있었던 선애를 떠올리고
있었다.

남편 종훈이 골프를 치기 위해서 새벽부터 나간 사이 선애
는 아이들을 데리고 동네에 있는 조그마한 성당으로 나갔다. 성
당 안은 드문드문 들어오고 나가는 사람이 있었고, 선애의 마음
을 차분하게 붙들어 주었다.

오늘은 대진이 결혼하는 날이었으므로 진심으로 대진의 행복을
위해서 기도 드리고 싶었다.

오랜 세월을 선애는 대진 때문에 마음 졸이면서 자신을 학대하
고 아픈 가슴을 움켜쥐고 살았고, 대진은 선애 때문에 과거의 굴
레를 벗어나지 못해 안타까워하고 선애의 그림자를 안고 살았다.

'대진 오빠!
부디 행복하세요.
이 다음에, 하늘나라에 가서 우리 만나요.
영원히 내 가슴 속에 있는 오빠!
오빠 곁에 묻히는 것만이 나의 마지막 희망입니다.
흘러 내리는 눈물을 차곡차곡 내 가슴에 묻어 두겠습니다.
하나님 아버지!
오빠의 삶을 부탁하나이다.
목자가 되신 하나님!
날마다 날마다 그를 기억하시고 인도하여 주소서!'

대진이 결혼한 후 선애는 다시 피아노 레슨을 시작했고 더욱 더
아이들 양육에 힘을 쏟고 있었다. 그러던 어느 날 종훈이 일찍 직
장에서 돌아와 선애에게 앉으라고 권했다.
"선애, 나 할 이야기가 있어."
"뭔데요?"
"나, 한국에 좋은 직장이 생겼어."
"……."
"연봉도 많이 받고, 말하자면 그쪽 한국 쪽의 어떤 사람과 같
이 주인이 되는 거야. 내가 여기 미국에 있는 회사에서 차세대 소
프트웨어 총판권을 따냈거든. 그러니까 우리 여기 다 정리하고 한
국으로 돌아가자."
"……."
"우리, 가면 잘 살 수 있어. 여기 미국에서 살아봤자 무슨 재
미가 있냐?"
"……."
"나는 이제 미국이 싫어졌어."
"……."

"무슨 말 좀 해 봐."

"종훈 씨, 잘 생각하세요. 꼭 가야 되겠어요?"

"응, 꼭 가야 돼. 이것은 두 번 다시 오지 않는 좋은 기회라구. 나 자신의 회사를 가질 수 있는 절호의 기회라구."

종훈은 더 이상 선애와의 대화도 없이 한국행을 준비하고 있었다. 미국 시민권도 버리겠다면서 종훈은 어린 아이가 소풍가는 것처럼 흥분하고 있었다.

새 회사를 차리면서 투자되는 비용을 종훈은 선애 부모님으로부터 빌려가고 있었다.

"장인 어른, 이 돈 꼭 갚겠심더."

"그래, 이왕 결정했으면 꼭 성실히 일해서 성공을 해야지."

"네."

"그리고 처음에 회사를 차리면 들어가는 자금이 많을 테니까. 월급까지도 안 받겠다는 각오로 일해야 돼. 그리고 돈이 좀 벌렸다고 해서 절대로 다른 데 쓰지 말고 회사를 위해서 재투자를 해야 되네."

"네, 알겠심더."

"그리고 시민권을 포기한다고까지 하는데 시민권은 포기하지 마. 시민권을 버리면 사업하는 데 불편한 점이 있어."

"네, 알겠심더."

종훈이 한국에 간 지가 벌써 육 개월이 지나고 있었으나 선애는 종훈으로부터 어떠한 연락도 받지 못했다.

하는 수 없이 선애는 아이들을 친정 어머니에게 맡기고 서울행 비행기를 탈 수밖에 없었다.

공항에 도착한 선애는 직접 종훈이 일하고 있는 사무실로 찾아갔으나 문이 잠겨 있었다.

사무실을 나와 선애는 종훈의 친구 재식에게 전화를 걸어 서울에 왔음을 알리고 다음날 재식과 마주 앉았다.

"아직 종훈이 그놈아 못 만났습니까?"

"예."

"집에도 없단 말입니까?"

"집에는 제가 찾아가지 않았어요."

"와요?"

"그냥이요."

"선애 씨."

"예."

"종훈이 그놈 데리고 다시 미국으로 가시소."

"네? 왜요? 무슨 일이 있어요?"

"그놈아 말입니다아. 사업이 잘 안 된다는 핑계로 워커힐 카지노에 드나들고 있지 않습니까?"

"네……!?"

선애는 종훈의 아파트를 찾아갔다.

벨을 누르자 안에서 젊은 여자의 목소리가 카랑카랑 들려 나왔다.

"누구세요?"

"저—, 죄송합니다. 집을 잘못 찾아왔나 봅니다."

"누구를 찾으시죠?"

"혹시 박종훈 씨를 아시나요?"

"어머, 그럼……."

"아세요?"

"어떻게 오셨어요?"

"종훈 씨 어디 있나요? 댁은 누구시죠?"

"나는 훈이 씨하고 결혼할 사이예요."

"네??"

순간 선애는 숨을 멈추고 점점 몸을 떨기 시작했다.

"왜 이러세요?"

"종훈 씨 어디 있나요?"

"지금 집에 없어요, 워커힐 도박하러 다니느라 정신이 없어요. 나도 속상해 죽겠어요. 훈이 씨하고 몇 년 같이 사셨지요? 훈이 씨가 어떤 사람인지 좀 이야기해 주세요. 그리고 정말로 훈이 씨가 U.C 버클리 졸업했나요? 그리고 정말로 이혼했나요?"

"……."

"대답 좀 해 주세요. 제 이름은 연주예요."

"종훈 씨가 이혼했다고 그러던가요?"

"그럼 이혼을 안 하셨어요?"

"……."

선애는 떨리는 몸을 천천히 돌리고 있었다.

"이거 보세요, 나 아직 처녀예요. 결혼한 적이 없어요, 지금 나에겐 훈이 씨가 전부예요. 확실하게 좀 이야기해 주세요."

"네, 결혼하세요, 확실하게 종훈 씨 잡으세요."

선애는 아파트 계단을 내려와 종훈에게 마지막 글을 쓰고는 편지통에 꽂아 넣었다.

그리고는 다시 아이들이 있는 샌프란시스코행 비행기에 몸을 의탁했다.

결국 선애를 처음 미국에 데리고 온 종훈은 이제 다시 한국으로 돌아갔고, 그토록 가기 싫었던 미국을 지금 선애는 운명적으로 다시 돌아가야만 한다는 생각에 또 다시 선애는 말없는 눈물을 흘렸고 아무도 모르게 눈물을 가슴에 묻고 있었다.

그리고 그동안 종훈과 살아왔던 지난 일들을 생각해 보면서 지금쯤 쪽지를 읽고 있을 종훈을 머리에 떠올렸다.

'종훈 씨 보세요.

나는 처음 미국에 와서 지금까지 종훈 씨와 마주 앉아서 크게 웃어 본 적이 한 번도 없어요.

처음부터 우리들의 결혼은 정상적인 결혼이 아니었어요.

종훈 씨는 나를 결코 사랑해서 한 결혼이 아니었고, 나 역시 종훈 씨를 사랑해서 한 결혼이 아니었어요.

목사 집안의 아들과 장로 집안의 딸이 서로의 이익을 위해 타협한 것뿐이었어요.

우리들의 결혼생활은 남에게 보이기 위한, 그들의 좋은 볼거리에 자나지 않았어요.

우리들의 생활은 철저하게 잉꼬부부인 양, 남들을 속이고, 우리 자신을 속여 왔어요. 부모님의 명예에 화가 될까 봐, 목사의 가정에 오점을 남길까 봐, 장로의 가정에 수치가 될까 봐, 우리들의 귀한 인생은 포기된 채 지금까지 왔어요.

우리들은 그 위선의 희생양이 되고 말았어요.

종훈 씨는 단 한 번도 나에게 인생의 동반자로서의 가슴을 열어 주지 않았고, 나 역시 종훈 씨가, 내가 기댈 수 있는 남편이라고 생각한 적이 없었어요.

나는 종훈 씨에게 진정한 아내가 되지 못했고, 종훈 씨는 나에게 진정한 남편이 되지 못했어요.

그래서 나는 지금 마지막 결단을 내리고 있는 것입니다.

이제는 우리들의 끈을, 정말로 힘겨웠던 끈을 풀어 버리고 서로가 자유로운 숨을 쉬면서 남은 인생을 살아가야 할 것입니다.

미국에 도착하는 대로 이혼서류 보내겠습니다.

종훈 씨가 바라는 삶은 어떤 것인지 모르지만 원하는 삶의 성공을 빌겠습니다.

안녕히 계세요.

김선애.'

김순애 장편소설

그 사랑 가슴에 묻고

●

지은이/김순애
펴낸이/김재엽
펴낸곳/ 한누리미디어

●

100-845, 서울시 중구 을지로 2가 148-73
신화빌딩 401호
전화/(02) 2278-4513, 2268-4514
팩스/(02) 2268-4524

●

등록/제16-467호(1993. 11. 4)

●

초판발행일/2003년 2월 28일

●

ⓒ 2003 김순애 Printed in KOREA

●

값 10,000원

●

E-mail/hannury2001@yahoo.co.kr

●

※잘못 된 책은 바꿔 드립니다.
※저자와의 협약으로 인지는 생략합니다.

ISBN 89-7969-222-6   03810